ÇA AURAIT PU ÊTRE LE PARADIS

Camilla Grebe a connu un immense succès en Suède dès la parution de son premier livre, *Un cri sous la glace*. Lauréate du prestigieux Glass Key Award récompensant le meilleur polar scandinave pour deux de ses titres, *L'Ombre de la baleine* et *L'Archipel des larmes*, elle a également remporté le Prix des lecteurs du Livre de Poche en 2019 avec son thriller *Le Journal de ma disparition*, le Grand Prix des lectrices *Elle* en 2023 et le Choix des libraires 2024 pour *L'Énigme de la stuga*. Ses ouvrages ont été traduits en plus de vingt-cinq langues et se sont écoulés à plus de 2,5 millions d'exemplaires partout dans le monde.
Åsa Träff, psychologue spécialiste des troubles neuropsychiatriques et de l'anxiété, est la sœur de Camilla Grebe, avec laquelle elle a coécrit cinq romans.

De Camilla Grebe au Livre de Poche :

L'Archipel des larmes

L'Énigme de la stuga

L'Horizon d'une nuit

Le Journal de ma disparition

L'Ombre de la baleine

Un cri sous la glace

Avec Åsa Träff :

Plus amère que la mort

CAMILLA GREBE & ÅSA TRÄFF

Ça aurait pu être le paradis

Siri Bergman *

TRADUIT DU SUÉDOIS PAR MAX STADLER ET LUCILE CLAUSS

LE LIVRE DE POCHE

Titre original :

NÅGON SORTS FRID

Cet ouvrage a été précédemment publié
aux éditions du Serpent à plumes en 2010.

Couverture : Studio LGF. © Anna Mutwil / Arcangel / Da-kuk / iStock.

ISBN : 978-2-253-24548-3 – 1re publication LGF

À nos parents.

N'aie pas peur du noir, la lumière y repose.
Vois-tu des étoiles, là où il n'y a pas de noir ?
La pupille sombre est encerclée par l'iris clair,
Car c'est vers l'obscurité que la lumière aspire.
N'aie pas peur du noir, la lumière y repose.
N'aie pas peur du noir, car dans son cœur
il porte la lumière.

Erik Blomberg

Ça aurait pu être le paradis.

Une matinée parfaitement calme, l'herbe humide de rosée. Les rayons du soleil prenant doucement possession de la façade Art nouveau fraîchement repeinte.

Ils l'embrassent de leur chaleur détachée et lui offrent la lumière refoulée par la nuit.

Comme si rien ne s'était passé.

Comme si ce matin d'été inaugurait une journée ordinaire, pleine de vie, de corps en sueur perchés sur des vélos, d'éclats de rire étouffés devant le glacier du port, d'épaules brûlées par le soleil, de mélanges à couper le souffle de vin blanc et de limonade sirotés dans le bosquet de pins derrière la pizzeria, l'eau froide de la mer autour de silhouettes d'enfants aux côtes si saillantes qu'elles semblent vouloir sortir de leur poitrine et traverser leur peau douce, fine et laiteuse.

Les adolescents, qui font des allers-retours vers l'île, se déplacent sur l'eau foncée et brunâtre comme des hommes-grenouilles, des véhicules amphibies. Les cris de ceux qui plongent du rocher résonnent dans l'air. L'odeur de viande grillée. Au loin, le bruit des bateaux à moteur.

Des moustiques. Des guêpes. Des insectes sans

nom : dans les cheveux, dans la bouche, sur les corps moites.

Typiquement suédois.

Un été sans fin.

Comme si rien ne s'était passé.

Même la maison paraît indifférente. Lourde et apathique, elle trône dans le jardin, entourée d'une verdure brumeuse et humide. Son corps massif et haut de trois étages se détache sur le fond bleu du ciel estival. La peinture ne s'effrite nulle part. Les cadres des fenêtres et des portes viennent d'être repeints et brillent d'un gris-vert éclatant. Pas un grain de poussière ni une fêlure sur les vitres colorées aux bordures de plomb et moulées de fleurs tarabiscotées. Une plaque en cuivre verdâtre tient lieu de toit, chose qu'on ne voit plus que rarement aujourd'hui.

Ça aurait pu être le paradis.

Mais quelque chose cloche.

Une Jeep noire est garée sur le parking au sol soigneusement pavé, qui lui aussi brille de propreté et n'a pas une seule égratignure. La carrosserie de la Jeep reflète une clématite aux fleurs d'un blanc immaculé qui grimpe sur un vieux pommier noueux, et c'est là, sous le court tronc et les branches crochues de l'arbre, qu'elle est étendue.

La fille.

Recroquevillée dans l'herbe comme un oiseau, ses cheveux recouverts comme les herbes d'une fine couche de rosée. Les minces bras blêmes écartés, les paumes tournées vers le ciel dans un geste d'abandon. Le sang qui s'est échappé de son corps a coagulé et forme des taches brunes dans l'herbe et sur son jean. Ses yeux ouverts semblent observer les branches du pommier.

Là-haut, les petits bourgeons sont sur le point d'éclore. Ils sont nombreux ; l'arbre portera beaucoup de fruits dans quelques mois. Les martinets et les mouettes planent au-dessus de la cime du pommier, indifférents – en quoi une enfant morte les regarde-t-elle ?

Sous son corps, invisibles pour les oiseaux et les hommes, les plus petits habitants du jardin ont découvert depuis longtemps ce qu'aucun être humain n'a encore remarqué. Un frêle scarabée noir court sous son pantalon, sur la peau blanche et froide, à la recherche de quelque chose de mangeable, de minuscules mouches campent dans la forêt touffue et rouge formée par ses cheveux, et des insectes microscopiques avancent doucement, ne perdant pas de vue leur objectif en s'enfonçant dans les méandres de son oreille.

Bientôt, les habitants de la maison se réveilleront et partiront à la recherche de la fille. Ne la trouvant pas à l'intérieur, ils sortiront dans le jardin, où ils la découvriront sous l'arbre, les yeux fixés vers le ciel.

Ils la secoueront comme pour l'arracher à un profond sommeil, et constatant l'inefficacité de leurs efforts, l'un d'eux la frappera brutalement sur la joue, de sorte que son visage se teintera de rouge à cause du sang coagulé qui couvre les mains de l'homme.

Ils la serreront contre eux, la berceront doucement, l'un d'eux chuchotera des mots à son oreille, tandis que l'autre enfoncera son visage dans ses cheveux.

Plus tard viendront des hommes qui ne l'ont jamais vue, qui ne connaissent pas son nom, pour la chercher. De leurs mains insensibles, ils la saisiront par les poignets et ses cuisses fines et raides, puis la soulèveront sans ménagement et l'allongeront sur une civière froide, la recouvrant d'une bâche pour l'emmener loin, très loin de chez elle.

Ils la déposeront sur une table en métal, à côté des outils chirurgicaux qui la découperont et – cela reste à espérer – résoudront l'énigme, expliqueront l'inexplicable, restitueront un équilibre. Feront la lumière sur ce que personne n'arrive à comprendre.

Assureront une fin et peut-être même de la paix.

Un semblant de paix.

AOÛT

Date : 14 août
Heure : 15 h 00
Lieu : Salle verte, cabinet
Patient : Sara Matteus

— Alors, avez-vous passé un bel été ?

— Est-ce que je peux fumer ?

— Bien sûr.

Sara fouille dans son sac de laine à motif treillis pour en tirer un paquet de Prince rouge ainsi qu'un briquet. Ses doigts frêles tremblent lorsqu'elle allume sa cigarette, et elle tire deux fois dessus avant de rediriger son regard vers moi. Elle me scrute en silence pendant quelques secondes et expire un grand nuage de fumée entre nous – un rideau de brouillard cancérigène – qui cache brièvement ses yeux noircis au crayon. Son geste dégage une certaine détermination, quelque chose d'à la fois enjoué et provocateur, qui me pousse à ne pas la lâcher du regard.

— Quoi ? fait-elle d'un air ennuyé.

— Je parlais de l'été.

— Ah, oui. L'été. C'était bien. J'ai bossé dans ce bar au centre-ville, vous savez, celui de la place Järntorget.

— Je sais. Comment alliez-vous à votre avis ?

— Bien, vraiment bien. Super. Aucun souci.

Sara se tait et me jette un regard indéchiffrable. Elle a vingt-cinq ans, mais n'en fait pas plus de dix-sept. Ses mèches aux différentes nuances de blanc et de jaune descendent en cascade sur ses maigres épaules et forment des boucles en tire-bouchon. Elle les tortille quand elle s'ennuie, ou elle les mordille et les suçote à tour de rôle. Quand elle ne suçote pas ses cheveux, elle fume. Elle semble toujours avoir une cigarette entre ses doigts frêles, prête à être fumée.

— Pas peur ?

— Nan. Enfin, peut-être *un peu...* des fois. À Midsommar, par exemple, et ce genre de merde. Mais tout le monde a la trouille à ce moment-là, non ? À qui le solstice d'été ne fout-il pas les jetons ?

Elle m'observe en silence. Un sourire fait tressaillir ses lèvres.

— Bien sûr que j'avais la frousse.

— Comment y avez-vous réagi ?

— J'ai pas réagi, réplique Sara en m'offrant un regard vide derrière son écran de fumée.

Elle paraît anormalement sereine face aux sentiments d'angoisse et de solitude qu'elle a visiblement éprouvés lors de la fête de Midsommar.

— Vous ne vous êtes pas coupée ?

— Nan… enfin, bon. Juste un peu, aux bras, quoi. Juste aux bras. J'étais obligée, sinon je n'aurais pas supporté tout ce truc. Mais… pas beaucoup. Je vous avais promis de ne plus jamais me couper. D'habitude, je tiens mes promesses, vraiment. Surtout quand c'est à *vous* que je promets quelque chose.

Je me rends compte que Sara cache ses avant-bras dans un geste probablement inconscient.

— Combien de fois vous êtes-vous coupée ?

— Comment ça ? Vous voulez savoir à combien d'endroits ?

— Non, *à combien de reprises* ?

— Ben, pas souvent. Peut-être deux ou trois fois dans le courant de l'été. Je ne me souviens pas…

La voix de Sara s'éteint, et elle écrase sa cigarette dans le vase posé sur la table basse, censé rendre la salle plus accueillante. Je dois être la seule psychologue de toute la Suède à permettre à un patient de fumer, mais il est presque impossible de mener une conversation avec Sara si elle n'a pas le droit de fumer ; elle ne tiendrait pas en place.

— Sara, c'est important. Je voudrais qu'on en revienne aux moments où vous vous êtes coupée. Essayez de vous rappeler ce qui s'est passé juste avant. Ce qui a causé les sentiments qui vous ont incitée à faire cela.

— Euh…

— Commencez par la première fois. Prenez votre temps. Dites-moi d'abord quand c'était.

— C'était sûrement pendant la fête de la Saint-Jean.

— Vous avez fait quoi avant ?

— Je suis passée chez maman. Il n'y avait qu'elle et moi. Elle avait fait à manger et tout. Elle avait même acheté du vin.

— Alors, vous n'êtes pas allée à une fête ?

— Nan, c'était plutôt une… comment on appelle ça ? une métaphore. Une métaphore pour cette merde qu'est le Midsommar. Tout le monde est tellement heureux. On est censé fêter ça en famille et être heureux. C'est tellement… forcé, enfin.

— Est-ce que vous étiez heureuses, toutes les deux ?

Sara ne dit rien pendant un bon moment et, pour une fois, elle garde les mains tranquillement sur ses genoux et réfléchit. On n'entend que le bourdonnement de la caméra qui enregistre notre conversation. Elle pousse un profond soupir et, quand elle se remet à parler, je peux sentir son irritation malgré le ton calme et retenu de sa voix.

— Non, mais ça ne va pas vous surprendre. Franchement, je ne vois pas où ça peut nous mener. J'ai parlé de ma mère au moins mille fois. Vous savez que c'est une ivrogne. Hé ho, est-ce que je dois le noter pour vous ? Ça s'est passé comme d'hab. Tout avait bien commencé… et puis… elle a picolé, et s'est mise à chialer. Vous savez, comme elle le fait chaque fois qu'elle est bourrée. Elle devient triste et… enfin… elle a des regrets. Comme si elle regrettait tout. Comme si je devais lui pardonner d'être une mauvaise mère. Est-ce que vous pensez que je devrais faire ça ?

— Qu'en pensez-vous ?

— Nan, je ne le pense pas. Je trouve que ce qu'elle m'a fait est impardonnable.

— Alors, comment avez-vous réagi ?

Sara hausse les épaules, et je peux voir à son attitude qu'elle n'a plus envie de parler ni de sa mère ni d'elle-même. Sa voix est montée dans les aigus et des taches roses se répandent sur son cou comme du vin rouge sur une nappe blanche.

— Je me suis barrée. Je ne supporte pas quand elle hurle.

— Et ensuite ?

Sara se tortille sur sa chaise et allume une autre cigarette.

— Je suis rentrée chez moi.

— Et ?

— Mais merde, vous *savez* ce qui s'est passé ensuite. C'est la faute de la vieille. Je n'arrive plus à… respirer quand je reviens de là-bas.

Maintenant, Sara est fâchée. C'est bien, je vais essayer de la maintenir dans cet état. D'habitude, j'entends beaucoup de vérités quand Sara est fâchée. La carapace de la manipulation disparaît sur-le-champ et fait place à l'honnêteté mise à nu, qu'il y a chez les personnes qui n'ont plus rien à perdre, qui se fichent de ce qu'on pense d'elle.

— Vous vous êtes coupée ?

— Bien sûr que je me suis *coupée*, merde.

— Racontez ! dis-je.

— Non mais franchement, vous savez ce qui s'est passé.

— C'est important, Sara.

— Je me suis entaillé le bras. Vous êtes contente ?

— Sara, écoutez-moi ! Ce que vous décrivez, ce que vous ressentez est tout à fait compréhensible. C'est Midsommar, vous allez voir votre maman, elle est soûle et vous demande pardon, ça provoque un tas de sentiments. Est-ce que vous me suivez ?

Sara baisse les yeux. Examine ses ongles en détail. Puis elle hoche la tête comme pour confirmer qu'elle aussi pense que ses sentiments et ses réactions sont peut-être compréhensibles.

— Le problème est juste que vous vous faites du mal quand vous laissez la peur vous envahir, et ce n'est pas une bonne solution à long terme.

Sara hoche de nouveau la tête. Elle sait que les blessures, l'alcool ou la multiplication des conquêtes sexuelles ne sont qu'une échappatoire, et que le mépris pour elle-même et la douleur reviennent ensuite avec une violence redoublée. Ses tentatives désespérées de faire taire ses angoisses semblent seulement les renforcer.

— Est-ce que vous avez déjà tenté ce dont on a parlé l'autre fois ? D'essayer de maîtriser votre angoisse ? Vous êtes consciente de ce qui l'a causée. L'angoisse en soi n'est jamais dangereuse. Ça en a juste l'air. C'est ça que vous devez apprendre, il faut que vous appreniez à supporter ce sentiment. Ça ne dure qu'un instant, ensuite ça passe.

— Je sais.

— Et les autres fois ?

— Quelles autres fois ?

— Que vous vous êtes coupée ?

Elle soupire et fixe la fenêtre d'un air énervé. Sa voix ne trahit plus de colère à présent, mais de la fatigue.

— Ben, une fois, j'étais bourrée. Ça ne compte pas. Quand je suis bourrée, je ne suis pas vraiment moi-même. C'était pendant une fête à Haninge, chez un collègue de boulot.

— Est-ce qu'il s'est passé quelque chose de

particulier pendant cette fête, qui aurait pu déclencher ces sentiments ?

Sara hausse les épaules et écrase sa deuxième cigarette dans le vase. Mon bouquet de fleurs est déjà mort par overdose de nicotine.

— Faites un effort, Sara. C'est important. Et il faut y mettre un peu du vôtre aussi. Je sais que c'est difficile.

— Il y avait un mec.

— Et ?

— Ben, il ressemblait pas mal à Göran.

— Votre beau-père ?

— Oui, dit Sara en hochant la tête. Il m'a touchée comme Göran le faisait toujours. Tout à coup… vous savez que je n'aime pas repenser à tout ça et, quand il s'est mis à me tripoter avec ses mains dégueulasses, tout m'est revenu. Je l'ai poussé super fort, contre une table. Il était assez ivre, du coup il est tombé et s'est blessé à l'arcade sourcilière.

— Que s'est-il passé ensuite ?

— Ben, il a pété les plombs. Il a commencé à hurler et à me poursuivre en courant.

Sara paraît soudain très lasse, voire abattue.

— Vous voyez, ce n'était pas aussi grave que ça en avait l'air. Il était bourré, je vous ai dit ça ? Il ne m'a pas rattrapée. Je suis rentrée chez moi.

— Et ?

— Et je l'ai fait, d'accord ? Est-ce qu'on peut parler d'autre chose maintenant ?

— Essayez de décrire ce que vous avez ressenti juste avant de vous couper.

— Comment ça, ce que j'ai *ressenti* ? Arrêtez, vous

savez très bien ce que j'ai ressenti. J'ai pensé à ce porc et à ses mains dégoûtantes et à Göran et puis, j'ai eu l'impression de me briser et de ne plus arriver à respirer. Et puis je l'ai fait et je me suis sentie mieux. Plus pure, en quelque sorte. Et calme. J'ai pu m'endormir. OK ? Est-ce qu'on peut parler d'autre chose maintenant ? D'ailleurs, je dois bientôt y aller. J'ai un entretien pour un stage. Est-ce qu'on peut continuer la prochaine fois ?

— D'ici là, j'aimerais que vous fassiez ces exercices dont on a parlé, Sara.

— Bien sûr. Je peux y aller maintenant ?

— Allez-y. À la semaine prochaine.

J'éteins le caméscope et me laisse aller contre le dossier de ma chaise. Comme toujours après un rendez-vous avec Sara, je suis épuisée. Non seulement à cause de toutes les horreurs qu'elle me raconte, mais aussi parce que je suis obligée d'être tout le temps sur mes gardes ; être la psychologue de Sara signifie un sérieux exercice d'équilibriste.

Son parcours personnel n'a malheureusement rien d'insolite. Elle a grandi dans une famille de classe moyenne en apparence normale, la cadette de trois sœurs. Sa mère avait un problème avec l'alcool, tout en parvenant à mener une vie sociale, c'était tout ce qui n'était pas normal dans sa famille. Sara dit même que c'était parfois un avantage à l'époque. Sa mère la fermait aux réunions de parents d'élèves, par exemple, bien consciente qu'elle se trahirait rien qu'en ouvrant la bouche. Elle était toujours entre deux bouteilles lorsque Sara rentrait à la maison, ne la grondait pas quand elle rentrait tard le soir, ne demandait jamais pourquoi elle portait toujours des nouveaux vêtements que ses parents ne lui avaient pas achetés.

Dès le début, Sara a eu des problèmes de concentration à l'école. En CM1, elle a mis le feu aux rideaux de la salle de gym à l'aide d'un briquet qu'elle venait de piquer à la prof de sport (qui fumait souvent en cachette dans les vestiaires, pendant que les élèves devaient courir dans la cour de récréation et faire des tours sous la pluie automnale). Au collège, elle est montée pour la première fois dans une voiture de police après avoir été surprise en flagrant délit de vol à l'étalage dans un supermarché. Elle sortait avec des garçons plus âgés, entre autres avec Steffe qui avait dix-huit ans alors qu'elle n'en avait que treize. Elle est tombée enceinte et a avorté.

Ses parents ont dû se rendre à l'évidence, ils n'arrivaient plus du tout à la gérer. Ils ont donc cherché de l'aide auprès de la DDASS. Après une enquête, Sara a été placée sous la tutelle d'une assistante sociale avec l'obligation de se soumettre à des analyses d'urine régulières. Ce genre de mesures n'a généralement aucun impact, et cela s'est confirmé dans son cas. L'assistante a commencé à se désengager totalement, après que Sara l'eut traitée de « putain de connasse d'assistante sociale » et d'« espèce d'assistante sociale de mes deux » en crachant sur son bureau. L'assistante avait dit s'être sentie menacée par Sara, mais en vérité elle en avait sûrement assez qu'elle lui donne autant de fil à retordre et lui demande autant d'attention. Peut-être qu'elle non plus n'arrivait pas à la gérer.

Sara est-elle agressive ? Oui, sans aucun doute. Mais je n'ai jamais vu Sara blesser quelqu'un d'autre qu'elle-même. Elle possède ce qu'on pourrait nommer un don infaillible, une aptitude presque surhumaine à toujours faire le pire choix pour elle, à prendre ce chemin dans la vie qui lui procure le plus de douleur. Elle semble avoir une sorte de boussole via Dolorosa indestructible incrustée dans le crâne.

Après la démission de l'« espèce d'assistante sociale de mes deux », elle a été placée dans une famille d'accueil. Quand Sara avait quinze ans, son beau-père l'a violée à plusieurs reprises. De son point de vue, Sara a essayé alors la seule chose qui lui restait à faire : elle a tenté de fuguer. Elle y est arrivée plusieurs fois, mais on la retrouvait toujours et elle était renvoyée dans sa famille d'accueil. C'est à partir de là que son comportement autodestructeur, masochiste et libertin a commencé à se manifester.

À l'âge de dix-huit ans, Sara a reçu pour la première fois un véritable diagnostic psychiatrique : trouble de la personnalité. Évidemment, le seul fait que la psychiatrie réussisse à mettre un nom sur sa maladie n'a pas suffi à la soigner. Sa situation s'est dégradée de plus en plus. Peu après, elle a été internée dans une clinique psychiatrique où elle a passé deux mois dans un état proche de la psychose, apparemment causé par une consommation de drogue. Sara évoque toujours cette époque en parlant de l'« enfer » et je suppose qu'en arrivant là-bas, elle a abandonné toute ambition de mener un jour une vie normale, une « vie de bon Suédois », comme elle dit toujours. Dans le cas de Sara, la période d'internement en établissement psychiatrique a été suivie par une consommation encore plus abusive de drogue et, six mois après sa sortie de l'hôpital, elle a été admise de force dans un centre de désintoxication. À ce moment-là, elle prenait surtout des amphétamines et des hallucinogènes de synthèse.

Puis quelque chose s'est passé. On ne sait pas trop quoi. Même Sara ne peut l'expliquer autrement que par le fait qu'elle a décidé de vivre. Ou de ne pas mourir.

Et aujourd'hui ? Clean depuis deux ans, un appartement dans le quartier de Midsommarkransen. Au chômage. Célibataire. De nombreuses amies, encore plus de petits amis.

Sara fait partie des vétérans du service de psychiatrie. Analysée sous tous les angles. Elle a rencontré plus d'assistantes sociales, d'infirmiers, de psychologues et de psychiatres que je n'ai eu de patients. Ça se ressent. Parfois, j'ai l'impression qu'elle me juge à l'aune de mes commentaires, qu'elle me met dans telle ou telle catégorie de psys. Elle est capable de faire des remarques qui auraient sans doute pu provenir d'un de mes confrères : « Ah, d'accord, mais est-ce que vous avez pris en compte la concurrence de plus en plus féroce entre moi et mon frère, suite à la séparation précoce de mes parents ? » ou : « Je comprends que cela puisse paraître très œdipien, mais parfois je croyais réellement que Göran m'aimait de *cette* manière. »

Je pense à ses bras et à ses jambes, maigres et zébrés de cicatrices. Ils ressemblent au poste d'aiguillage d'une gare où les rails se croisent ou filent l'un à côté de l'autre. Quelqu'un les a surnommées les « cutters », les filles qui se coupent afin de lutter contre leurs angoisses.

Mais Sara est beaucoup plus qu'un simple diagnostic psychiatrique : elle est intelligente, une experte de la manipulation et, en fait, assez drôle par moments. À présent, elle est censée être en thérapie de réadaptation. Réadaptée à la vie *normale* qu'elle n'a jamais eue et qu'elle n'aura sûrement jamais.

S'adapter. Être adapté.

Je pose la main sur son dossier – aussi épais qu'une bible – qui contient les rapports des services sociaux, des extraits de comptes rendus des différents établissements psychiatriques qu'elle a fréquentés. Je ne cherche rien de précis, en feuilletant ces pages. Mon regard s'arrête sur un rapport de l'hôpital St Göran où Sara a passé quelque temps dans l'un des pavillons psychiatriques.

Patient : Sara Matteus, n° de Sécu : 82 11 23 – 0424

Arrivée : La patiente est arrivée au pav. psych. à 18 h 37 dans une voiture de la police de Norrmalm après s'être fait arrêter pour vol à l'étalage dans la boutique Twilfit, située dans le centre commercial Gallerian. La patiente se comportant de manière agressive et confuse, la police l'a conduite aux urgences psychiatriques.

État : La patiente est une femme âgée de dix-huit ans, souffrant d'un problème de toxicomanie et d'un trouble d'anxiété généralisée. Elle a déjà été en contact avec l'Institut de pédopsychiatrie et un établissement psychiatrique ouvert. En ce moment, la patiente n'est pas suivie médicalement et n'est pas sous traitement médicamenteux. La patiente déclare elle-même qu'elle ne se sent pas bien du tout et qu'elle a besoin d'aide. Pendant de courts instants, elle est consciente de sa situation et se plaint alors de crises d'angoisse, avouant avoir pris des drogues sans être en mesure de préciser lesquelles. En outre, elle est agressive et en proie à un délire paranoïaque, se croyant poursuivie par les services sociaux et la police. La patiente porte des traces d'automutilation (cicatrices et blessures aux avant-bras et à l'intérieur des cuisses).

En poussant un profond soupir, je lâche le tas énorme de rapports qui tombent lourdement sur le sol. J'ai eu ma dose de Sara Matteus pour aujourd'hui. Il est l'heure d'ouvrir la fenêtre et d'accueillir Ilja, cette mère russe d'un petit bébé qui a rencontré son mari suédois sur Internet. Elle qui adore la Suède et qui parle déjà couramment le suédois. Elle qui est tellement impliquée et bien intégrée au foyer Sophia où elle travaille comme infirmière, mais qui se sent obligée de cacher tous les couteaux et ciseaux dans la cabane au fond du jardin, car elle a peur de blesser son bébé avec un objet tranchant.

Ça aurait pu être le paradis.

Ma maison est petite et se trouve à deux pas de la plage. De grandes portes-fenêtres donnent sur l'eau. L'intérieur est très lumineux. Le sol est fait de vieilles planches de pin larges et usées, séparées par de profondes rainures où s'amasse la poussière de plusieurs décennies.

L'équipement original de la cuisine qui date des années cinquante, un buffet en Formica bleu, a été complété par des objets blancs plus modernes. La chambre surplombe les rochers et, même quand je suis allongée sur mon lit beaucoup trop large pour moi, je peux voir la mer à travers la porte-fenêtre.

La salle de bains et les toilettes se situent dans un bâtiment à part ; dans ce qui était autrefois un petit appentis. Il me faut sortir par la porte d'entrée et traverser les buissons de rosiers pour m'y rendre.

Un carré de verdure s'étale entre les deux maisons. Ce qui est en réalité une jungle de hautes herbes ne se prête guère aux activités traditionnelles d'une pelouse. Au lieu de ça, j'ai creusé deux petits sentiers à travers cette végétation sauvage : l'un mène vers la vieille passerelle d'embarquement branlante et l'autre vers les rochers.

Sur la plage, les sédums aux pétales rouges se mêlent à la bruyère et au thym. Quelques menus pins de montagne courbés par le vent forment une bordure vers les grands rochers avant de céder la place à la forêt et au terrain vague. Je n'habite qu'à une heure de Stockholm, ce qui n'empêche pas que la maison la plus proche se trouve à un kilomètre d'ici.

C'était l'idée de Stefan de venir s'installer ici, dans un confort spartiate et près de la nature, dans un endroit propice à la plongée. À l'époque, ça paraissait alléchant. À l'époque. Aucun rêve ne me semblait trop naïf, aucune idée trop loufoque. Maintenant, je n'en suis plus aussi sûre. Vivant seule, une passivité bizarre a pris le dessus dans ma vie ; changer une ampoule est devenu un grand projet, repeindre la remise semble un dessein inaccessible, trop énorme pour que je puisse l'entreprendre. Déménager est hors de question. Je ne saurais pas par quel bout commencer.

Mes amis me regardent toujours avec un mélange de pitié et d'horreur quand ils me rendent visite. Ils pensent que je devrais jeter les affaires de Stefan : son rasoir dans la salle de bains, son équipement de plongée dans la remise, ses vêtements dans l'armoire, sa montre sur le chevet que j'embrasse la nuit quand il me manque trop.

« Tu ne peux pas vivre dans un mausolée », dit souvent Aina en passant une main dans mes cheveux courts.

Elle a raison, bien sûr. Je devrais me débarrasser des affaires de Stefan. Je devrais faire table rase de Stefan.

« Tu travailles beaucoup trop, ajoute-t-elle d'habitude en soupirant. Allez, ce week-end, on sort toutes les deux. »

Je décline toujours. Prétextant les travaux dans la maison et les nombreux rapports que je dois écrire. Des papiers à trier. Aina réagit toujours en souriant comme si elle savait que je mentais, ce qui est le cas bien évidemment.

Parfois, Aina passe la nuit chez moi au lieu de sortir dans les boîtes branchées de Södermalm en compagnie d'hommes dont elle oublie rapidement les noms. Nous mangeons des moules marinière en vidant quelques bouteilles de blanc et discutons de nos patients ou de ses petits amis. Ou de rien de spécial. Nous nous jetons toutes nues à l'eau et écoutons David Bowie à plein tube, pendant que les animaux de la forêt nous observent, horrifiés.

Après une visite d'Aina, la maison paraît encore plus vide qu'avant, ses fenêtres bâillent tels des trous béants en direction de la mer et le silence est assourdissant. D'habitude, j'ai la gueule de bois et, étant donné que je n'ai pas envie de faire les courses, je mange de la glace à la vanille au déjeuner et des pâtes au ketchup au dîner. Tout en vidant quelques verres de vin. Je prends bien soin d'allumer toutes les lumières, lorsque la nuit tombe, parce que je ne supporte pas l'obscurité. C'est comme si l'absence de luminosité effaçait la frontière qui me sépare de mon environnement. Le noir m'intimide plus que je ne veux l'admettre et génère le sentiment que je connais le mieux : la peur.

Cela fait maintenant plusieurs années que la peur me tenaille et je peux dire sans exagérer que je la connais bien, si bien que je ne m'en rends même plus compte quand elle s'empare de moi à la tombée de la nuit. Je l'accueille, résignée, telle une vieille amie qui n'est pas tout à fait la bienvenue.

C'est pourquoi je dors avec la lumière.

Je suis donc thérapeute. Psychologue diplômée. Psychothérapeute diplômée. C'est marqué clairement sur une plaque en laiton à la porte du cabinet : *Cabinet de psychothérapie. Psychologue dipl. Psychothérapeute dipl. Siri Bergman*

Je me demande parfois comment mes patients réagiraient s'ils savaient que la femme en apparence calme et compétente vers laquelle ils se tournent pour lui confier leurs secrets et angoisses n'arrive pas à dormir toute seule la nuit. Que penseraient-ils de mon incapacité à affronter mes propres abîmes, alors que je leur demande de faire face aux leurs ? Ces pensées me font honte ; je suis une mauvaise psy, j'ai raté ma vie, j'aurais dû réussir à tourner la page, à passer à autre chose. Me ressaisir.

Aina se moque toujours de moi en ironisant sur mes idéaux perfectionnistes et sur mon besoin de tout contrôler : « Tu n'es pas ton métier, dit-elle. Être psy n'est pas une putain de vocation. Tu viens ici, tu parles avec tes quatre patients, ensuite tu rentres chez toi et tu es Siri. Le fait d'être une ratée, dépressive et phobique, devrait faire de toi une meilleure thérapeute, merde. Tant que tu ne l'es pas en présence de tes patients. Tout ça, tu devrais l'avoir appris pendant tes études de psychologie. »

Et Aina est bien placée pour le savoir, puisque son nom apparaît directement sous le mien sur la plaque en laiton bien polie : *Aina Davidsson. Psychologue dipl. Psychothérapeute dipl.*

Aina et Siri. Cette constellation existe depuis notre première rentrée à l'université de Stockholm. Rien d'étonnant à ce que nous soyons toujours amies. Plus surprenant est le fait que nous ayons réalisé notre rêve d'avoir un cabinet commun.

Nous avons un troisième collègue. Sven Widelius, un vieux renard qui officie en tant que thérapeute depuis plus de vingt ans. Nous partageons principalement les locaux, la secrétaire et une salle d'attente. Notre collaboration ne va pas plus loin que ça. Le cabinet se trouve sur la Medborgarplatsen, dans le même bâtiment que les salles futuristes des galeries Söderhallarna.

Chaque jour de la semaine, je m'arrête devant la porte en respirant bruyamment après avoir monté les marches quatre à quatre. Je regarde la plaque polie, je réfléchis, hésite, puis enfonce la clé dans la serrure.

Tout comme aujourd'hui. C'est la mi-août. L'été est intense et beau d'une manière dangereuse, presque érotique. Les parfums et effluves de la nature sont douceâtres et étouffants, renforcés encore par la chaleur oppressante. En ville, les relents métalliques des gaz d'échappement et de la pollution se mélangent aux odeurs émanant des restaurants et des snack-bars. Et au milieu de cette cacophonie d'odeurs il est là, ce parfum infaillible de pourriture.

La verdure vibre d'intensité. En ville et chez moi, autour de la maison, l'air est rempli de milliers de mouches et d'autres insectes. J'entends bruisser ces vies rampantes, glissantes, primitives, quand je me promène de l'arrêt de bus jusque chez moi. Je vois le sol vert de la forêt où fourmillent des millions de créatures et je sens qu'à chaque pas que je fais j'écrase d'innombrables petits organismes tout en créant de nouveaux biotopes sous forme de mousse piétinée et de fourmis et scarabées broyés. Pour moi, la sensualité charnelle de l'été représente l'essence de l'année.

Mais l'été est également bourré d'exigences. On se doit d'être joyeux, vif et entreprenant. Cette année, mon été s'est borné à un séjour dans le chalet de mes parents qui se trouve dans la forêt du Sörmland. J'ai été obligée de rester une semaine et de me faire chouchouter par mes parents et mes frères et sœurs avant qu'ils osent me laisser repartir. Je pouvais lire la peur derrière le sourire de ma mère et dans la façon dont mes sœurs me traitaient – comme si j'étais de la porcelaine chinoise. Et dans les tentatives de mon père pour me parler, je percevais la panique qui bouillonnait sous la surface.

J'ai passé le reste de l'été assise dans mon jardin, le regard rivé sur la mer. Je me suis dit que je pourrais me remettre à la plongée. L'équipement est toujours là. Je suis expérimentée. Le sentiment de voyager dans un autre monde me manque, dans un monde éventuellement meilleur. Je n'ai pas peur de refaire de la plongée, malgré tout ce qui s'est passé, mais je n'ai pas la force de m'y investir autant qu'avant. Et je ne veux pas revoir les amis d'autrefois.

Au lieu de ça, j'ai fait semblant de désherber les plates-bandes et j'ai bu du vin en caressant Ziggy, le gros chat de gouttière qui habite chez moi depuis un an environ, afin de supporter ce temps interminable qu'on appelle l'été.

Jusqu'à maintenant.

C'est mon quatrième jour de travail. Journée numéro quatre. Avec quatre visites.

Marianne se tient debout à la réception. Une secrétaire à mi-temps est un luxe dont nous n'avons pas besoin, mais tant pis.

Marianne. Comment ferions-nous sans elle ? Ses cheveux courts et clairs ondulent sur son front et elle sourit quand j'entre dans le cabinet.

— Siri ! Nous voilà au complet aujourd'hui ! Ton rendez-vous de dix heures a été annulé.

Elle a l'air désolée, comme si elle était personnellement responsable de l'absence de Siv Malmstedt. Siv a probablement annulé pour éviter de s'exposer à deux heures de transport en commun. Marianne connaît parfaitement la procédure et m'informe qu'elle vient d'envoyer la facture et que Siv tient malgré tout à venir jeudi prochain à l'heure habituelle.

Le cabinet est bien arrangé. Nous avons trois salles d'entretien, une réception, une salle de réunion et un petit coin-cuisine où nous prenons le café. Tout au fond du couloir, il y a des toilettes et une douche. Ma pièce est surnommée la « salle verte », parce que les murs sont peints en vert pâle, afin de créer une sorte d'ambiance calme. Sinon, elle ressemble à une salle de consultation lambda : deux chaises l'une en face de l'autre, un vase en verre soufflé bleu sur une petite table et une boîte de mouchoirs, qui signale que c'est ici qu'on peut faire sauter la soupape, donner libre cours à ses sentiments et pleurer.

Un tableau blanc est accroché au mur décoré de lithographies neutres dessinées par des artistes convenables. Ce qui différencie ma salle de beaucoup d'autres salles de thérapie est la caméra sur pied que j'utilise souvent. J'enregistre la plupart de mes entretiens. Parfois, pour que les patients puissent se regarder à la maison, parfois, juste pour mon propre usage.

Les bandes d'enregistrement sont confidentielles, c'est pourquoi je les garde dans le coffre-fort vert et ignifugé de la réception. Aina pense que ces bandes ne sont qu'une preuve supplémentaire de mon besoin de contrôle et se plaint qu'elles prennent trop de place dans le coffre-fort. Je lui réponds alors que ça ne devrait pas lui poser trop de problèmes vu que ses rapports ne font jamais plus de deux lignes.

Ça a le don de la faire taire.

Je devais lui faire comprendre. C'est ainsi que tout a commencé. Je devais lui faire comprendre ce qu'elle m'avait fait. Mais comment lui expliquer ? J'aurais pu lui dire que la douleur me transperçait tels mille couteaux dans mes intestins, des couteaux qui s'enfonçaient dans mon ventre et ma poitrine. Comme si un prédateur sadique me bouffait lentement de l'intérieur, un parasite géant aux dents acérées comme des rasoirs et aux membres froids, lisses et agiles dont je n'arrivais pas à me libérer.

Comment lui décrire le vide et le manque ? Comment lui dire que chaque lever du soleil annonçait une nouvelle journée vide de sens ? Des heures vides de sens pleines d'activités vaines et sans but. Et chaque jour augmentait la distance. La distance qui me séparait d'Elle.

Comment lui expliquer que les rêves étaient si intenses et réels que je pleurais de déception en me réveillant, baignant dans ma sueur comme un fiévreux ?

Est-ce qu'on peut faire comprendre quelque chose

comme ça à une autre personne ? Et même si je réussissais : à quoi bon ?

À quoi bon, en fait.

Date : 16 août
Heure : 13 h 00
Lieu : Salle verte, cabinet
Patient : Charlotte Mimer

— Charlotte, j'ai pensé qu'on devrait commencer par discuter de votre été. Ça fait longtemps qu'on ne s'est pas vues.

— Je trouve que l'été s'est très bien déroulé. J'aimerais bien vous montrer mes notes.

Charlotte Mimer se penche vers son sac pour en sortir un classeur où elle garde ses notes, minutieusement ordonnées. Je remarque qu'elle a, comme d'habitude, écrit avec le même stylo et avec le même style d'écriture, joli et régulier. Charlotte me tend le classeur tout en repoussant ses cheveux bruns soigneusement coupés derrière une oreille. Je vois qu'elle est à la fois impatiente et fière, et je m'en réjouis pour elle.

— Jetons donc d'abord un œil sur les notes du mois de juin.

Avant l'été, nous étions convenues que Charlotte tiendrait un journal de ses repas. Ce qu'elle a mangé, combien et où. Une fois le repas terminé, il fallait estimer le degré d'intensité du malaise et de l'angoisse. Une personne souffrant de troubles du comportement alimentaire éprouve souvent une forte sensation d'angoisse après un repas, la nourriture représentant à ses yeux le danger de grossir. Afin d'éviter l'angoisse, cette personne va employer des techniques répétées pendant plusieurs années. Sous-nutrition, vomissements et exercices physiques exagérés. Elle n'est peut-être même pas consciente que cela entraîne de nouvelles crises de boulimie et, même si elle l'est, l'angoisse à cet instant-là est tellement forte et douloureuse que cela lui importe peu. Et le cercle vicieux est lancé.

Je saisis le journal alimentaire minutieusement tenu par Charlotte pour lire la feuille de juin. Des repas réguliers, pas d'estimations d'angoisse élevée après les repas, pas de crises de boulimie, pas de vomissements.

— Est-ce que vous pouvez m'en dire un peu plus ?

— J'sais pas, répond-elle. Ça marchait tout simplement. Tout à coup, c'était… facile.

Charlotte approche les quarante ans et a rapidement gravi les échelons de la hiérarchie professionnelle ; actuellement, elle est chef de service dans une entreprise multinationale. Pendant presque vingt-cinq années, elle a lutté en silence contre des troubles du comportement alimentaire. C'est seulement lorsque son dentiste l'a confrontée à ses problèmes d'érosion dentaire qu'elle est allée chercher de l'aide. Elle est en thérapie depuis la fin avril et constitue en quelque sorte la patiente modèle. Tout comme elle est une cheffe d'équipe parfaite, elle est la patiente de psychothérapie parfaite. Son grand problème est peut-être justement cette énorme exigence qu'elle a envers elle-même. Charlotte a terriblement peur de l'échec. Pour l'instant, nous n'en avons guère parlé. Au lieu de cela, nous avons tenté de réduire la fréquence de ses crises de boulimie et des vomissements. Contrairement à Sara Matteus, Charlotte est une patiente qui dégage de l'énergie. Sa peur d'être incompétente et insuffisante me donne l'impression d'être capable et douée.

Nous continuons d'étudier les notes de Charlotte. Juillet, août : taux d'angoisse bas, pas de vomissements. Nous nous rejoignons dans un rire soulagé et Charlotte reçoit les louanges qu'elle cherche si désespérément, mais qu'elle a également bien méritées.

— Ce n'est pas tout.

Charlotte a l'air nerveuse. Elle se tortille sur la chaise Lamino et, comme toujours quand elle est inquiète, elle se met à trépigner de son pied chaussé d'un mocassin à picots. Je devine que je n'aurai jamais les moyens de m'offrir ce genre de chaussures.

— Racontez-moi.

— Je ne sais pas…

Charlotte prend tout à coup un air mystérieux. Comme si elle était sur le point de me révéler un secret. C'est comme ça que les choses marchent ici, ils me racontent tous leurs secrets dans cette petite salle verte.

— Je ne sais pas si ça a un rapport avec la thérapie. J'ai réfléchi, vous savez, sur la vie.

Charlotte s'interrompt et des taches rouges remontent le long de son cou comme si de petits doigts l'avaient pincée. Je comprends que cela lui demande un gros effort de sortir les mots qu'elle a l'intention de prononcer.

— J'ai passé… combien d'années en fait… mon Dieu, vingt-cinq peut-être… à consacrer tout mon temps à penser à la bouffe. Et à mon corps. Et à mon ventre. Et à mes cuisses. Et à faire de la gym. Quand je ne pensais pas à ça, je travaillais. Boulot, body, bouffe. Je suis la cheffe d'équipe la plus jeune qui réalise les meilleurs chiffres d'affaires, mais je n'ai pas de vie. Pas de vraie vie. Pas d'amis. Pas d'amis PROCHES en tout cas. Pas de mari. Pas d'enfants. Je me souciais tellement d'être parfaite au point d'en oublier pourquoi je voulais être parfaite. Je voulais… être… aimée. Je voulais être aimée. Et maintenant, c'est trop tard.

Les larmes jaillissent de ses yeux et coulent en petits ruisseaux le long de ses joues rougies. Elle renifle et sort plusieurs mouchoirs de la boîte. Puis se mouche, s'essuie et continue de pleurer. Je pousse la boîte vers elle et pose doucement la main sur son bras.

— Charlotte, dis-je en captant son regard, ce n'est pas inhabituel de ressentir cela face à ce que vous traversez en ce moment… Vous avez été handicapée et retenue par une grave maladie et à présent vous êtes en train de guérir. Ça rappelle automatiquement les années qu'on a ratées. Ce n'est pas bizarre. C'est bien. Mais j'aimerais savoir pourquoi vous dites que c'est trop tard maintenant.

Elle ne dit rien pendant un bon moment et fixe le mur au-dessus de ma tête avant de répondre d'une voix grêle :

— Vieille… je suis en train de devenir vieille. Et c'est comme si je n'arrivais pas à réaliser cela, à l'intérioriser. Je continue comme si de rien n'était et attends de… de redevenir jeune.

— De redevenir jeune ?

— Ben oui, au printemps, peut-être, dit-elle en souriant, mais c'est un sourire triste et amer, plein de douleur.

Je lui rends son sourire. La sensation qu'elle décrit me paraît familière, cette impression que le temps est un canal où l'on peut passer d'une rive à l'autre sans trop de complications, au lieu d'une cascade. Elle hausse lentement les épaules et me jette un regard accablé.

— Qui voudrait encore de moi… je suis… peut-être même que je ne pourrai plus avoir d'enfants.

La tristesse de Charlotte. Sa peur. Si proche de la mienne. Pas d'enfants. Trop tard. Pas de mari. Plus jamais.

Je tente de résumer les pensées de Charlotte et d'en tirer quelque chose d'utile. De lui permettre de voir ça d'un point de vue extérieur. Objectivement. Pour qu'elle arrive à mesurer le degré de vérité contenu dans ces phrases. Je lui recommande un exercice pour l'aider à travailler cela. Puis ses quarante-cinq minutes sont passées, et Charlotte sort un peigne, le passe dans ses cheveux et parvient à se ressaisir étonnamment vite. Lorsqu'elle me serre la main pour me dire au revoir, la fille sanglotante en elle a disparu. C'est la cheffe de service qui quitte la salle de consultation et sa psychothérapeute, c'est-à-dire moi.

Je m'approche de la fenêtre et regarde vers la place. En bas, un groupe d'enfants marche sur les pavés de la Medborgarplatsen. Le soleil d'août brille, obstiné. Aucun bruit n'entre dans ma salle, mais, quand je ferme les yeux, j'arrive à imaginer le son de leurs voix sur la place. Une sensation de quiétude inconnue remplit ma poitrine. Peut-être de la tristesse, peut-être juste du calme et du vide.

Le soir.

Tous les soirs, c'est le même rituel. Lorsque j'ai terminé le boulot que je rapporte toujours à la maison, je prends un bain de mer. En été, comme maintenant, j'essaie même de nager un peu. Ensuite, je me prépare à manger.

Un dîner pour une personne.

Jamais très sophistiqué ni sain : des spaghettis avec une sauce tomate toute prête, des crêpes ou des quiches surgelées, du poulet barbecue du supermarché. Je n'ai même pas de livres de cuisine. Je bois du vin pendant le repas, lave la vaisselle et essuie la table, puis sors par la porte d'entrée pour faire le court chemin entre les rosiers jusqu'à la salle de bains dans la petite maison ; je ne veux pas risquer d'avoir à utiliser les toilettes après la tombée de la nuit. J'appelle Ziggy. Parfois, il vient. Certaines nuits, il préfère rester seul dehors au lieu de réchauffer mon lit. Une fois de retour dans la maison, je vais de pièce en pièce pour ouvrir la lumière. Toutes les lumières : le plafonnier, la lampe de chevet, la lampe de bureau. Même la lumière de la hotte dans la cuisine. Je vérifie que la grande lampe de poche se trouve à sa place stratégique sous ma table de chevet. Là où j'habite, les pannes de courant ne sont pas rares. Ensuite, je regarde dans le noir devant les grandes fenêtres.

Après quelques verres de vin, je tombe dans un sommeil profond, sans rêves.

L'un de mes premiers souvenirs d'enfance remonte à la fois où ma sœur m'a enfermée dans l'armoire de sa chambre, parce que j'avais mis de la crème de noix dans les cheveux de sa poupée Cindy. Je n'avais pas du tout eu l'intention de transformer la crinière de la poupée en un gâteau couleur caca. La crème de noix grasse et périmée était censée embellir Cindy. Ma mère et mes sœurs, elles aussi, utilisaient bien des masques pour le visage et du gel pour les cheveux quand elles voulaient se faire belles.

Je me souviens exactement comment je l'ai suppliée de me lâcher, comment elle m'a poussée dans son armoire d'une main dure et implacable. « Petite merdeuse ! Espèce de débile ! Si tu touches encore une fois à ma Cindy, je te tue. »

Il faisait noir à l'intérieur de l'armoire, j'avais du mal à respirer, comme si l'air même se pressait lourdement contre mon visage et mon corps frêle, me poussant malgré moi de plus en plus au fond de l'armoire. Je me rappelle une odeur de laine et de poussière et je me souviens d'une autre chose qui ressemblait à de la gomme.

Je tâtonnais dans l'obscurité, les mains tendues devant moi. Les vêtements chauds rangés pendant l'été caressaient mes joues et les bords en acier d'une vieille paire de skis ont cogné contre l'une de mes épaules.

Mon cœur battait de plus en plus vite et, tout à coup, j'ai ressenti une pression curieuse sur ma poitrine. D'abord, j'étais plus étonnée que terrorisée ; c'était comme si mon corps avait peur avant que mon intellect ne comprenne ce qui se passait, comme si je pouvais sentir et enregistrer toutes les expressions physiologiques de la peur avant de me rendre compte que j'avais peur. J'entendais les cintres cliqueter sur la tringle et commençais instinctivement à agiter les bras. Des doudounes, des cardigans et d'anciens vêtements de ski se sont abattus sur moi et, à ma grande surprise, j'ai entendu un son bizarrement strident sortir de ma gorge. Cela a fait exactement le même bruit que les cochons que j'avais vus quand j'étais partie visiter une ferme avec ma classe.

« Aïïïïe ! » ai-je hurlé.

Puis j'ai perdu connaissance, au milieu des gants de ski, des survêtements et d'un tas de magazines pour ados.

Date : 21 août
Heure : 15 h 00
Lieu : Salle verte, cabinet
Patient : Sara Matteus

— Il faut que je vous raconte un truc !

D'un ongle long et vert, Sara triture une croûte sur son avant-bras. Elle gratte, racle et soulève la croûte jusqu'à ce que du sang sorte de la blessure.

— Allez-y, dis-je pour l'encourager tout en la scrutant pour la première fois au cours de notre entretien.

Elle paraît excitée et énergique. Maniaque. Son briquet tambourine de plus en plus vite contre son paquet de cigarettes, et elle écarquille les yeux. Elle a visiblement du mal à tenir en place sur sa chaise. Je pense un court instant qu'elle a pris de la coke, mais je sais que ce n'est pas vrai. Sara est clean.

— J'ai rencontré un mec !

Je baisse discrètement les yeux sur mon bloc-notes pour empêcher mon regard de trahir mes pensées, mais Sara les devine quand même.

— Je sais ce que vous pensez, mais cette fois c'est différent ! Et je sais que vous vous dites maintenant que je dis ça chaque fois, mais cette fois-ci c'est vrai. Promis ! Il est beaucoup plus âgé que moi. Il a un vrai job, un bon en plus ! Se fait plein de thunes. Mais ce n'est pas ça qui compte, bien sûr, ajoute-t-elle afin de minimiser le fait que l'homme qu'elle a rencontré possède tous les bons attributs masculins.

Elle baisse la voix et chuchote de manière théâtrale :

— Il me voit et me comprend comme aucun autre ne l'a jamais fait. Ne le prenez pas mal, mais avec lui je peux parler de choses que je ne peux dire à personne d'autre, même pas à vous. Il m'écoute pendant des heures. Il écoute mes peines, vous savez.

Sara allume une cigarette, sourit et secoue légèrement la tête, ses boucles dansent au-dessus de ses épaules.

— Il veut que je m'installe avec lui.

Elle dit cela lentement et d'un ton songeur, mais il y a un air de triomphe dans sa manière de prononcer la phrase.

Je ramasse mes papiers en tentant de ne pas regarder ses joues rougies et son expression butée.

— Je suis contente pour vous, Sara. Vraiment. Depuis quand est-ce que vous connaissez cet... homme ?

Sara fixe le tapis, se plie vers l'avant et hoche la tête.

— Ben, depuis quelques semaines. Mais on se voit vachement souvent. Il m'a offert ce sac, ajoute-t-elle en soulevant l'imposante pochette Gucci parsemée de monogrammes, comme si elle voulait ainsi prouver la légitimité de cette relation. Il m'invite au resto.

Je ne dis rien.

— Il est gentil avec moi.

Sara hausse les épaules et me jette un regard interrogateur comme si elle attendait mon approbation.

— Sara, vous êtes adulte et n'avez pas besoin de mon approbation avant de vous lancer dans une relation amoureuse, dis-je, mais ma voix trahit mon appréhension.

C'est louche. Un homme d'âge mûr et riche fait la cour à une jeune fille aux ongles vert fluo, une charmante personnalité borderline qui s'exprime par les cicatrices zébrées laissées par les rasoirs et les lames de cutter sur ses bras et ses jambes. Surprise, je me rends compte que je crains qu'il n'abuse de Sara.

Une fois la jeune fille partie, je reste seule dans ma salle verte, les yeux rivés sur la fenêtre. Depuis que je suis Sara en thérapie, les petits amis ont défilé. Le plus souvent, ils étaient de son âge, souffraient de problèmes qui ressemblaient aux siens. De jeunes hommes ratés, des épaves portant des traces de piqûre ou Dieu sait quoi. Et d'autres cicatrices, bien pires, gravées dans leur âme. Chaque fois, Sara était tout aussi enthousiaste, tout aussi aveuglée par l'amour et, chaque fois, ça s'est terminé de la même manière : dans un désespoir noir et sans fin.

J'aimerais pouvoir empêcher que cela lui arrive encore une fois.

J'ai rencontré Stefan lors d'une fête dans une ferme près d'Eslöv dans le Skåne il y a sept ans. Une belle soirée d'été, malgré les modestes températures. Je me rappelle qu'il avait des mains chaudes et qu'il m'a généreusement prêté sa veste de costume quand nous nous promenions à travers les champs de colza. Il me fascinait, et avec le recul je me dis aujourd'hui que c'était parce que nous étions tellement différents.

Stefan était grand et blond – moi, petite et maigre, cheveux courts et noirs, le corps d'un garçon. Lui était toujours gai, ne se morfondait jamais, avait un tas d'amis et il était tout le temps en train d'entreprendre quelque chose. Je crois que j'espérais qu'il me transmettrait un peu de sa joie de vivre. Ça a sûrement été le cas.

Quel sentiment bizarre de savoir que Stefan n'est plus. Mais je pense que je suis parvenue à accepter sa mort. Cette apathie totale et cette sensation terrifiante de solitude m'ont quittée depuis un bon bout de temps pour laisser la place à un deuil doux et nostalgique et à un vide presque physique : mon corps se souvient toujours de la douceur de sa peau, mes mains désirent pouvoir toucher ses cheveux blonds raides, ma langue se languit de sentir le goût salé de sa nuque.

Voilà, je suis veuve. Comment peut-on être veuve à l'âge de trente-quatre ans à peine ? Aux inconnus, je dis que je suis célibataire. Je n'ai pas envie d'entrer dans les détails sur l'accident de plongée, ni d'entendre qu'ils savent exactement comment je me sens puisque la même chose leur est arrivée cent ans auparavant, ou que cela me ferait du bien de sortir, ou quelque chose d'autre qui a le don de m'énerver.

Mes amis savent tout, je n'ai plus besoin de leur expliquer. Ils me fichent la paix et sont conscients qu'il ne sert à rien de combler le silence de platitudes vides de sens. Ils me laissent tranquillement siroter mon vin chez moi et ne me forcent pas à sortir dans les bars.

Pour mes patients, je suis Siri, leur psy, personne ne me pose jamais de questions sur ma vie privée, ce qui est un vrai soulagement.

Je suis une psy sans passé.

Ça me va très bien.

Stefan faisait son internat à l'hôpital de Kristianstad alors que je travaillais à Stockholm. De nombreux voyages, une grande épreuve. Quand Stefan venait à Stockholm, il logeait chez moi dans mon petit studio rue Luntmakargata. Peu à peu s'est cristallisé un schéma que nous allions maintenir pendant une année entière : boulot et amis pendant la semaine, isolement dans mon appart le week-end. Nous passions des heures blottis l'un contre l'autre, liés par notre désir dans mon lit étroit et inconfortable.

Tous mes amis trouvaient que Stefan avait un effet bénéfique sur moi. Grâce à lui, je m'épanouissais et freinais mon côté noir et introverti. Il était serein face aux grandes questions de la vie et répondait souvent à mes réflexions par des phrases du genre : « Si tu faisais un peu plus de sport, tu ne penserais pas comme ça », ou : « Arrête de te casser la tête là-dessus, viens plutôt m'aider à tenir cette planche. » Son esprit pratique par lequel il arrivait à éloigner doucement mes pensées des trous noirs m'équilibrait, et mon côté profond et difficile ne me manquait jamais. J'ai toujours eu tendance à trop ruminer mes problèmes et à réfléchir à mes sentiments, c'est pourquoi j'ai été charmée par ses manières simples et directes.

Puis Stefan a commencé son internat de spécialisation. Personne n'a été surpris qu'il choisisse l'orthopédie. C'était Stefan tout craché. Quand quelque chose était cassé, il voulait le réparer, sans avoir à mener de grands examens ni à s'enfoncer dans de profonds raisonnements en se demandant pourquoi un traitement ne marchait pas.

Lorsque Jenny Andersson, l'une de mes patientes, s'est suicidée, Stefan est devenu mon grand soutien. Je me perdais dans le doute et l'autoanalyse, remettant en cause mon choix professionnel et mes capacités de lire en autrui. Stefan m'a fait comprendre que je n'étais pas responsable. De sa manière pratique et analytique, il a déclaré que, si quelqu'un voulait vraiment se donner la mort, ni moi ni personne d'autre ne pourrait l'en empêcher. Je me rappellerai toujours notre discussion ce soir-là, lorsque Stefan m'avait emmitouflée dans la couverture en patchwork que sa grand-mère avait cousue avec de vieux mouchoirs dans les années soixante.

J'ai expliqué à Stefan mon désespoir de ne pas avoir vu venir la catastrophe.

— Pourquoi ? a-t-il demandé en haussant les épaules.

— Si quelqu'un avait la possibilité de le prévoir, c'était moi.

— Est-ce que tu penses, avec le recul, qu'il y avait des signes avant-coureurs ?

J'ai hésité avant de répondre en essayant de me souvenir de mon dernier entretien avec Jenny. Elle avait été plus joyeuse et plus équilibrée que d'habitude. Peut-être parce qu'elle avait déjà pris sa décision ? Était-ce le soulagement – un poids qui lui tombait des épaules, ayant fait son choix et accepté les conséquences ? Avait-elle trouvé la paix ?

— Non, pas vraiment. Pas du tout, me suis-je corrigée en secouant la tête. Il n'y avait pas de signes.

Enfin, bien sûr qu'il y avait des signes, Jenny avait peur, elle était déprimée, mais elle niait penser au suicide. Je l'ai interrogée, je lui ai posé des questions sur le désir de mourir, de se suicider… Jenny en a ri. Disant que le suicide était un truc pour les faibles. Les perdants. Je lui ai demandé si elle se considérait comme une perdante.

— Est-ce que tu reprocherais à sa famille ou à ses amis de n'avoir pas compris ce qui était sur le point de se passer ?

— Mais non, voyons.

— Alors, pourquoi est-ce que tu te le reproches à toi-même ?

— C'est mon travail de voir ce genre de choses !

— Siri, ma petite Siri, a dit Stefan en me prenant les mains, ce qu'il faisait toujours quand il voulait que je lui accorde toute mon attention. Tu sais comme moi que ce n'est pas parce qu'on est un psychologue diplômé qu'on peut lire dans les pensées, prédire l'avenir, empêcher de commettre des fautes ou même interpréter les expressions du visage avec une confiance absolue. On ne peut pas se fonder sur des analyses de sang, Siri, on ne peut pas envoyer ses patients au laboratoire pour recevoir des fiches le lendemain. Tu as posé les questions, tu as reçu des réponses. Tu ne pouvais pas faire plus que ce que tu as fait pour elle.

Quelque part, je savais que Stefan avait raison, mais ce sentiment de culpabilité désespéré, étouffant, me rongeait et ne voulait pas me lâcher. Je ne pouvais pas dire avec certitude que je n'avais pas contribué à la mort de Jenny.

— Siri, oublie Jenny maintenant.

Mais je ne l'écoutais déjà plus.

D'un geste tendre, il m'a fait me lever du canapé pour me guider à la cuisine, comme avec une enfant.

— Siri, tu dois m'aider à éplucher les patates.

Je lui ai jeté un regard perdu, j'étais incapable de parler.

— Tiens, a-t-il dit en me tendant l'économe, puis il a renversé plusieurs kilos de pommes de terre dans l'évier.

Lentement, presque machinalement, j'ai commencé à éplucher les pommes de terre. Cela a duré au moins une heure et, lorsque j'ai eu terminé la dernière, je m'étais effectivement calmée au point de pouvoir parler d'autre chose que de la mort de Jenny.

Encore un des talents de Stefan : pouvoir me toucher et me soigner à un niveau où les mots étaient superflus. Moi-même, j'étais convaincue qu'on pouvait tout arranger, mettre en ordre et résoudre un problème au cours d'une conversation. Parfois, j'avais l'impression que je ne faisais rien d'autre, seulement parler et parler : au cabinet, avec mes amis et avec Stefan.

« Les hommes sont ce qu'ils font, disait toujours Stefan. Nos actes font de nous ce que nous sommes. » Alors, qu'est-ce qu'ils font de moi ?

Au début, ce n'était qu'un passe-temps. Le temps : j'en avais un océan entier à faire passer, donc pourquoi ne pas aller voir ce qu'elle faisait lorsqu'elle ne travaillait pas ? Ce qu'elle faisait tout au long de la journée, je le savais bien.

Je me suis mis à fréquenter les bars de la Medborgarplatsen où je supposais qu'elle allait après le travail. Je n'avais aucun plan, je ne savais pas ce que j'allais faire au cas où je l'apercevrais. C'était plutôt comme une obsession, une envie irrépressible de la voir.

Une démangeaison.

Puis, un jour, elle est apparue tout à coup devant moi, alors que je fumais une cigarette sur les marches des bains municipaux en profitant des quelques rayons de soleil. Plus précisément, elle se trouvait à dix mètres de moi et promenait son regard sur la place, sans but précis. J'ai été frappée par sa laideur. Petite et maigre aux cheveux bruns très courts. D'après ce que je pouvais voir, elle n'était pas maquillée et observait les gens d'un air froid, les yeux gris, sans expression, morts. Elle tortillait sa bouche qui ressemblait alors à un petit ver rose. Ses genoux et ses coudes formaient comme des nœuds sur ses bras et ses jambes maigrelettes et bronzées. Ses vêtements étaient ceux d'une bobo de Södermalm ; une jupe courte et asymétrique kaki, des sandales plates, un large chemisier noir (sa poitrine ne se dessinait pas en dessous), et une longue écharpe bouffante roulée plusieurs fois autour de son cou. Au poignet, elle portait un bracelet aux perles colorées qui lui donnait un air incroyablement enfantin. Comme une maîtresse de maternelle innocente, ce qu'elle n'était vraiment pas. J'ai écrasé le mégot sur ma paume, en accueillant avec plaisir les douleurs vives qui dominaient les autres sentiments en moi.

C'est une soirée extraordinairement belle, même si une brise fraîche dans l'air annonce déjà l'arrivée de l'automne. Les terrasses sur la Medborgarplatsen sont bondées. Comme si tout le monde voulait profiter un maximum de cette dernière soirée estivale. Une mouette solitaire plane au-dessus de la place à la recherche de restes de nourriture.

Aina et moi nous promenons à travers Södermalm. Nous passons devant le jardin de Björn où quelques ados s'activent sur les rampes de skateboard alors que plusieurs habitués vident des bouteilles d'un alcool non identifié en jouant au public enthousiaste. Nous montons en direction de la place Mosebacke et entrons dans Mosebacke Etablissement par le portail.

La terrasse est pleine. Un mélange de jeunes de Söder, de touristes japonais et de couples âgés se serrent autour des tables. Aina balaie la foule du regard.

— Là, regarde ! On a du bol !

Notre collègue Sven Widelius est assis à une table, il lit le journal, une bière devant lui. Ses cheveux ondulés poivre et sel tombent tel un rideau sur son front ridé et hâlé. Si je ne le connaissais pas, que je n'étais pas sa collègue, je le trouverais sans doute attirant, bien qu'il ait vingt ans de plus que moi.

Il y a quelque chose dans sa manière d'écarter les cheveux de son visage, cette forte mâchoire, les lourds sourcils et l'intensité de son regard gris. Quelque chose dans sa manière de remplir une pièce de sa présence naturelle et de son énergie nerveuse ; il bouge sans cesse. Et il cherche toujours le contact physique : une caresse le long de l'épaule quand il passe, une main appuyée sur mon bras lorsqu'il me fixe en m'offrant toute son attention. Et puis son rire. Pas toujours gentil, souvent cynique, railleur. Sa façon de me regarder me trouble parfois, me donne l'impression d'être plus jeune, déshabillée.

Espiègle.

Voilà le mot. Son regard est espiègle. Et il prend tout son temps. Ses yeux gris me scrutent sans honte ni doute. Comme si nous avions conclu un pacte secret.

Lui et moi.

Aina et moi traversons la mer de tables et de chaises, nous nous frayons un chemin entre un groupe de femmes corpulentes qui jacassent en finlandais, passons par-dessus un chien noir énorme avant d'arriver enfin devant Sven qui lève la tête et nous jette un regard de biais.

— Ah, mes jeunes collègues féminines, dit-il sans ironie dans la voix. Vous voulez vraiment me tenir compagnie ? Est-ce que ce ne serait pas plutôt la table qui vous intéresse ?

— Arrête de bouder, Sven ! dit Aina. On te paiera une bière.

— Surtout pas, réplique Sven. J'attends Birgitta.

Birgitta Börjesdotter Widelius est la femme de Sven. Une femme trapue aux cheveux gris et aux traits sensuels qui, depuis plusieurs années, est professeur à l'institut de Gender Studies de l'université d'Uppsala. Aina et moi sommes en admiration devant Birgitta. Son parcours universitaire est sans équivalent, ses recherches impressionnantes, sa personnalité forte.

Mais autant nous admirons Birgitta, autant la relation de Birgitta et Sven est intrigante. Sven est charmant et attirant, et il le sait. Il est craquant, et peut aussi être un séducteur. Des rumeurs malveillantes disent que sa carrière universitaire a été anéantie à cause d'un intermède érotique avec une doctorante ou une étudiante en premier cycle. Tout le monde est au courant de ses infidélités, Birgitta aussi sûrement. Mais, malgré tout, ils restent ensemble. Et s'il y a des problèmes dans leur couple, ils n'en laissent en tout cas rien paraître. Birgitta n'est de toute façon pas du genre à se livrer à de grandes effusions en public. Elle est discrète, voire cachottière, comme dirait Aina. Elle adore parler de son boulot, mais rarement de sa vie privée. Et qui pourrait lui en vouloir ? Être mariée à Sven n'est sûrement pas évident.

— Est-ce qu'on peut s'asseoir avec toi quand même ? je lui demande timidement.

— Allez-y, répond Sven en se passant une nouvelle fois une main dans les cheveux. On a juste rendez-vous ici, ensuite on a prévu d'aller à un concert à l'église Katarina.

Il tape sur la chaise à côté de lui comme pour signifier qu'elle est libre.

Aina se dirige vers le bar, se faufilant entre quelques retraités et un homme à dreadlocks portant un bébé dans une écharpe cousue main. Sven et moi restons assis à observer les gens autour de nous.

Nous ne disons rien. Puis nous nous regardons et éclatons de rire. Gênés.

— Si on se voyait plus souvent en dehors du cabinet, ça ne serait peut-être pas aussi embarrassant ?

Sven me regarde en souriant et, pendant un instant, c'est comme si ma chaise était un grand huit. Son regard est si pénétrant que j'ai l'impression qu'il atteint mon âme. Il peut percevoir ma solitude, j'en suis convaincue.

— On pourrait se voir en tête à tête. Qu'en dis-tu, Siri ?

Le grand huit s'arrête et je sens monter l'irritation en moi, même si j'ai du mal à deviner si Sven est sérieux ou pas. Peu importe, je n'ai pas envie de mener ce genre de discussion avec un collègue, qui, de surcroît, est marié.

— Sven, laisse tomber, dis-je sèchement.

Le rire de Sven est fort et tonitruant. Ça me rend mal à l'aise.

— Si je n'avais pas l'air d'un con macho en le faisant, je te dirais qu'il te faut un homme, Siri. Est-ce que tu veux continuer éternellement à vivre comme une…

Je l'interromps.

— Birgitta va arriver. Et, Sven, il me faut peut-être un homme, mais certainement pas un collègue marié de vingt ans de plus que moi. Il y a d'autres candidats plus aptes…

Je souris à un type assis à la table voisine.

Mais Sven ne me voit déjà plus, il est passé à autre chose. Il se lève pour embrasser Birgitta et j'admire sa capacité à jongler entre plusieurs situations comme s'il ne pouvait y avoir de fuite.

Cloison étanche.

Birgitta me salue ainsi qu'Aina, qui revient avec deux verres de vin. Nous parlons quelques minutes d'un article qu'Aina vient de lire, puis Sven et Birgitta s'éloignent dans la nuit d'été, côte à côte.

Aina se rend immédiatement compte que je suis fâchée.

— Je vois que notre collègue a de nouveau essayé de te séduire.

— Ce n'est rien, dis-je. Juste…

Je me tais. D'habitude, Sven est sympa. C'est un bon associé pour le cabinet. Il paie toujours ce qu'il doit rubis sur l'ongle. Il est très cultivé et possède une longue expérience qu'il n'hésite pas à partager avec les autres. À de nombreuses reprises, il m'a aidée avec des patients quand j'avais l'impression de pédaler dans la semoule. Mais de temps à autre, il empiète sur ma vie privée. Et même si je dois être capable de repérer son discours de séducteur à mille lieues, il a le don de me mettre mal à l'aise. Mais peut-être qu'il a raison. Peut-être que je suis une femme froide et desséchée qui a désespérément besoin d'un homme. Je ne le crois pas.

Cependant, j'aurais besoin d'apprendre à ne pas tout prendre trop à la lettre.

— On s'en fout, je conclus.

Je savoure mon vin en écoutant Aina raconter un nouvel épisode du conflit éternel qui l'oppose à sa mère. Conflit dont l'origine est depuis longtemps tombée dans l'oubli, et que personne ne semble plus capable de résoudre.

J'ai du mal à me concentrer sur ce que me dit Aina. Mes pensées reviennent sans cesse vers l'entretien que j'ai eu avec Sara Matteus ce matin. Quelque chose m'inquiète beaucoup, sans que je puisse l'exprimer. Aina remarque que je suis ailleurs, mais, au lieu d'en être blessée, elle me demande :

— Tu veux me raconter ?

— Oui, mais pas ici.

Une terrasse n'est guère le bon endroit pour discuter de choses sérieuses. Nous vidons alors nos verres de vin, quittons la table et déambulons sans but précis dans les ruelles autour de l'église Katarina, alors que le ciel d'été s'assombrit au-dessus des pignons et que l'air se remplit des parfums de la nuit : l'odeur indéfinissable et humide des plantes flétries, les effluves de la friture qui émanent de la crêperie qui fait l'angle et de la fumée de cigarette des clients sur les terrasses. Et de partout, nous sommes entourées de ce bourdonnement bizarre produit par l'ensemble des habitants de la ville. Au loin, je perçois de la musique arabe et les voitures filer dans la rue Folkungagata.

— C'est Sara Matteus, je me lance. Quelque chose m'inquiète. Elle a rencontré quelqu'un. Un type.

Aina m'interrompt en éclatant d'un rire sec, gloussant.

— Sara Matteus a rencontré un type et tu t'inquiètes ? Allez, ce n'est pas la première fois que Sara rencontre quelqu'un. Qu'est-ce qu'il y a chez celui-ci pour que tu te prennes la tête ?

Le commentaire d'Aina m'aide à mettre des mots sur mes pensées.

— C'est l'homme en soi, je crois. Il est… enfin, selon Sara, plus âgé, bien établi, fortuné. Lui offre des cadeaux. Et il lui a demandé si elle voulait s'installer avec lui. Qu'est-ce qu'il attend d'elle ? Pourquoi un homme d'âge moyen plein aux as cherche-t-il à être avec une nana de vingt-cinq ans qui très visiblement a des difficultés, si ce n'est…

— … pour abuser d'elle, complète Aina. Que dit Sara ?

— Ah, ce qu'elle dit toujours. Que c'est différent cette fois. Qu'il la voit, et que c'est pour de vrai. Ce qui me fait peur aussi. Parce que ça la rend vulnérable. Et si elle est blessée, tout le traitement recommencera à zéro. Elle a presque arrêté de se couper, elle est beaucoup plus stable qu'avant. Mais s'il arrive quelque chose… Je crains vraiment qu'elle…

Je me tais.

Aina me jette un regard inquisiteur.

— S'il arrive quelque chose ? Quoi, Siri ? Elle doit se confronter au monde, tu le sais bien. Et il faut que tu cesses de voir en Sara une victime permanente.

— Mais elle est une victime. Elle a été la victime de professeurs qui ne comprenaient pas sa situation, la victime d'un système de psychiatrie pour enfants qui fonctionnait mal et celle d'un service social qui n'a pas pu l'aider, ni elle ni sa famille.

Aina passe doucement la main sur mon bras.

— Bien sûr que Sara est en partie une victime, mais tu sais aussi qu'elle a des ressources. Allez, c'est une fille maligne. Certes, elle a vécu des expériences difficiles, mais elle a su les surmonter toute seule. Combien de gens tu connais qui ont réussi à décrocher de la drogue par leurs propres moyens ? Et il n'y a pas que ça. Et maintenant elle a rencontré un homme que tu juges intuitivement nuisible pour elle. S'il l'est vraiment, Sara sera elle-même capable de rompre avec lui, avec ou sans ton aide. Et Sara doit continuer de faire ses propres expériences. N'a-t-elle plus le droit de se blesser ? Doit-elle ne plus jamais connaître la douleur ? Dans ce cas, il faudrait qu'elle passe le reste de sa vie à l'abri d'autres êtres humains.

Aina se tait, et j'assimile peu à peu son message. Je sais qu'elle a raison. J'aimerais juste que Sara ait attendu plus longtemps avant de se lancer dans une nouvelle relation.

Pas maintenant. Pas encore.

Une fois, c'était un soir d'été, j'ai filé l'autre ; sa collègue, la pute. Je l'ai suivie tout le chemin de la Medborgarplatsen jusqu'à la plage de Hornstull en passant par la place Mariatorget et le lycée Fogelströmska, alors que le crépuscule tombait sur Söder. J'ai pris bien soin de garder une bonne distance entre elle et moi pour qu'elle ne me voie pas. Mais ces précautions étaient superflues, elle ne se retournait jamais, marchant d'un pas pressé. En fait, elle sautillait presque, ce qui lui donnait l'air idiot.

Comme un petit garnement.

À Hornstull, elle a bifurqué vers l'eau, vers le marché et la terrasse près du ponton. Je l'ai vu enlacer un homme, l'embrasser légèrement sur la bouche puis s'asseoir à côté de lui sur la terrasse.

Moi-même, j'étais assis sur un tas de bois, à bonne distance, et je fumais pendant que je les observais à travers la foule : elle paraissait obscène, mais, il fallait que je l'admette, non pas sans une certaine assurance et du style. Elle portait une robe d'été rose avec un fauve imprimé sur la poitrine et un énorme décolleté qu'elle laissait subtilement glisser sur un bras en exposant la bretelle vert criard de son soutien-gorge. Les jambes nues, bronzées, des Converse usées aux pieds, les cheveux relevés par un ruban négligemment noué.

L'homme qui lui faisait face avait l'air plus jeune qu'elle. Il portait un jean usé, un pull à capuche et quelque chose qui ressemblait à un foulard palestinien noué plusieurs fois autour de son cou barbu. Ses cheveux longs et crépus étaient tressés dans son dos.

J'aurais bien aimé savoir de quoi ils parlaient, mais, même s'ils se trouvaient à quelques mètres seulement, il était impossible d'entendre quoi que ce soit, vu que les promeneurs produisaient un boucan d'enfer autour de moi.

D'un coup, elle s'est penchée en avant pour jouer avec une mèche qui s'était échappée de sa queue-de-cheval. Elle a souri et lui a jeté un regard sensuel. L'homme au foulard palestinien a éclaté de rire, a pris sa main et l'a caressée. Elle a ri à son tour, puis s'est débarrassée de ses chaussures et a mis les pieds sur ses genoux, sans aucune gêne.

Je me suis penché en avant pour mieux voir. L'expression de l'homme a changé, s'est figée, et il a pressé la main de l'autre jusqu'à ce qu'elle devienne toute blanche. Elle a rigolé. En y regardant de plus près, j'ai aperçu ses pieds qui frottaient, malaxaient et caressaient son entrejambe. Une montée subite de nausée et de vertige m'a obligé à me détourner et à inspirer profondément l'air humide de la nuit.

Soudainement, tout s'est mis à tournoyer. Je n'avais qu'une envie : me barrer, loin de leur décadence, de tous ces corps, de cette chair et de ce désir. De tous ces sentiments que j'arrivais à peine à maîtriser.

La saleté, la sueur et la puanteur de la foule m'ont écrasé tout à coup ; les personnes autour de moi m'ont paru se dissoudre devant mes yeux pour former un seul organisme. Une amibe puante, gémissante et molle composée d'envies et de désirs humains qui m'encerclaient, moi, sans défense, assis sur ce tas de bois, le mégot entre les doigts.

Je me suis levé et, tremblant, je suis parti : dégoûté, avec l'envie de vomir et sans jeter un regard en arrière.

La soirée a fait place à la nuit d'été noire, et l'air qui m'entoure est humide et oppressant. Ma maison repose tel un animal endormi entre les pins recroquevillés pour résister au vent, et les rochers arrondis. J'entends le bruit de la mer en courant le long du petit sentier qui mène à ma porte d'entrée. Je dois absolument penser à installer un éclairage devant la maison.

Une fois à l'intérieur, je suis ma routine quotidienne. J'ouvre les lumières et passe rapidement dans la salle de bains. Puis je me rends dans la cuisine où je me verse un verre de vin, me remplis une assiette de soupe instantanée puis me laisse tomber sur une chaise devant la table de la cuisine afin de passer en revue le courrier du jour. Une facture d'électricité, une invitation à un séminaire, un extrait de compte de ma banque.

Reste encore une enveloppe grise matelassée. Je touche le papier kraft épais et soupèse le pli.

Le nom et l'adresse sont écrits au stylo noir. L'écriture est déliée et régulière. Je l'ai gardée pour la fin car elle m'intrigue. Peut-être une invitation, ou une lettre – une véritable lettre. Je l'ouvre lentement. Une photo en sort. Je la fixe pendant quelques secondes sans comprendre ce qu'elle représente. Puis je le vois, et une vague de malaise se répand dans mon corps.

C'est une photo de moi.

Je porte ma robe en tricot et des escarpins à talons hauts. Je traverse la Medborgarplatsen, l'air pressée. La photo a dû être prise il y a peu.

Au dos, quelqu'un a laissé un message : « *Je te vois.* »

Date : 24 août
Heure : 14 h 00
Lieu : Salle verte, cabinet
Patient : Peter Carlsson
Première visite

— D'abord, j'aimerais vous expliquer comment se déroule un entretien préliminaire et ce qui se passera par la suite.

— D'accord. Très bien.

Je regarde l'homme assis en face de moi. Un bel homme frisant la quarantaine. Il est élégant et paraît… chic, en quelque sorte. Ses chaussures brillent, et ses ongles sont bien manucurés. Il ne fait guère partie de ma clientèle habituelle.

Je lui explique les habitudes, les deux ou trois entretiens préliminaires, le plan de traitement, et le renseigne sur les modalités de paiement. Peter Carlsson écoute en hochant la tête, il semble concentré. Malgré son calme apparent, je ressens de la nervosité en lui. Je devine qu'il ne serait jamais venu ici s'il ne s'y était pas senti obligé.

Je vois que Peter Carlsson me dévisage autant que je l'observe. Il enregistre chaque détail, moi, mon visage, mon corps.

— Est-ce que vous être vraiment psy ? Je veux dire, enfin, vous avez l'air assez… jeune.

Ce n'est pas la première fois qu'on me fait cette remarque. Mon physique pose parfois problème dans mon travail. Mes patients s'attendent souvent à rencontrer une femme plus âgée et sont surpris quand ils me voient. J'ai peut-être besoin de travailler un peu plus dur pour leur faire accepter ma jeunesse relative, qui peut leur sembler un signe d'inexpérience.

— Oui, je suis vraiment thérapeute, je réponds en tentant de ne pas avoir l'air irritée. Mais maintenant, j'aimerais parler de vous. Pourriez-vous me dire ce qui vous a incité à venir ici ? Pourquoi voulez-vous suivre un traitement ? Lors de notre conversation téléphonique, vous avez mentionné des pensées obsessionnelles et des angoisses, pourriez-vous m'en dire un peu plus ?

— D'accord. (Il hoche de nouveau la tête en regardant par la fenêtre.) Eh bien, j'ai toujours eu tendance à être angoissé. À m'inquiéter.

Il croise mon regard afin de s'assurer que je l'écoute et que je le comprends.

— Quand j'étais jeune, il était important pour moi de faire les choses d'une certaine manière, ne pas marcher sur les joints des bordures de trottoir, plier mes habits dans un ordre précis le soir. Rien d'extraordinaire, en fait, je pense qu'un tas d'ados se comportent ainsi, à la différence près que je n'ai jamais dépassé ce stade. Bon, j'ai arrêté ce truc avec les bordures du trottoir, mais les manies n'ont pas cessé de se multiplier.

— Vous êtes-vous déjà demandé ce qui arriverait si vous n'accomplissiez pas ces actes ?

Peter fixe ses ongles, scrute ses mains soignées.

— Hum, je pensais que quelque chose arriverait à mes parents, par exemple. Surtout après la mort de ma grand-mère.

— Votre grand-mère est morte ?

— Oui, elle était… unique… très proche de nous, les enfants. Et elle était aussi très jeune, seulement la soixantaine. Paraissait invulnérable.

Peter se tait et je vois qu'il se perd dans les souvenirs de sa grand-mère morte depuis longtemps.

— Que s'est-il passé ?

— Cancer, réplique-t-il rudement. Et après ça, le monde n'a plus jamais été sûr. Vous comprenez ? Tout ce que je considérais comme inébranlable et à quoi je m'accrochais s'est avéré… éphémère. Mon enfance s'est transformée après ça. Non que j'aie grandi trop vite ou ce genre de conneries, mais tout a changé. Les trucs que je faisais sont devenus un moyen de contrôler ma vie. J'avais peur qu'il arrive quelque chose à mes parents, que tout soit encore plus chamboulé. Je craignais qu'ils tombent malades, qu'ils aient un accident de voiture, tout ça. J'ai commencé à les espionner, voulais toujours savoir où ils étaient et ce qu'ils faisaient. Je faisais des crises quand ils voulaient sortir de la maison. Mais ça s'est calmé au bout d'un moment. Bien que j'aie conservé certaines choses. Des tics.

— Qu'est-ce qui a changé ? Qu'est-ce qui les a remplacés ?

— D'autres trucs, dit Peter, évasif.

Dans ma tête, j'essaie de résumer rapidement ce que Peter vient de me raconter. Ce qu'il décrit ressemble à des troubles obsessionnels. Tout à fait normal dans l'enfance, souvent sans signification clinique. Ils font plutôt partie de l'évolution normale de l'enfant. Dans le cas de Peter, en revanche, le deuil et l'angoisse à la suite du décès de sa grand-mère semblent avoir amplifié les rituels qu'il exécutait.

Pour de nombreuses personnes souffrant de troubles obsessionnels, leurs problèmes sont très étroitement liés au sentiment de honte. Ils ont honte de leurs pensées et de leurs angoisses, et de leur incapacité à les maîtriser. Souvent, ils accomplissent des rituels que leur environnement perçoit comme bizarres et fous, c'est pourquoi ils font tout pour cacher leurs problèmes. En règle générale, ils ont peur de perdre la boule ou de devenir dingues. Chez Peter, je perçois cette peur. Je la vois dans son regard qui évite de croiser le mien, dans son visage légèrement rougi. Il a du mal à raconter, à briser le silence et à parler de ce qu'il a dissimulé aux autres depuis son enfance.

— Avez-vous déjà essayé de vous faire aider par le passé ?

Peter fait un signe de tête, confirmant ainsi mes soupçons.

— Racontez-moi les autres choses.

Je veux lui montrer que ce qu'il va me raconter ne m'ébranlera pas, que j'ai entendu des histoires pareilles avant lui.

— C'étaient des idées… de blesser.

Il baisse de nouveau la tête et tape sur son pantalon pour le nettoyer d'une poussière invisible.

— Blesser ?

— Hum, ça a débuté quand j'ai passé mon permis. Je me disais que je pourrais renverser quelqu'un avec ma voiture. Un enfant, peut-être. Ou un pauvre type qui aurait le malheur de tomber sur moi.

L'expression de son visage trahit une profonde tristesse.

— Et puis je n'arrivais plus à lâcher cette idée, j'ai commencé à croire que j'avais réellement renversé quelqu'un, sans m'en rendre compte. Je remontais dans ma voiture pour chercher sur le chemin que je venais de faire. Il m'arrivait de sortir de la voiture pour longer les trottoirs en cherchant des signes qui prouvaient que j'avais blessé quelqu'un ; des branches cassées, du sang sur le pavé, un corps. Parfois, j'apercevais alors une tache sur le bitume ou ailleurs – une tache d'huile, par exemple – et j'étais obligé de vérifier ce que c'était. Je m'accroupissais pour renifler la tache. J'avais une peur bleue que quelqu'un me voie et trouve mon comportement bizarre. Me prenne pour un taré. Et lorsque j'avais fini de chercher, sans rien trouver, je ne pouvais quand même pas le croire. Je me sentais obligé de revérifier, encore et encore.

Peter se tait de nouveau. Son expression a changé, à présent, elle est torturée.

— Qu'est-ce que vous avez fait ?

— J'ai arrêté de rouler, répond-il de but en blanc. J'en étais incapable. Je n'ai plus conduit de voiture pendant dix ans.

— Et au bout de ces dix ans ? Vous vous êtes remis au volant ?

— J'ai été obligé d'emmener mon père à l'hôpital. On a cru qu'il faisait une crise cardiaque. C'était le réveillon de Noël, il n'y avait pas un seul taxi dans toute la ville. Les urgences étaient débordées. L'ambulance tardait à venir. Ma mère est devenue hystérique, s'est mise à hurler et à pleurer. Tout le monde avait bu sauf moi. Et ça a marché. On est allés au St Göran et je n'ai même pas pensé que je pourrais renverser quelqu'un. Je voulais juste y arriver au plus vite.

— Et puis ?

— Depuis, je n'ai plus de problème. Pour rouler en voiture, je veux dire. Les pensées ne sont pas revenues. Même si j'ai eu d'autres idées depuis, bien sûr.

Peter se tait. Cette fois-ci, son silence est différent, et je vois à sa mine que nous approchons de la raison pour laquelle il est venu me voir, ici et aujourd'hui. Je devine aussi une trace de ce que je crois être du doute, il n'a pas envie de me dire ce qui le hante. Je louche sur ma montre. La séance touche à sa fin, et, avant de terminer, je veux lui donner une brève description des troubles obsessionnels et expliquer qu'on peut l'aider.

En plus, je vais lui donner quelques questionnaires à remplir pour la prochaine fois. Si je le pousse trop, Peter risque de s'ouvrir sans avoir le temps de tout raconter jusqu'à la fin – sans que je puisse lui donner des conseils sur la façon de lutter contre ces idées qui l'obsèdent – et je ne veux pas courir ce risque. Alors, je décide de conclure la séance par quelques infos pratiques.

— D'accord, dis-je. Je comprends. La prochaine

fois, nous allons aborder ces pensées-là. Mais maintenant j'aimerais discuter avec vous de ce que vous venez de raconter. Est-ce que vous connaissez le terme de troubles obsessionnels ?

Je suis fatiguée et épuisée, maintenant que le dernier patient est parti et que le calme emplit désormais le cabinet. La journée a été rythmée par les visites et une réunion administrative avec Aina et Sven afin de répartir de nouvelles tâches et de rappeler une dernière fois le festin d'écrevisses annuel. Le programme chargé m'a empêchée de me triturer l'esprit. Mais à présent la peur et l'inquiétude que j'ai tenté de refouler depuis le matin s'emparent de moi avec une grande violence.

Qui prend des photos de moi en cachette ? J'essaie de réfléchir et de garder mon sang-froid. Ça doit être une blague, quelqu'un se moque de moi.

Personne ne me veut du mal.

Je suis juste paranoïaque.

Mais en même temps une autre voix s'élève en moi, et celle-ci me dit que j'ai peut-être de quoi être inquiète. Cet été, dans ma maison, j'ai parfois eu le sentiment désagréable qu'on m'observait. Plusieurs fois, tard le soir, je me suis approchée des fenêtres sombres pour inspecter le jardin, sans jamais rien apercevoir.

Mais comment réagit-on quand on reçoit par courrier une enveloppe qui contient une photo de soi ?

Dois-je appeler la police ?

En parler à Aina ?

Installer une alarme dans la maison ?

M'enfermer et ne plus jamais sortir ?

Je réfute tout de suite la première idée. Sur l'échelle du danger, la police jugera sans doute ce genre d'événement à peine plus alarmant qu'un chaton coincé dans un arbre. Mettre une alarme dans la maison et s'enfermer à vie paraît exagéré. Reste Aina. Le problème avec Aina, c'est que je ne sais pas comment elle va réagir. Je crains surtout qu'elle ne se fasse trop de souci, et je ne veux plus déranger mes amis avec ma tristesse, mon deuil et mes angoisses. En même temps, je sais que je deviendrais dingue si Aina me cachait des choses afin de m'épargner. Que faire ? Attendre et voir ce qui se passe ? Je me dis que c'est probablement la meilleure stratégie. Peut-être s'agit-il malgré tout seulement d'une blague macabre.

J'entends Marianne s'affairer à la réception.

— Arrête de travailler, tu as fini pour aujourd'hui !

Marianne cesse de fouiller dans les papiers et j'entends ses pas qui s'approchent du coin-cuisine.

— Tu as l'air fatiguée, Siri. Est-ce que tu veux que je te prépare une tasse de café ? me demande-t-elle, pleine de sollicitude, comme toujours.

Je vois son large dos un peu rond lorsqu'elle se retourne pour sortir deux bols en céramique du placard. Je décline son offre. J'ai du mal à me faire à l'idée d'avoir une secrétaire. Qu'elle me prépare en plus du café me gêne. Je peux le faire toute seule.

Je la regarde qui s'affaire devant moi avec le café soluble et la bouilloire électrique. Nous menons des vies complètement différentes. Marianne a une dizaine d'années de plus que moi, et elle a déjà élevé deux fils qui sont adultes à présent. Elle a eu ses enfants très tôt, lorsqu'elle avait à peine vingt ans. Aujourd'hui, ses deux fils ne vivent plus chez elle. L'aîné a fondé une entreprise informatique avec un ami, l'autre est à l'université.

Marianne s'est mariée à deux reprises, une fois avec le père de ses fils, ça a duré quelques années, et une fois avec un homme qu'elle mentionne seulement sous le nom de « cet enculé de Peter ».

« Cet enculé de Peter » et Marianne ont été mariés pendant dix ans, jusqu'à ce qu'arrive le truc classique par excellence. Il l'a quittée pour sa secrétaire. Quand Marianne a commencé à travailler chez nous, elle était en quelque sorte la caricature de la parfaite petite femme au foyer abandonnée. Certains la railleraient, mais derrière son amertume se cachait aussi une grande tristesse. Sans doute est-ce trop douloureux pour elle de s'y confronter, mais malgré cela elle a osé se lancer dans une nouvelle relation. Au printemps dernier, j'ai rencontré son nouveau compagnon. Elle ne parle pas beaucoup de lui, ce qui n'est guère étonnant vu les expériences qu'elle a vécues par le passé. Mais il y a désormais un Christer qu'elle mentionne de plus en plus souvent au déjeuner et dans la salle de repos.

Aina soutient que Marianne et Christer vivent dans une espèce de symbiose asexuelle, une communauté où le golf, le théâtre et les week-ends à la campagne comptent plus que la passion. Un matin en prenant le café, Marianne a déclaré sereinement qu'elle « avait surmonté ce truc avec le sexe » et que c'était une « libération ». Quand Aina a levé les yeux au ciel en essayant de ne pas éclater de rire, Marianne s'est fâchée et a sifflé : « Oui, toi aussi tu devrais y penser… »

Il m'est difficile de décrire la relation qui me lie à Marianne. Je ne sais pas trop quoi penser d'elle. Elle est compétente ; elle écrit des rapports, envoie des convocations et s'occupe d'autres tâches pratiques. Le travail au cabinet s'est simplifié depuis qu'elle a commencé chez nous. Cependant, elle me tape souvent sur les nerfs avec sa circonspection et son application artificielle. Parfois, j'ai l'impression qu'elle nous traite Aina et moi comme deux petites filles qui ne savent même pas se moucher correctement. Elle veut tout dominer et contrôler ; une fois, elle m'a même donné des conseils concernant certains patients, ce qui m'a rendue furax. En revanche, si Aina et moi ne sommes que des « nanas », Sven est un Dieu. En tant qu'homme mûr, il est le roi du cabinet et doit être traité comme tel. Ses rapports sont toujours prêts avant les nôtres et ses lettres atterrissent en premier dans la boîte.

— Siri, tu devrais vraiment rentrer chez toi. Tu vas encore t'épuiser.

Marianne a l'air sincèrement préoccupée, et j'ai tout de suite mauvaise conscience ; j'ai honte de mes pensées, puisqu'elle est profondément gentille alors que je suis en train de la salir avec mes pensées ingrates, moches et noires.

— Je vais juste encore terminer quelques notes, réponds-je en essayant de paraître plus gaie que je ne le suis en réalité.

— Écoute, Siri, tu es importante pour le cabinet et pour tes patients, mais tu ne nous rends pas service en t'usant. Rentre ! Ou alors va au cinéma ou boire un verre avec une copine. Fais tout sauf rester ici. C'est une super belle soirée d'été et tu es là… à relire tes notes. Rentre chez toi.

Elle semble tellement furieuse que je ne peux pas m'empêcher de pouffer. Sa sollicitude me fait tout à coup chaud au cœur. Je me lève et pousse ma chaise sous la petite table.

— Tu as raison, je vais rentrer. Et oui, c'est vrai, je suis un cas désespéré. Je vais rentrer, me louer un film et manger des bonbons.

— C'est bien, ma fille. On se verra samedi au festin d'écrevisses, continue-t-elle. Ça sera sympa et j'amènerai Christer.

Presque tendrement, Marianne me tapote le bras de sa main dodue pleine de grains de beauté, et je me demande pendant un moment si je ne me suis pas trompée sur elle.

En fait, je n'ai peut-être jamais vraiment pris le temps de découvrir qui elle est vraiment.

Le son d'un klaxon brise le silence, des portières de voitures s'ouvrent et se referment et, un instant plus tard, j'entends des voix. Je suis dans ma cuisine et promène mon regard sur la baie. Aujourd'hui, nous allons tous nous retrouver pour l'une des fêtes que nous organisons chaque année. Comme d'autres entreprises, nous essayons de renforcer les liens entre les collègues par le biais de repas et de divertissements : fête de Noël en décembre, dîner estival en juin et un festin d'écrevisses fin août. Je ne sais pas si ce genre d'activités nous rapproche réellement, ou si les autres les considèrent, comme moi, comme des corvées inévitables. Des heures à sacrifier pour faire plaisir aux autres.

Par le passé, je me suis souvent défilée en prétextant un rhume ou une migraine soudaine. Ce soir, ce n'est pas possible, puisque le festin d'écrevisses a traditionnellement lieu chez moi. Je fais comme d'habitude : espérer que cela se termine le plus vite possible, malgré une petite nervosité dans la région du ventre. Demain, la fête appartiendra au passé et j'aurai autre chose en tête.

Je dresse la table avec mon vieux service en porcelaine, des serviettes, et allume des lampions colorés dans le crépuscule, alors que les vagues s'échouent doucement dans la baie, et je me dis que c'est sans doute le symbole du festin d'écrevisses typiquement suédois.

Sven et Birgitta se tiennent sur le chemin caillouteux devant ma maison, les bras chargés de sacs pleins de nourriture et de sachets gris dans lesquels cliquettent les bouteilles de bière. Derrière eux arrive Marianne, accompagnée d'un homme élancé aux cheveux bruns qui arbore un bouc. Christer. Le petit avantage de ces fêtes est qu'on a l'occasion de rencontrer les partenaires des autres. Et je ne peux pas nier que j'ai hâte de connaître ce fameux Christer, celui qui a réussi à adoucir Marianne et à lui redonner la capacité de s'ouvrir aux autres.

Peut-être que je suis aussi un peu jalouse.

Les présentations sont faites. Nous échangeons des phrases de politesse, tout en se jaugeant mutuellement.

Je suis sûre que Christer aussi tente de se faire une image de moi. De tirer des conclusions.

Marianne se joint à nous, et Christer la prend tout de suite par la main. Je ressens une sympathie immédiate envers cet homme. Il dégage un mélange curieux de confiance et de nervosité, la présence de Marianne semble le rassurer. Il a un côté émouvant et vulnérable, même s'il affiche discrètement tous les attributs de la réussite : une montre de luxe, un blazer bien coupé, une paire de belles chaussures à la mode. Je veux qu'il se sente à l'aise et le bienvenu et j'essaie de lui transmettre ce sentiment par un sourire. Il paraît soulagé et la tension entre nous commence à se dissiper. Marianne semble s'en rendre compte et son attitude un tantinet raide est remplacée par de la fierté : Il est à moi !

Marianne est incroyablement belle ce soir. Ses cheveux habituellement crépus sont domptés dans une coiffure un peu vieillotte mais qui lui va très bien. Elle porte une robe verte qui embellit son teint hâlé. Elle a rapporté un grand sac garni de victuailles.

— Voilà, ce sont des écrevisses fraîches, euh…, dit-elle d'un ton qui hésite entre satisfaction et gêne. Christer pensait qu'on devait… enfin, ça devrait suffire pour tout le monde…

Sven et Birgitta lui jettent un regard approbateur. Ce soir, ils ont l'air particulièrement soudés, ils se tiennent très près l'un de l'autre. Leur affinité paraît si naturelle et évidente, bien que je sache que leur relation est tout sauf simple. Soudain, je me sens très seule.

Aina arrive bien évidemment en retard, en compagnie d'un grand roux que je n'ai encore jamais vu. Ce n'est pas une surprise. Pour Aina, c'est devenu un jeu d'emmener un cavalier différent à chaque fête entre collègues. Je crois qu'elle adore cultiver cette image de femme fatale et de libertine. Le type a environ trente-cinq ans et, avec sa barbe hirsute et une coiffure dont je suppose qu'il s'agira de dreadlocks quand les cheveux auront fini de pousser, il ne cadre pas vraiment avec le reste des convives. Il se présente sous le nom de Robert et raconte qu'il est en thèse de microbiologie.

— Et bassiste dans un groupe qui sera bientôt mondialement connu, ajoute-t-il en riant.

Le festin se déroule selon la routine établie depuis plusieurs années. Au coucher du soleil, nous mettons les écrevisses, le pain et les quiches sur la table. Nous sortons la bière et les cartons de vin. Une bouteille contenant une espèce de schnaps est vidée dans les jolis petits verres que j'ai hérités de mon grand-père. J'ai mis un disque de Kent et je vois Robert mettre un doigt dans sa bouche en regardant Aina, pour lui signifier que la musique n'est pas à son goût.

La discussion démarre calmement mais s'anime de plus en plus, nous évoquons le temps, le nouvel accord avec le conseil régional et les projets de vacances pour la nouvelle année. Peu à peu, de petits groupes se forment. J'entends Aina et Marianne parler de yoga. Christer et Robert discutent musique et je m'étonne du savoir que Christer semble avoir sur ce sujet.

Au bout de quelques chansonnettes et écrevisses dévorées, l'inévitable arrive – la conversation dérive sur des sujets plus sensibles. Un article du *Dagens Nyheter* donne lieu à une discussion sur les viols et leurs motivations. C'est Birgitta qui mène la barque.

— Mais personne autour de cette table ne peut vraiment penser que le viol est un acte sexuel, alors qu'il ne s'agit en fait que de la manifestation du pouvoir patriarcal ?

Elle nous regarde d'un air de défi et passe la langue sur ses lèvres épaisses. Ses cheveux poivre et sel encadrent parfaitement son visage ; une coupe au carré, avec frange. Elle ressemble au type classique de la féministe qui a réussi. Qui ne pense qu'à sa carrière académique. D'habitude, Birgitta tend à s'exclure d'un groupe, à rester en dehors d'une discussion. Elle est une observatrice qui enregistre et analyse les autres sans pour autant exposer sa propre opinion. Bien que je l'admire, elle peut me faire peur, et il m'arrive de me sentir mal à l'aise en sa compagnie.

— Un viol est, à mon avis, l'illustration de toute notre représentation de la hiérarchie des sexes.

Birgitta attend toujours une réaction, se retourne et pose son regard sur moi. Est-elle en train de chercher à obtenir mon soutien ? Elle pousse un soupir et paraît déçue. Comme une maîtresse qui découvre que ses élèves n'ont pas fait leurs devoirs.

— Je veux dire que la violence faite aux femmes se fonde justement sur les structures sociales qui font que les hommes reçoivent des salaires plus élevés que les femmes, et imposent ainsi une hiérarchie entre les sexes.

Marianne tire sur sa cigarette en regardant la mer d'un air songeur. Elle semble chercher une réplique. Christer baisse les yeux et tend le bras pour prendre une autre écrevisse.

— Qu'est-ce que tu en penses, Christer ?

Aina se tourne vers Christer en posant une main sur son bras et en bombant la poitrine, comme elle le fait toujours. Mon Dieu, parfois, elle exagère vraiment. Christer croise brièvement le regard d'Aina avant de commencer à décortiquer son écrevisse.

— Je n'ai pas d'avis tranché sur le sujet, dit-il tranquillement sans regarder une seule seconde la poitrine d'Aina.

Je me demande s'il sait à quel point la question est

sensible, s'il sent l'importance et se doute des conséquences d'une mauvaise réponse.

— Je trouve qu'il y a beaucoup de vrai dans ce que tu dis, convient Sven en hochant la tête et en tendant la main afin de se reverser de l'alcool dans son cocktail.

Sven finira par être soûl ce soir.

Encore.

— Ben…, se lance Robert, cette histoire de hiérarchie entre les sexes ne me parle pas. Je crois qu'un viol a lieu quand on n'arrive pas à maîtriser ses pulsions et son désir. En plus, l'instinct de survie pousse l'homme à répandre ses gènes dans le plus grand nombre de femmes possible. Peut-être que c'est tout simplement un héritage de nos ancêtres. Les théories évolutionnistes sont super intéressantes. Sinon je crois que tous les hommes sont juste… euh… des bêtes.

Éclats de rire autour de la table. Le commentaire grinçant et ironique de Robert a détendu l'atmosphère. Christer rit à gorge déployée, Sven glousse et avale son schnaps de travers. Aina se plie de rire sur les genoux de Robert et n'arrive pas à se reprendre. La seule qui ne semble pas amusée est Birgitta qui arbore un sourire figé, les lèvres pincées.

— Oui, c'est aussi un point de vue, dit-elle d'un ton sarcastique, tout en sachant qu'elle a perdu la bataille.

Contre un garçon qui a vingt ans de moins qu'elle.

Avec des dreadlocks.

Je vois le regard qu'elle envoie à Sven, distant et plein de reproches, et je devine que, consciemment ou inconsciemment, elle a du mal à lui pardonner de s'être moqué d'elle et de lui avoir fait perdre la face en public. Je crois que Sven le sait aussi, car il se lève tout à coup et s'éloigne sans rien dire en chancelant vers la lisière de la forêt, son cocktail toujours à la main.

Pourquoi se compliquer autant la vie ? Tous ces conflits, les hommes qui se frottent les uns aux autres comme des cailloux sur une plage jusqu'à ce qu'il n'y ait plus rien. Ça gratte, ça brûle.

La nuit tombe, le taux d'alcoolémie augmente. En bout de table, Aina est assise sur les genoux de Robert. Je vois sa main caresser la cuisse de Robert, tandis que lui caresse son sein sous le pull. Ils s'embrassent passionnément. Gênée, je regarde ailleurs.

Christer et Marianne ne semblent pas se soucier d'Aina et de Robert. Au lieu de ça, ils poussent la chansonnette. Je suis un peu embarrassée quand Marianne se met à chanter à tue-tête qu'elle n'a encore jamais vu de garçon nu tout en fumant ce qui doit être sa trentième cigarette. Birgitta se tient immobile sur sa chaise, manifestant son ennui, les commissures des lèvres pointant vers le bas, les poings fermés.

C'est à ce moment-là que Sven ressort de la forêt de pins avec une guitare, et je comprends que le point culminant de la soirée approche : Sven va nous offrir un petit concert. Ce dont il ne peut pas s'empêcher quand il est bourré. Son répertoire comporte quelques vieilles chansons de Mikael Wiehe, du Hoola Bandoola Band et d'Ulf Lundell à ses débuts. Je suis sûre que je vais vomir, pour de vrai et non pour de faux comme Robert tout à l'heure, si je dois supporter une nouvelle fois « *Tu es la plus beeeeeelle que je connaaiiiis* ». Je m'excuse donc, prends mon verre de vin et une lampe de poche et me dirige sur deux jambes qui ne sont plus tout à fait stables vers la baie.

Les voix braillardes s'estompent et les sons de la nuit prennent le dessus : le clapotement des vagues contre les rochers mélangé au bruit des bateaux à moteur au loin. Je perçois des pas énergiques derrière moi et, lorsque je me retourne, je vois une silhouette qui avance sur le sentier.

C'est Christer.

— Toi aussi, tu veux éviter le massacre ?

Il paraît hésitant et sourit vaguement.

Je dirige le faisceau de lumière de la lampe de poche vers le sol couvert d'aiguilles. Les racines jettent de longues ombres sur le sentier. Un papillon de nuit volette en apparence sans coordination dans le rayon de lumière.

— Hum, ça me gêne toujours quand des adultes commencent à se comporter comme des adolescents, je réponds. Mais en fait, ils ne font que s'amuser. Je n'ai pas envie de jouer les rabat-joie.

Christer éclate de rire.

— Dans ce cas, on est deux. Je n'ai jamais été trop fan de ces soirées guitare et vin rouge… mais c'est peut-être typiquement psy, ajoute-t-il d'un ton un peu moqueur.

— Ça dépend, dis-je, en jouant la psychologue. Ceux qui ont suivi une formation avant 82, qui habitaient en coloc et qui surfaient sur la vague écolo, eux…

— Comme si tu ne surfais pas sur la vague écolo, Siri.

— Sur la vague écolo, moi ?

Je ne comprends pas ce qu'il veut dire.

— Oui, tu habites ici en solitaire, loin de tout. Ce ne serait pas pour être plus près de la nature ?

Il rit de nouveau, alors que je commence à avoir la gorge serrée. Je n'ai pas la force de lui expliquer.

— J'ai emménagé ici avec mon mari.

Ma réponse est brusque et signale clairement que je n'ai pas envie d'approfondir le sujet.

— Ah, dit Christer l'air dubitatif. Tu es divorcée ?

— Veuve. Et je n'ai pas envie d'en parler, ajouté-je pour l'empêcher de poser d'autres questions.

— Je suis désolé. Je ne savais pas.

Christer paraît vraiment triste, et je lui fais comprendre par un geste de la main qu'il n'y a pas de souci.

— Mais tu as une très belle maison, poursuit-il. Très charmante, même si tu devrais repeindre la façade et peut-être aussi changer les fenêtres.

Je vois qu'il veut aiguiller la conversation sur un autre terrain pour ne plus risquer de faux pas, et je lui en suis reconnaissante.

— Oui, je sais, mais rien que choisir la peinture est tellement difficile, tu vois, acrylique ou à l'huile.

Je mens.

Je sais parfaitement quelle peinture il me faut, mais je veux absolument continuer de parler d'autre chose que de Stefan et de la raison pour laquelle je vis toute seule dans cet endroit isolé, beau et sauvage à la fois.

— Ben, ça dépend si tu es écolo ou pas, dit Christer en souriant timidement.

Je lui rends son sourire, et nous commençons à

discuter de différentes peintures et de la meilleure date pour repeindre une façade. Christer me surprend en me proposant de m'aider.

— Je sais à quel point il est difficile d'arriver à se motiver quand on est seul, dit-il et, pendant un instant, il a l'air triste.

Cela me rappelle que nous portons tous une histoire en nous qui a une influence sur nos actes et notre vie.

Je ne suis pas la seule à avoir vécu des pertes et de la douleur.

Tout à coup, le silence est rompu par des voix fâchées et des cris qui proviennent de ma maison. Nous remontons rapidement le sentier étroit. Sven et Aina se tiennent des deux côtés de la table et se fixent d'un air enragé. Recroquevillé en position de défense devant la porte d'entrée, Ziggy ne les lâche pas du regard. Les poils sur son dos se hérissent et il émet un grognement à peine perceptible.

— Putain, Sven, dit Aina, hors d'elle. Tu ne peux pas donner de coup de pied au chat ! Il voulait juste s'asseoir sur tes genoux. Ce n'est qu'un animal, tu piges, il n'avait pas de plan perfide pour te faire peur. T'avais qu'à lui faire signe de descendre, merde.

Je vois qu'Aina chancelle et s'agrippe à l'embrasure de la porte.

— Je ne voulais pas qu'il s'approche de moi, dit Sven d'une voix blanche. Je… je n'aime pas les chats.

— Mais, bordel de merde, grandis enfin !

Le visage d'Aina est rougi par la colère et l'alcool.

Je soulève Ziggy et le porte dans la maison. En

même temps, Robert réussit à s'emparer de la guitare sans que Sven s'en rende compte.

— Il est temps de changer de style, dit-il en ricanant, les yeux brillants. Je dédie cette chanson aux amoureux des chats.

Quelques secondes plus tard, il commence à jouer l'intro de *Ziggy Stardust*.

Dans la cuisine, je suis en train d'enlever les coquilles des écrevisses qui collent sur le grand plateau pour les jeter à la poubelle. La vaisselle sale s'entasse dans l'évier. Dehors, la fête continue. Robert a réussi à entraîner les autres à chanter et, à présent, Marianne et Christer dansent collé serré sous les lampions colorés. Le ciel est noir et seulement illuminé pour l'occasion par la pleine lune d'août. C'est joli et triste, et ça me rappelle que la fin de l'été approche, amenant l'obscurité et le froid qui nous entoureront bientôt.

Tout à coup, quelqu'un m'attire contre lui et pose une main sur mon sein droit, alors qu'une langue mouillée me lèche le cou.

— Siri, tu es teeeellement belle.

Je me débats violemment et me retourne.

Sven se tient devant moi. Il a l'air d'un homme très imbibé qui essaie toutefois de tout faire pour le cacher. Je ne sais pas si je dois me sentir blessée, faire une scène ou laisser courir. En même temps, je suis profondément écœurée en pensant à la proximité physique qu'il m'a imposée contre ma volonté. La discussion que nous avons menée tout à l'heure par rapport aux viols et la hiérarchie des sexes ajoute encore à mon malaise. Sven qui est toujours si politiquement correct en compagnie de Birgitta confirme ainsi ses théories à elle, ou celles de Robert, concernant les hommes qui ont bu quelques bières de trop.

Je recule et siffle :

— Sven, arrête.

Ma voix n'est pas forte, mais je sais que le message passe.

— Je t'aime bien. J'aime bien travailler avec toi, mais la condition à notre collaboration est que tu arrêtes de me faire des avances. Je ne suis pas intéressée. Mets-toi ça dans le crâne !

J'entends que ma voix devient plus grêle. Sven rougit et paraît terriblement embarrassé. Il se balance d'avant en arrière, planté dans la cuisine comme une bouée dans une tempête.

— Merde. Désolé, Siri. Je suis vraiment…

Il s'interrompt, cherche ses mots, puis secoue la tête et semble vouloir se reprendre par tous les moyens. Peut-être qu'il tente seulement de retrouver l'équilibre.

— Désolé. Je ne sais pas ce qui m'a pris. Je suis juste bourré… Merde. Tu pourras me pardonner ? Je suis sincère. Merde. Faut que j'arrête l'alcool…

Sven a l'air de vouloir commencer une longue discussion sur sa relation à toutes sortes de drogues, mais je n'ai pas du tout envie d'entendre ça maintenant.

— C'est bon, Sven.

Je pose une main sur son bras pour appuyer mes mots.

— Nous pouvons en reparler lundi, enfin, oublions ça plutôt. Ce n'est pas grave.

Je lui donne une petite tape et il a l'air soulagé. Il se retourne et quitte la cuisine d'un pas mal assuré. C'est seulement là que je la vois.

Birgitta se tient dans l'entrée et m'observe. Ses lèvres normalement pleines et rondes ne sont qu'une mince ligne pincée. Elle a les bras croisés devant la poitrine. Elle me jette un regard ambigu, rempli d'un mélange de mépris et de pitié.

J'ai honte.

Qu'est-ce qu'elle a vu ? Qu'est-ce qu'elle pense de moi ?

Elle fait quelques pas vers moi et se poste dans l'embrasure de la porte. Continue de me regarder sans rien dire.

— Hum, oui…, dis-je bêtement en sentant mes joues s'enflammer.

J'ai honte, même si c'est son mari qui vient de me tripoter.

Birgitta m'observe toujours. Elle ne dit rien, me pointant de l'index, comme si elle voulait gronder un enfant désobéissant ou désigner une coupable. Puis elle me tourne le dos et ressort dans le jardin.

Stefan adorait la plongée. C'était sa passion au cours des dix dernières années. Lorsqu'il ne sortait pas en mer pour plonger, il organisait son prochain voyage avec ses amis tout aussi fous. La Grande Barrière de corail, la mer Rouge, la mer de Chine, le golfe du Mexique : Stefan avait été partout. Mais il restait toujours d'autres pays à voir, d'autres mers à découvrir.

Au début, je ne faisais pas de plongée avec Stefan. Il savait à quel point j'avais peur du noir et acceptait pleinement que j'évite les situations où je pouvais me trouver soudainement dans un endroit où la lumière ne pénétrait pas. Au fil des années, il a peu à peu abordé le sujet. « Tu pourrais essayer une fois, à dix mètres, c'est vachement clair. »

Je commençais à envisager sérieusement d'apprendre à plonger. Cela juste au moment où je débutais en tant que thérapeute cognitivo-comportementale, et l'objectif suprême des TCC[1] est de faire face à ses

1. Thérapies comportementales et cognitives (*N.d.É.*).

angoisses. C'est la seule manière de s'en défaire. J'ai donc suivi son conseil.

Je n'oublierai jamais mon baptême de plongée. C'était lors d'un de nos longs voyages d'hiver. Stefan avait pris soin de m'initier à sa grande passion dans les conditions les plus favorables. Aux Maldives. Quand je me suis retrouvée sur le sable de corail chaud et blanc, la bouteille dans le dos, mes doutes se sont envolés. L'océan Indien m'a accueillie en douceur, quand je me suis lentement glissée dans l'eau, malgré l'équipement lourd.

Les rayons du soleil se brisaient à la surface pour former un motif mouvant sur le sol ensablé. Sensation d'apesanteur. Tout était silencieux, mis à part un cliquetis pénétrant et un fort gargouillement provoqué par ma respiration à travers le régulateur. Stefan m'a prise par la main pour m'emmener vers le récif. Il faisait très attention à ce que je descende doucement en m'habituant à la pression. D'abord deux mètres, puis quatre, puis six. Nous planions en apesanteur au-dessus du mur formé par le récif. Entourée de millions de poissons de toutes les couleurs de l'arc-en-ciel, j'ai ressenti un calme que je n'avais jamais connu jusque-là, et je me rappelle avoir pensé que maintenant, *maintenant*, je comprenais Stefan.

J'ai passé mon brevet de plongée et j'ai commencé à accompagner Stefan de plus en plus souvent lors de ses voyages, en Suède et à l'étranger. Nous avons fait de la plongée dans des mers douces, salées et tropicales, dans l'eau trouble de la mer Baltique, dans d'anciennes mines abandonnées, dans des épaves et au milieu d'algues géantes qui virevoltaient au rythme des vagues. Ma peur de l'eau sombre diminuait à mesure que j'améliorais ma technique.

Puis est arrivé ce qui ne devait pas arriver. J'ai fait une crise de panique lors d'une plongée. On était près de Kungsbacka sur la côte ouest de la Suède, avec Peppe et Malin, deux amis de Stefan. Stefan et moi étions en train de faire notre première plongée, quand quelque chose m'a fichu la trouille.

Il faisait sombre, bien sûr, une obscurité répugnante, totale, opaque, aussi massive qu'un mur en béton. Le froid s'insinuait à travers les fentes de ma combinaison. Je me souviens d'une énorme crevette presque transparente qui est passée devant mon masque pour disparaître aussitôt dans l'espace noir, comme une sonde spatiale en route vers le néant. Ses petites jambes bougeaient par à-coups et la faisaient ressembler à un mobile, comme ceux qu'on peut accrocher au-dessus d'un lit à barreaux. Malgré moi, j'ai senti mon corps se raidir, mon cœur s'est mis à battre plus vite et la crampe bien familière s'est répandue en moi. Je me suis retournée pour signaler à Stefan que je voulais remonter à la surface. À ce moment-là, je maîtrisais toujours mon corps, mais quand je me suis retournée, le noir. Pas de Stefan. Instinctivement, j'ai commencé à tâtonner dans l'eau sombre. Cherchant la surface en acier froid et dur des bouteilles et le caoutchouc rêche du néoprène.

Peu à peu, une idée s'est cristallisée dans ma tête. Stefan n'était pas là. J'étais donc obligée de remonter toute seule, dans le noir. La crampe dans ma poitrine était presque insupportable, et j'ai senti que je devais absolument enlever le masque, puisqu'il était visiblement en train de m'étouffer. Je devais sortir de ce noir horrible. J'ai essayé de m'imaginer la lumière du soleil en fermant mes yeux, mais c'était trop tard. Le mal était fait. Mes pensées n'atteignaient plus mon corps pris de panique, incontrôlable.

J'ai levé une main pour m'emparer du bord supérieur du masque, puis je l'ai lentement poussé vers le haut au lieu de l'arracher, et en même temps j'ai craché le régulateur. L'eau froide qui s'est déversée sur mon visage était libératrice, et j'ai écouté avec étonnement les gargouillements qui sortaient de ma gorge tandis que je remontais précipitamment à la surface.

Ce soir-là, j'étais inconsolable. J'avais ignoré les règles de sécurité les plus essentielles en faisant cette remontée totalement précipitée. Stefan était assis sur le bord du lit et me caressait les cheveux. Il était triste et troublé : comment se pouvait-il que je perde le contrôle à ce point-là ? Je sais qu'il n'arrivait pas à comprendre comment je pouvais perdre la maîtrise de mon corps.

Le sien obéissait toujours.

J'ai mis plusieurs années à surmonter cette expérience, à me défaire de ce sentiment de panique face à une perte de contrôle totale, entourée de toute cette noirceur, cette froideur. Prisonnière de mon propre corps.

C'est une autre soirée de fin d'été toujours aussi jolie mais d'une chaleur étouffante. Les hautes collines jettent leur ombre sur la maison, et il fait doux et agréable à l'intérieur quand je rentre. Malgré cela, j'ouvre toutes les fenêtres en appelant Ziggy, puis je sors la nourriture pour chat du placard. Il doit être affamé vu qu'il n'a rien mangé hier, en plus il a été dehors toute la nuit et toute la journée.

Avec une méfiance et une appréhension certaines, je fais le tri du courrier, mais aucune enveloppe grise ne m'attend. Je mets un bikini délavé et nage un peu. La mer est toute tiède après l'été, et c'est un grand plaisir de nager, néanmoins je ne reste que quelques minutes dans l'eau ; au lieu de ça, je passe la soirée à écouter un disque de David Bowie, à boire du vin aigre, à lire des articles de recherche et à noter des projets de traitement. Il est presque minuit et demi lorsque je mets de côté les articles. Je me retourne dans le lit et m'endors quasiment tout de suite.

En me réveillant, je me dis immédiatement que quelque chose cloche. Avant d'ouvrir les yeux, je sais déjà qu'il s'est passé quelque chose. C'est comme s'il y avait un autre goût dans l'air. Il pèse sur mon visage et mon corps, étouffant, et beaucoup trop perceptible et lourd pour que ça soit de l'air.

J'ouvre les yeux. Puis les referme. Les ouvre à nouveau.

Les yeux fermés et ouverts, je vois la même chose : une obscurité opaque. Un enfer noir, absorbant et velouté. Les battements de mon cœur s'accélèrent quand je me penche du lit pour chercher ma lampe de poche sur le sol, les doigts engourdis. Ma lampe de poche a coûté une fortune, grande, en caoutchouc noir. Étanche, elle supporte prétendument le rafting, les randonnées en montagne et les bagarres entre ivrognes. Je la garde toujours à côté de mon lit.

Mais elle n'est pas là.

Tout ce que je sens, ce sont les tas de poussière sur le parquet, lorsque je tâte le sol. La pièce est entièrement noire, c'est inhabituel à cette époque de l'année ; normalement, il y a toujours un brin de lumière qui entre par les fenêtres. J'entends la pluie s'abattre sur le toit, au loin un grondement qui ne présage rien de bon. Cette soirée d'été si agréable est donc suivie de son épilogue inévitable : un véritable orage estival. Ça arrive souvent par ici.

Le tonnerre près de la mer résonne différemment, le bruit s'amplifie en quelque sorte. Il n'y a ni forêt ni immeubles pour servir d'amortisseurs. Les grondements du tonnerre roulent d'avant en arrière par-dessus la surface qui dévale une montagne de pierres.

J'essaie d'allumer la lampe de chevet. Rien. Peut-être le fusible a-t-il sauté ? Au bout d'un long moment d'hésitation, je me force à me lever et pose délicatement les pieds sur le sol en bois usé.

Je ne peux m'empêcher de sourire. C'est absurde, la situation est pathétique. Un fusible saute et je deviens… paralysée, incapable du moindre discernement. Je cherche désespérément un souvenir auquel je puisse rattacher mes pensées, une bouée de sauvetage mentale à laquelle m'accrocher lorsque je me redresse. Mais tout ce qui me vient à l'esprit, ce sont les paroles de la musique que j'écoutais avant de m'endormir.

Ground control to major Tom…

Malgré moi, je frissonne. Un animal hurle au loin

et une brise froide souffle brièvement sur mes jambes. Est-ce que j'ai oublié de fermer une fenêtre ?

Take your protein pills and put your helmet on...

La maison est plongée dans le silence. C'est trop silencieux. Je me glisse lentement sur le parquet froid vers la porte de ma chambre. Tout ce que je perçois, ce sont la pluie et les vagues qui s'écrasent régulièrement contre les rochers devant la maison, ce qui ressemble à la respiration lourde d'un animal gigantesque.

Aïe !

Une douleur aiguë traverse en un éclair mon tibia et remonte par la cuisse jusqu'à l'aine. Je me recroqueville. Suit un autre bruit sourd, et quelque chose atterrit sur mon gros orteil. Qu'est-ce que c'est ? Une chaise se trouve devant moi. Comment cela se peut-il ? Je ne me rappelle pas l'avoir mise là. Mes chaises sont toujours rangées autour de la table de cuisine. Et maintenant – sur mon doigt de pied – c'est quoi ? Je me penche pour examiner l'objet qui vient de tomber.

C'est la lampe de poche.

Ground control to major Tom...

J'appuie sur le bouton pour allumer la lampe tout en massant mon tibia, mais rien ne se passe. Est-ce qu'elle est cassée ? De nouveau, je sens un courant d'air passer sur moi. Quelque chose cloche réellement. Et sans cesse cette musique dans ma tête qui refuse de se taire.

Commencing countdown, engines on...

Cette chaise, qu'est-ce qu'elle fiche en plein milieu de la chambre ? Pourquoi la lampe de poche se trouve-t-elle sur la chaise au lieu d'être à côté de mon lit ? Je me dis qu'il faut vraiment que j'arrête de boire.

Bien sûr que j'ai déplacé la chaise moi-même et que j'ai posé la lampe de poche dessus pour une raison qui m'échappe. Je ne me rappelle juste pas quand et pourquoi. Mais ce genre de choses m'arrive de temps à autre. Une fois, je me suis endormie sur un rocher pour me réveiller tard dans la nuit, grelottante, dévorée par les moustiques et le dos incroyablement raide. Dans l'obscurité.

Ç'aurait pu être une anecdote drôle, ou à la limite gênante, si je n'avais pas tellement peur du noir. Une autre fois, j'ai laissé le congélateur ouvert après une envie de glace nocturne. Toute la nourriture a été gâchée. Ce n'était pas non plus une histoire drôle, seulement une histoire qui revenait cher. C'est pour ça que je me dis en lâchant mon tibia pour me redresser : plus de vin cette semaine.

Un léger mal au cœur m'oblige à m'arrêter un instant, je ne sais pas si c'est à cause du vin ou de l'angoisse, mais je sens mon cœur battre la chamade dans ma poitrine, d'un rythme infatigable et saccadé comme un lapin Duracell. Je me dirige avec précaution vers l'entrée en posant lentement un pied devant l'autre. Je ne veux pas risquer de me heurter à nouveau à quelque chose. Où se trouve le compteur électrique déjà ? L'obscurité transforme les distances et les proportions et, bien que je passe tous les jours dans cet étroit couloir qui me sert d'entrée, je ne trouve pas cette petite boîte en métal bien familière.

La sueur coule sur mon front, jusque dans mes yeux et les fait brûler, et je sens que les larmes montent. Je tâtonne le long des lambris qui couvrent les murs.

Pourquoi suis-je restée dans cette maison sombre, merde ? Pourquoi n'ai-je pas déménagé en ville ? Comme toute personne normale l'aurait fait. Non, il fallait absolument que je reste. Toute seule dans cet enfer au bord de la mer. J'aurais dû suivre les conseils.

Les conseils d'Aina.

Check ignition and may God's love be with you...

Je peux entendre ma propre respiration. Baraque de merde. Espèce de sombre baraque de merde. Comment trouver ce machin ? Tout à coup, mes doigts mouillés de sueur touchent la surface tiède de l'armoire à fusibles, ce métal solide qui m'inspire confiance. Qui me rappelle que ma réaction hystérique est la seule chose déplacée dans cette pièce. Je prends une profonde inspiration et me concentre sur les fusibles. Ils sont très anciens. Gris, avec un œil au milieu qui s'efface quand le fusible a sauté. Mais vu que tout est noir, il est impossible de voir s'il y en a un qui est cassé.

Tout à coup, un éclair illumine ma maison de sa lumière fantomatique blanc-bleu. Un instant, je perçois la boîte aussi clairement qu'en plein jour : le cadre en métal lourd, les gros fusibles en porcelaine et le distributeur de courant principal en bakélite qui est mis sur *Off*.

Ten, nine, eight, seven, six, five...

Une pensée commence à se former dans ma conscience, une idée qui grandit peu à peu ; comme quand un plongeur remonte lentement vers la surface dans de l'eau trouble en apercevant de plus en plus de lumière. Est-ce que quelqu'un est venu ici ? Mais avant que je puisse réfléchir davantage à cette possibilité, j'entends un sifflement bruyant. Le vent s'empare de la porte d'entrée, l'ouvre tout d'un coup, et ma maison se remplit de l'air nocturne froid et humide, pendant que l'écho du tonnerre résonne sur la mer.

L'orage approche.

Les doigts tremblants, je presse le petit bouton en bakélite vers le haut. La maison s'illumine en un instant. J'entends un soupir et un gargouillement dans la cuisine, lorsque le frigo se remet en route. Je me laisse tomber sur le sol parmi mes vieilles baskets et mes bottes en caoutchouc, essuyant mon front mouillé du dos de ma main. Le sol est froid et humide, et je mets un moment avant de me rendre compte que ce n'est pas ma transpiration que je sens sur le bois poli. Ce n'est que là que je la vois : la petite flaque brillante juste devant le seuil de la maison, la preuve du passage de quelqu'un d'autre.

… four, three, two, one, LIFTOFF.

C'est une trace de pas.

Date : 28 août
Horaire : 15 h 00
Lieu : Salle verte, cabinet
Patient : Sara Matteus

— J'aimerais vous poser une question qui n'a peut-être rien à faire ici, dit Sara, un peu hésitante.

Notre conversation a duré cinquante minutes et je m'apprête à terminer l'entretien. Sara porte une mini-jupe qui fait paraître sa stature maigre encore plus mince. Elle est penchée en avant, et son corps anguleux dans cette position me fait penser à un chien affamé et triste. Dans sa main gauche, elle tient une paire de lunettes de soleil qu'elle tapote lentement, perdue dans ses pensées, contre sa cuisse osseuse.

— Bien sûr, je réponds, peut-être un peu trop distraitement.

Ce n'est pas facile de rester concentrée après les événements de la nuit précédente. Après avoir rétabli le courant, je me suis recouchée, mais sans parvenir à m'endormir ; au lieu de ça, je n'ai cessé de tourner et de me retourner dans mon lit, en nage. Même les deux verres de vin ne m'ont été d'aucun secours contre la peur. Lorsque mon réveil a sonné, je me suis forcée à me lever et j'ai avalé trois aspirines en guise de petit déjeuner.

— C'est par rapport à ce type… enfin, cet homme. Je veux dire…

Sara semble hésiter à nouveau, mais elle s'arme de courage.

— Il a l'air de m'aimer, on parle de tout, on est bien ensemble, mais… il ne veut pas coucher avec moi.

Sara fait tambouriner ses lunettes de soleil contre la boîte de mouchoirs placée sur ma petite table basse, comme si elle voulait ainsi souligner l'importance des mots. Elle paraît préoccupée, et je devine que c'est la première fois que Sara rencontre ce problème. Elle est ce qu'on appelle dans le jargon sexuellement « hyperactive ». D'autres la qualifieraient de libertine, mais Sara ne cherche pas la satisfaction sexuelle. C'est juste la petite fille sans assurance qui a besoin d'être aimée et appréciée.

— Est-ce que c'est comme ça depuis le début ?

J'essaie de formuler ma question d'un ton amical mais neutre.

— D'abord, j'ai cru qu'il voulait attendre qu'on se connaisse mieux. Enfin, j'étais presque… genre… flattée. Comme si j'étais un bon vin, quoi, qu'il fallait laisser mûrir.

Sara éclate brièvement de rire et me regarde d'un air faussement étonné.

— Puis j'ai commencé à me demander s'il était impuissant. En fait, ce n'est pas trop inhabituel à son âge, dit Sara, comme si elle savait tout sur les problèmes sexuels des hommes d'âge mûr. Je crois qu'il en a envie, mais quelque chose le retient. Enfin, je sens qu'il me désire, mais qu'il fuit quand ça arrive. C'est presque comme si… comme si ça le fâchait. Comment est-ce que ça peut le rendre furieux ? me demande-t-elle en chuchotant.

Elle me jette un regard inquisiteur.

— Je ne sais pas, je réponds en appuyant chaque mot. Il peut y avoir beaucoup de raisons, ça va de la peur de ne pas être à la hauteur sexuellement, vu que vous êtes jeune et jolie, au handicap physique en passant par le blocage sentimental. Qu'en pensez-vous ? Vous le connaissez mieux que moi.

— Je n'en sais rien, répond Sara en haussant les épaules, mais je vois à l'expression de son visage, oui, à toute son attitude, que quelque chose la tracasse. (Elle hausse à nouveau les épaules et me fixe.) Bon, OK… voilà, c'est comme s'il portait en lui beaucoup de… colère. Comme s'il était vachement fâché… intérieurement, et que ça sortait quand nous nous rapprochons, enfin, physiquement.

La voix de Sara s'éteint et elle baisse la tête. Tout à coup, elle a l'air incroyablement vulnérable. Tel un petit oisillon, elle se recroqueville sur la chaise en peau de mouton et entoure ses genoux de ses mains.

Elle se tait pendant un bon moment, et je ne romps pas le silence.

Finalement, je me lance :

— Sara, est-ce que vous vous êtes déjà demandé pourquoi il est tellement important pour vous que vous couchiez ensemble ?

— Bon Dieu !

Sara relève la tête et me jette un regard comme si j'étais cinglée.

— Bon Dieu, répète-t-elle, on se voit presque tous les jours depuis un mois. Il passe la nuit chez moi et il dit qu'il veut vivre avec moi. Hé ! Vous ne trouvez pas bizarre qu'il ne veuille pas baiser ?

Je ne réponds pas, mais je sais qu'elle a raison.

En ville, les gens ne se regardent pas quand ils passent l'un à côté de l'autre. Ils fixent le sol. C'est tout simplement comme ça. Peut-être est-ce la raison pour laquelle elle ne m'a jamais remarqué ? Au début de l'été, je me suis parfois glissé tout près d'elle dans la queue d'un supermarché, j'aurais facilement pu mettre les mains autour de sa petite gorge d'oiseau toute mince et l'étrangler en moins d'une.

Une fois, j'ai touché son bras osseux dans la queue devant un distributeur de billets. Il était poilu et chauffé par le soleil. J'ai retiré mon bras comme si je m'étais brûlé et j'ai eu des frissons. Mais elle ne m'a pas vu, elle s'est juste gratté le bras de ses ongles courts, totalement absorbée par ses pensées.

J'ai commencé à me sentir invisible, comme tous ces pauvres diables qui considèrent la Medborgerplatsen comme leur chez-soi.

Ceux que personne ne remarque jamais.

Les poivrots, les cinglés et les jeunes aux muscles énormes et aux grands tatouages sont invisibles. Les putes aussi, avec leurs regards peinés, aguicheurs, leurs cuisses maigrelettes, leurs veines détruites et leurs chattes disponibles. Je voyais leurs regards, j'entendais leurs voix en moi : « Tu veux BAISER *? Je peux t'aider. Je vois ta douleur. Je* TE *vois. »*

Dès que les invisibles se montrent dans le métro ou dans les rues, les personnes normales regardent discrètement ailleurs. Les invisibles peuplent les parcs de Stockholm, les labyrinthes souterrains où les métros foncent à travers la nuit, et les auberges. Ce sont eux qui prennent le bus de nuit pour aller de terminus en terminus dans un cycle infini sans but précis. Ce sont eux qui mendient au McDonald's pour avoir quelques frites.

Et pour elle, j'étais tout aussi invisible. J'étais comme n'importe quel putain de poivrot. Moi !

Un jour, peu avant Midsommar, je me suis posté devant elle de manière nonchalante, les jambes un peu écartées, dans la rue Götgata. Je lui ai bloqué le passage.

Mais elle a gardé les yeux rivés par terre et a décrit un demi-cercle pour me contourner sans même lever la tête.

C'est là que j'ai pris ma décision. Elle avait eu sa chance, elle avait eu l'occasion de se racheter, et elle l'avait ratée.

Voilà pourquoi il fallait que je la punisse.

Il est encore tôt ce soir, mais je me sens à la fois fatiguée et agitée. Je sais que je ne me suis pas assez impliquée dans l'entretien avec Sara, en tout cas selon les règles que j'ai établies, mais la seule solution aurait été d'interrompre la séance, et je crois que ça aurait été pire pour elle.

Son petit ami me donne du fil à retordre : qui est-il et que cherche-t-il ? Je suis consciente que la vie amoureuse de Sara ne devrait pas être au centre de notre thérapie, mais je ne peux pas m'empêcher de me faire du souci. En même temps, je commence à me méfier de ma propre intuition. Comment puis-je me permettre de juger ? Je suis tellement bouleversée et angoissée que je vois le danger partout.

Des menaces.

Je pousse un profond soupir en essayant de penser à autre chose. De ne pas laisser la peur prendre le dessus.

J'ouvre la fenêtre de ma salle de consultation. Les voix sur la place résonnent jusque chez moi. Je me demande si je dois me confier à Aina. Peut-être devrais-je l'accompagner au vernissage auquel elle a prévu d'assister, et ensuite passer la nuit dans son petit studio de la rue Blekingegata. Aucune de nous deux ne travaille demain.

L'idée de me réveiller dans son mini-appartement est tentante. Avec un léger mal de tête. Réveiller Aina et descendre au kiosque pour prendre le petit déjeuner. Une vieille habitude. Nous l'avons fait souvent. Je me lève et traverse le couloir étroit pour me rendre dans la salle d'Aina.

Aina est assise par terre dans la position du lotus et parle dans son portable. Elle rayonne et rit aux éclats, et je comprends qu'un homme est à l'autre bout du fil. Lequel, difficile à dire. Elle lève les yeux et m'aperçoit. Je suis déjà en train de ressortir de la salle, mais elle me fait signer de rester. Elle termine la conversation par quelques phrases courtes et me regarde.

— Siri ! Raconte !

Je suis confuse, ne sais pas ce qu'elle veut savoir.

— Raconte quoi ?

Aina sourit.

— Tu as l'air de… ben, de vouloir me dire quelque chose, dit-elle, et elle a sans doute raison.

Bien sûr que j'aimerais lui raconter les événements de la nuit passée, mais je ne peux pas. Je n'en ai pas le courage.

— Je voulais te parler de l'expo, dis-je à la place.

— Tu viens ?

Le sourire d'Aina est plus rayonnant encore que celui qu'elle avait sur les lèvres pendant la conversation avec l'inconnu au téléphone.

— Super ! Tu sais depuis quand on n'est plus sorties

ensemble ? Tu dors chez moi, comme ça, on pourra prendre le petit déj à Helgalunden, s'il y a du soleil.

L'enthousiasme d'Aina est débordant, et je ne peux m'empêcher d'être emportée moi aussi. Merveilleuse Aina, tu as la capacité de donner à chacun le sentiment d'être extraordinaire et unique.

— D'ailleurs, c'est Robert qui vient d'appeler.

— Quel Robert ?

— Ha ha, bonne blague, dit Aina en gloussant. Tu sais bien. Le Robert de la fête. Celui qui joue à la guitare.

— Ah, vous sortez ensemble ? Toujours ?

Aina se tortille, l'air mal à l'aise.

— Non, pas vraiment. Mais il voulait que je lui donne ton numéro.

Elle a un grand sourire.

— Mon numéro, pour quoi faire ?

Aina se moque de ma confusion et me jette un regard oblique.

— Pourquoi ne voudrait-il pas avoir ton numéro ? Tu peux lui poser la question quand il t'appellera.

Puis elle remarque ma mine. Elle fronce ses sourcils maquillés. Constate avec une inquiétude certaine :

— Mais tu as l'air crevée, est-ce que tu dors assez ? Tu devrais penser à aller voir quelqu'un. Ou à prendre des médicaments. Ce qui te…

— Aina, je ne suis pas venue pour te parler de ma santé psychique. Je suis juste venue pour accepter ton invitation à cette fête, puisque cela fait des semaines que tu essaies de me convaincre d'y aller. Tu sais… la fête.

— Excuse-moi.

Elle affiche un sourire gêné.

— La fête, oui, c'est cool ! Tu as fini pour aujourd'hui ? Si c'est le cas, on y va, on pourra acheter une bouteille de vin en route.

Nous longeons la rue Götgata. D'innombrables personnes circulent dans le centre-ville, beaucoup d'entre elles sont pressées et portent un tas de sacs et de paquets. Après un saut au Systembolaget et chez Hennes i Ring, nous prenons un dîner rapide chez Aina, composé d'un menu chinois à emporter et d'une bouteille de rouge. La combinaison est osée, mais c'est bon.

Changement vestimentaire. Enfiler une robe, mettre un peu de maquillage. Du gel dans les cheveux. Pour la première fois depuis longtemps, je me trouve bien. Aina est ravissante dans son jean et son chemisier en soie bleu. Ses longs cheveux sont éclaircis par le soleil et entourent ses épaules tel un tapis clair et soyeux.

Siri et Aina. Aina, la grande blonde. Aux formes généreuses. Gaie. Toujours prête à éclater de rire. Moi. Petite brune. Mince. Un garçon manqué. Toujours grave. Mais bien évidemment la réalité n'est pas aussi stéréotypée. Aina est une psychologue incroyablement douée et fiable à cent pour cent. Derrière ce sourire rayonnant et ces cheveux blonds se cache un intellect acéré. Les autres la sous-estiment souvent, mais celui qui s'est déjà frotté à la verve d'Aina dans une discussion académique ne s'y essaie que rarement une deuxième fois.

Le vernissage a lieu dans une galerie à Östermalm. Une amie artiste d'Aina a enfin eu l'occasion d'exposer ses œuvres. Les gens parlent de « grande percée » et Malena, l'artiste en question, se promène parmi eux les joues en feu et les yeux écarquillés. Comme si elle trouvait la situation complètement irréelle. Aina et moi nous séparons très vite. Elle aperçoit quelques connaissances et je décide de me rendre au bar où l'on sert du vin blanc et un cocktail japonais dans des gobelets en plastique. Pas très classe, mais efficace, quand on a l'intention de devenir pompette. Et c'est mon cas.

Je promène mon regard sur les invités. Le mélange habituel de gens qu'Aina fréquente. Des artistes, des musiciens et d'autres personnes inclassables. Je ne me sens pas très à l'aise au milieu d'eux. Tout ça est un peu artificiel ; ils sont tous beaux, et tellement sûrs d'eux. Pourtant, cela me fait du bien de sortir et de voir du monde. Ma maisonnette isolée me semble loin, mon angoisse et ma peur connaissent un peu de répit.

Le lendemain matin se déroule exactement comme prévu. La tête lourde, nous buvons du Coca, allongées sur une couverture dans le parc de Helgalunden en observant les personnes qui passent devant nous : les propriétaires de chiens qui se promènent dans le parc, ceux qui prennent un bain de soleil dans l'herbe et un couple d'amoureux qui se roule des pelles sans aucune gêne juste à côté de nous. Cela fait longtemps que je ne me suis pas sentie aussi détendue. L'idée de rentrer chez moi après ne me fait pas du tout peur. Nous discutons pendant plusieurs heures sur la couverture avant que je ne rassemble mes affaires et ne me rende lentement à l'arrêt de bus.

Date : 30 août
Heure : 14 h 00
Lieu : Salle verte, cabinet
Patient : Peter Carlsson
Entretien d'évaluation 2

C'est le moment de rencontrer à nouveau Peter Carlsson pour un deuxième entretien. J'en sais déjà un peu sur lui, ce qui me permet d'avoir une plus grande chance de l'inciter à s'ouvrir pour parler de ce qui le tracasse. Il est assis sur le siège en face de moi, l'air totalement stressé. Au cours des derniers jours, j'ai sérieusement douté que Peter reprenne rendez-vous pour une deuxième séance. Parfois, c'est trop dur de revenir, on a honte parce qu'on pense en avoir trop raconté. Ou parce qu'on ne se sent pas à l'aise avec le thérapeute. Mais Peter est ici. Il attend patiemment que je commence. Je vois qu'il appréhende la séance. Il a le visage écarlate et évite de croiser mon regard. Quand nous nous sommes dit bonjour dans le couloir, sa main était moite et je pouvais voir sa gêne aux mouvements incontrôlés de son corps.

Nous échangeons quelques politesses, puis jetons un œil aux questionnaires qu'il a remplis depuis la dernière fois. Ensuite, je le prie de m'expliquer pourquoi il pense avoir besoin de mon aide précisément aujourd'hui. Pourquoi il veut se faire soigner au bout de presque vingt ans de symptômes.

— Hum, eh bien… j'ai une petite amie. Et elle est très importante pour moi. Je suppose que c'est la première fois que je suis véritablement amoureux.

Je hoche la tête pour l'encourager et lui fais signe de continuer.

— On s'est rencontrés il y a quelques mois, et au début tout allait bien, mais je me faisais quand même du souci. Enfin, j'ai eu des relations amoureuses dans le passé, mais j'ai toujours rompu au bout de quelques semaines. Avec cette fille, pourtant, je ne veux pas… enfin, je veux… je veux construire quelque chose avec elle.

— Vous avez donc déjà eu des relations amoureuses qui n'ont jamais duré, mais maintenant vous avez rencontré une femme qui vous est chère, et vous voulez que cela marche. Est-ce que je vous ai bien compris ?

Peter Carlsson hoche la tête sans mot dire et je peux voir quelque chose dans ses yeux qui ressemble à des larmes.

— Pouvez-vous me dire pourquoi vous avez rompu avec vos anciennes relations et pourquoi vous avez peur d'être obligé de rompre avec celle-ci ?

— J'ai des pensées, marmonne-t-il, des images dans ma tête. Et elles me font peur.

— Est-ce que vous pouvez décrire ces pensées ?

— C'est… difficile.

Il a l'air très embarrassé.

— Racontez-moi la dernière fois que c'est arrivé.

— Hier soir. C'était hier soir. Nous avons… mangé

et bu du vin. Elle, ma compagne, était fatiguée et est allée se coucher. Elle s'est endormie dans notre lit. Et je me suis imaginé comment je… comment je… Enfin, à quel point il serait facile de mettre mes mains autour de sa gorge… et de l'étrangler. J'ai vu comme elle était petite et vulnérable et qu'il serait facile de lui… faire du mal.

— Quel effet ces pensées vous ont-elles fait ?

— Je ne sais pas. D'abord, c'était presque… excitant.

Peter Carlsson fixe ses chaussures cirées d'un air gêné, comme si la solution à ses problèmes s'y trouvait.

— Mais ensuite j'ai eu terriblement peur. Imaginez que je la blesse pour de vrai. Je… je l'aime.

Il se recroqueville sur le siège et se met à trembler. Les larmes coulent le long de ses joues et je désigne la boîte de mouchoirs.

— Et je suppose que cela vous est aussi arrivé dans vos relations antérieures ?

Il hoche la tête.

— Dites-m'en un peu plus, dis-je pour l'encourager.

— J'imagine pratiquement toujours que je vais leur faire du mal. Avec la voiture, par exemple, qu'il m'arrive d'en renverser une. Mais plutôt… (il hésite) plutôt que je perds le contrôle. Vous savez, que je… deviens dingue. Que je perds la boule et deviens incontrôlable. Cette histoire d'accident de voiture, c'est autre chose, ce n'est pas comme si je faisais exprès de renverser quelqu'un, mais là, j'ai peur de m'en prendre à quelqu'un. De perdre totalement les pédales, comme on le voit parfois à la télé, vous savez, comme ce type qui a tué sa copine avec une hache.

Peter fait allusion à un procès qui a suscité beaucoup d'émoi dans les médias.

— Ces idées me viennent depuis… ma première relation amoureuse. Mais c'est de pire en pire.

— Comment cela, de pire en pire ?

— Ben, les pensées sont devenues plus oppressantes. Elles sont maintenant comme des images. Comme de petits films qui se déroulent en moi. Quand je fais… quand nous faisons… quand nous essayons de faire l'amour, j'ai comme un film dans la tête qui démarre.

Peter hésite, et je comprends qu'il n'a pas du tout envie de raconter ce qu'il s'apprête à me dire maintenant.

— Quand nous commençons, par exemple, à nous embrasser… enfin, vous savez. Là, c'est excitant. Mais ensuite ces putain d'images apparaissent dans ma tête et je fais tout pour les écarter. Je me mets à réciter intérieurement des textes de chansons ou des formules mathématiques ou… mais les images apparaissent quand même. Je nous imagine en train de faire l'amour. Elle, allongée devant moi, complètement à ma merci. Me faisant confiance. D'abord, nous couchons ensemble normalement et elle le savoure. Tous les deux, on le savoure. Mais ensuite… alors… euh… les images dans ma tête changent. Je me vois mettre les mains autour de sa gorge. Et elle me regarde en ouvrant la bouche, comme si elle voulait dire non, mais aucun son n'en sort. Pas le moindre son ! Et puis je commence à l'étrangler. Elle tremble et se tortille, mais elle ne peut rien faire. Elle se tend comme un arc vers le haut… Ses yeux sont grands ouverts et noirs et je vois sa surprise et sa peur. Je l'étrangle jusqu'à ce que toute vie s'échappe, alors que je suis toujours en elle, et c'est seulement quand elle cesse de respirer que je viens enfin.

Peter Carlsson a l'air complètement dévasté. Il pleure.

— Quels sentiments est-ce que ces images suscitent en vous ?

Il ne répond pas tout de suite, mais passe ses mains encore et encore sur ses cuisses et son pantalon de costume, dans un mouvement presque spastique.

J'attends en silence.

— J'ai tellement peur. Ce serait horrible si je perdais vraiment les pédales et lui faisais du mal. Je l'aime. Ces pensées font que je me répugne, comme un putain de pervers sexuel. Je ne veux pas la blesser.

— Est-ce que ces fantasmes vous procurent du plaisir ?

Je me rends bien compte que mon patient ressent mes questions comme une provocation, mais il est important pour moi de les poser, afin de comprendre ce qui se cache derrière ces images que Peter Carlsson décrit. Est-il un sadique sexuel ou s'agit-il de pensées obsessionnelles ?

— Du plaisir ?

Peter paraît hors de lui.

— Non, je n'y prends aucun plaisir. J'aimerais par tous les moyens m'en débarrasser. J'aimerais qu'ils ne soient plus là. C'est pour cela que je cherche de l'aide. Pour les faire disparaître. Vous ne comprenez donc pas ?

— Que faites-vous pour les faire disparaître ?

— J'ai arrêté de regarder le journal télévisé et de lire des articles sur des dingues qui perdent le contrôle, dérapent et abattent les autres.

Peter se tait. Le silence emplit la salle.

— Et sinon ?

— J'ai arrêté le sexe. Quand je ne couche pas avec ma copine, les pensées n'apparaissent pas de la même manière. Mais… quelle femme veut d'un homme qui n'a pas envie de faire l'amour ?

J'ai écouté le récit de Peter et je pèse ses mots. Certes, ce qu'il vient de me dire me rend un peu mal à l'aise, mais, même si je n'en suis pas totalement sûre, je suis assez convaincue qu'il s'agit de pensées obsessionnelles et de rien d'autre. Des idées et des images oppressantes et involontaires qui suscitent une forte angoisse. Une peur de perdre le contrôle et de mettre en œuvre ces idées, ce qui signifie souvent qu'on élude leur véritable cause.

Très souvent, comme dans le cas de Peter, les malades se servent de différents rituels afin de tenir les pensées à distance. Les rituels et le fait d'en ignorer la cause réelle ne font pas disparaître pour autant le problème, au contraire, ils ont tendance à le faire empirer. Mon travail consiste à aider le patient à trouver un moyen de faire cesser ces rituels pour qu'il puisse faire face aux idées angoissantes et désagréables. Le principe du traitement est que le malaise et la peur diminuent lorsqu'on arrête d'éviter différentes pensées et situations. Cela paraît simple, pourtant c'est incroyablement difficile pour le patient et demande beaucoup de courage et de confiance en son thérapeute. Malgré tout, j'ai un petit doute et je me dis qu'il vaut mieux demander conseil à un collègue plus expérimenté.

Je réussis à calmer Peter en lui décrivant de nouveau ce que sont les pensées obsessionnelles, et je lui assure qu'il y a une solution à son problème. Nous prenons un nouveau rendez-vous, et quand nous nous disons au revoir, j'ai l'impression d'apercevoir une lumière dans ses yeux.

Peut-être est-ce de l'espoir.

Après la visite de Peter, je me rends dans le coin-cuisine de notre cabinet. Cet entretien avec lui m'a complètement vidée. Je n'ai jamais eu affaire à de tels problèmes, et je ne sais pas trop comment aborder son cas. Bien sûr que j'ai déjà traité des patients souffrant d'obsessions, même d'obsessions sexuelles.

Mais ça ?

Le fait que je sois une femme peut-il avoir un effet néfaste sur la thérapie ? Peut-être devrais-je l'envoyer à Sven, mais j'ai moi aussi besoin de patients, ce sont eux qui paient mon salaire.

Ziggy a disparu. Cela fait plus d'une semaine que je n'ai plus vu son corps frêle et gris. Certes, il arrive de temps à autre qu'il parte à l'aventure dans le bois au bord de l'eau, mais jamais aussi longtemps. J'ai cherché dans le jardin, près du ponton et dans la forêt entre la maison et la route principale. J'ai regardé dans les arbres au cas où il serait monté et resté bloqué en haut. J'ai posé des bols avec sa nourriture préférée dans l'herbe en espérant qu'il vienne manger. Parce que j'étais sûre qu'il reviendrait bientôt, qu'il enroulerait son corps doux à côté de mon lit et qu'il reprendrait sa vie normale et insouciante de chat, sans se laisser toucher par mon inquiétude.

Me voilà donc ce soir encore en train de fixer ce petit carré d'herbe qui s'étend devant les rochers gris et ronds. Les orties y poussent à plus d'un mètre de hauteur. Chaque printemps, je me dis qu'il faudrait les arracher, mais je ne le fais jamais. Parfois, je me réfugie dans ma propre incapacité de changer, c'est comme une valeur sûre dans un monde où rien n'est constant ni fiable. J'embrasse donc ma passivité et me dis, pauvre de toi, après une telle baffe, on ne peut pas se relever et continuer à vivre comme si de rien n'était. Ce serait comme si on sortait d'une voiture en feu, brossait son pantalon pour se débarrasser des cendres et demandait l'heure, ou s'il y avait un resto sympa dans le coin.

J'observe souvent cela au travail : les gens adoptent des comportements bizarres ou tout simplement nuisibles pour se protéger contre la vie elle-même. Je les force toujours à faire face à leurs angoisses. Pour les vaincre. Pour oser vivre dans le présent tel qu'il est. Même si ça fait mal. Je sais exactement comment il faut faire, il y a des méthodes qui ont prouvé leur efficacité.

Mais, moi-même, je n'y arrive pas.

Les derniers rayons du soleil baignent les rochers dans une lumière orangée et je frissonne – je porte toujours mon maillot mouillé après un court bain de mer – derrière ma porte-fenêtre, une paume appuyée contre l'encadrement.

Un léger bruit m'interrompt dans mes pensées. C'est

comme si de fines branches effleuraient la porte d'entrée. Un faible… grattement.

Mon premier sentiment est la peur. Elle arrive instinctivement, sans que j'aie le temps de jauger la situation. Tout à coup, tous mes sens sont en éveil. Je tends l'oreille.

C'est comme si un enfant écrivait sur ma porte avec un stylo. Un grattement hésitant et sec qui va de droite à gauche. Rythmique. Comme des mots désordonnés marqués par des mains d'enfant incertaines.

Je me dirige lentement vers l'entrée sans avoir de plan, j'essaie juste de rendre mes pas aussi silencieux que possible. À la moitié du chemin, une idée me frappe soudainement : Ziggy, bien sûr que c'est Ziggy qui est revenu. Peut-être est-il faible et blessé, incapable de m'appeler par un miaulement.

Je franchis les derniers mètres en deux grandes enjambées, m'appuie contre la porte en chêne massif et l'ouvre vers la forêt. Le soleil vient de se coucher, seulement quelques lueurs gris-bleu luisent encore à travers les troncs de sapins noueux. Les fougères, les myrtilles et la mousse s'étalent devant mes yeux, mais je ne vois le petit corps frêle de Ziggy nulle part. Je sors sur le perron en bois avec précaution.

— Ziggy !

Ma voix fait un maigre écho.

Pas un bruit, juste un moteur de bateau au loin. Et puis : quelque chose d'autre, le bruit de quelque chose qui se brise. Comme de petites brindilles. Je m'imagine Ziggy qui erre entre les fougères et les pierres moussues. Blessé et désorienté.

— Ziggy, viens mon vieux !

Mais aucun chat n'arrive.

Je rentre dans la maison pour chercher ma grande lampe de poche dans la chambre à coucher. Je la tiens fermement et ressors par la porte d'entrée.

— Ziiiggyy !

L'air nocturne est humide et rempli d'une odeur grasse de plantes et de conifères. J'allume la lampe et la dirige vers la forêt. Les troncs d'arbres jettent des ombres irrégulières qui ressemblent à des silhouettes grotesques et longilignes, qui ont l'air de tomber, lorsque je promène la lumière de gauche à droite. Une chauve-souris traverse le rai de lumière en battant rapidement des ailes.

— Ziggy, viens mon petit ! Viens !

J'avance lentement sous les arbres. Toujours pieds nus et en maillot de bain. Les aiguilles piquent mes plantes de pied, mais je ne le remarque même pas. Tout ce que je veux, c'est retrouver Ziggy.

J'arrive devant la corde à linge. Les draps que j'ai accrochés ce matin reflètent la lumière forte de la lampe et je plisse involontairement les yeux.

— Ziggy !

Rien.

Du coin de l'œil, je crois percevoir un mouvement. Le drap tout à droite flotte brièvement en émettant un claquement sec. Puis j'entends encore une branche qui se casse, mais cette fois-ci c'est une branche plus épaisse. Beaucoup trop grande pour avoir pu être brisée par le corps léger et souple de Ziggy. C'est le genre de branche qui ne se casse que sous un certain poids.

Seul un gros animal ou un être humain peut briser une telle branche. Je le sais, tout mon corps le sait.

Mon ventre se durcit et je tiens la lampe encore plus fermement. Tout à coup, je me rends compte à quel point je suis ridicule, en maillot de bain, brandissant cette lampe de poche géante à la manière d'un crucifix. Comme si je croyais pouvoir effrayer ce qui se cache peut-être dans l'obscurité devant moi.

J'attends quelques secondes avant de foncer vers la maison et de fermer bruyamment la porte derrière moi, puis je m'écroule dans l'entrée et commence, les doigts tremblants, à retirer les aiguilles de mes plantes de pied.

Ce qui arrive par la suite est peut-être la conséquence de ma recherche infructueuse de Ziggy et du sentiment oppressant que quelqu'un se trouvait devant chez moi, quelqu'un qui m'a observée pendant que, à moitié nue et grelottante, je cherchais mon chat sous les arbres, avec ma lampe de poche pour seule arme.

Je me sens confuse, angoissée et seule, et je décide de me consoler avec la dernière bouteille de rosé dans le frigo. Je descends un verre après l'autre et, quand la bouteille est vide, je m'offre encore un peu de rouge. Puis je somnole et glisse dans un sommeil nerveux, sans rêves, allongée sur le canapé inconfortable, couverte d'un plaid, alors que ma chaîne hi-fi joue de la musique beaucoup trop fort. C'est pourquoi je n'entends pas tout de suite la sonnerie du téléphone. Elle retentit plusieurs fois avant que je ne décroche enfin. La liaison est mauvaise, ça craque et siffle dans mon oreille, et j'entends à peine ce que la voix douce et androgyne dit.

— J'aimerais parler à Siri Bergman.

— C'est moi.

— Bonsoir, je vous appelle des urgences de l'hôpital Söder…

— Oui ?

— Nous venons d'admettre une amie à vous, Aina Davidsson…

Je n'arrive pas à formuler une réponse raisonnable. Aina est à l'hôpital ?

— … et elle aimerait bien que vous veniez. Elle a été renversée par un motard dans la rue Folkungsagata.

— Oh ! mon Dieu, est-ce qu'elle est sérieusement blessée ?

La voix hésite un peu avant de répondre.

— Oui, c'est sérieux, mais pas critique, se dépêche d'ajouter la personne. Elle a une blessure à la tête, qui est assez préoccupante. Nous la transférerons en soins intensifs tout à l'heure, si tout se déroule comme prévu… Pour pouvoir la surveiller de près.

Si tout se déroule comme prévu ?

— Nous prenons soin d'elle, ne vous en faites pas, mais elle souhaite que vous veniez le plus vite possible.

Mon ventre se noue de peur et de faim quand je tends le bras vers le placard de la cuisine. Des images du visage d'Aina papillonnent dans ma tête. Je prends un sachet de céréales et en mange directement quelques poignées. Puis je me verse un verre de vin et fais descendre les céréales avec deux longues gorgées.

Cela fait tellement longtemps que je n'ai plus pris la voiture que je trouve à peine les clés. Je mets quelques minutes à la faire démarrer, et à allumer les phares. J'ai envie de vomir, ma tête tourne et, derrière mon front entre mes yeux, une douleur de plus en plus forte se cristallise. Comme si un vilain animal cherchait à se frayer un chemin à travers mes orbites. Je m'agrippe au volant pour ne pas tomber par terre, quand je me penche afin de saisir la portière et de la fermer. Je sais très bien que je ne devrais pas rouler, mais Aina est ma meilleure amie et une chose est claire pour moi : je ne supporterais jamais de la perdre elle aussi.

Il fait très sombre et la route aux virages terriblement étroits serpente dans le paysage tranquille. Je roule très lentement, mais malgré cela je manque de perdre le contrôle du véhicule à deux reprises en roulant vers le fossé.

Quand j'approche de l'église Värmdö, je remarque pour la première fois la voiture sombre derrière moi. Elle me suit en direction de la ville. Je n'y vois rien de suspect.

Pas encore.

À hauteur de Grisslinge, un gyrophare s'allume tout à coup derrière moi. Le véhicule qui m'a suivie est visiblement une voiture de patrouille. Je m'arrête au bord de la route et baisse la vitre. Un homme s'approche, et sur fond de lumière bleue clignotante, un jeune policier aux cheveux bruns se tient tout à coup devant moi.

— Bonsoir, votre permis, s'il vous plaît.

Je tâte le siège passager à la recherche de mon sac et

constate que je ne l'ai pas emporté. Je me rends compte à quel point je tremble et maîtrise mal mes mouvements, c'est pourquoi je me cramponne au volant, prends une profonde respiration et lève à nouveau les yeux vers le policier. Une ride se dessine sur son front entre les sourcils.

— Euh, je suis vraiment désolée, mais une amie proche vient d'être hospitalisée d'urgence et... je crois, en fait... euh... je n'ai pas pensé à prendre mes papiers.

J'entends moi-même que cette excuse paraît ridicule, mais l'expression du policier est insondable. S'il est étonné ou irrité, il ne le montre pas en tout cas.

— D'accord, vous allez devoir faire un alcootest. Vous savez comment ça marche ?

— Oui, bien sûr.

Il y a quelque chose dans l'expression hyper sérieuse du jeune policier qui, sans que je puisse m'en empêcher, me fait rire. Toute la situation semble si absurde.

Je croise le regard du policier en espérant que mon rire lui ouvre également les yeux sur le comique de la situation, mais il paraît gêné et fixe la voiture de police. Pour une raison inexplicable, cela suscite en moi une énorme hilarité. Je ris de plus en plus fort, bien que j'essaie de le cacher, mais, avant de pouvoir me ressaisir, je me plie de rire sur mon siège. Tout mon corps se convulse et des larmes coulent le long de mes joues.

Le policier ne dit rien, me tend juste l'éthylomètre et se racle la gorge.

Je souffle. Rouge. Une fois. Et encore une fois.

Rideau.

Il me prie de descendre et de le suivre jusqu'à la voiture de patrouille. J'espère qu'il ne voit pas que je titube, mais le regard entendu que le jeune policier jette à son collègue quand nous arrivons à la voiture de police me démontre le contraire et, tout à coup, j'ai la gorge serrée.

Ils sont deux : un roux d'âge moyen aux dents légèrement écartées, et l'autre, le jeune, qui s'appelle apparemment Amir. Pendant le trajet, je tente désespérément de leur expliquer la gravité de la situation : l'accident d'Aina, le coup de fil de l'hôpital, la blessure à la tête, les urgences. Tout ça est terriblement humiliant, comme si j'essayais d'excuser mon propre comportement honteux en livrant une longue histoire tirée par les cheveux, aussi embarrassante pour moi que pour eux.

Ils me disent gentiment qu'ils ne peuvent pas m'emmener à l'hôpital, mais ils me promettent d'appeler dès qu'on sera au commissariat. Je leur donne également le numéro de portable d'Aina.

Au bout de cinq kilomètres, le vertige et la nausée ont raison de moi. La migraine est si intense que j'ai l'impression de recevoir des coups de marteau très violents juste au-dessous des sourcils, et je sens la sueur couler entre mes seins, direction mon ventre.

— Arrêtez-vous, s'il vous plaît…

Ma voix n'est qu'un faible chuchotement, mais les deux policiers m'entendent et s'arrêtent tout de suite sur le bas-côté.

— Est-ce que vous allez bien ? Est-ce que vous avez envie de vomir ?

— Non, non, pas du tout, dis-je en vidant le contenu de mon ventre sur le siège passager.

Une fois arrivé au commissariat, le policier roux me guide vers une salle tout au fond du sous-sol. S'il est fâché ou mécontent parce que j'ai sali sa voiture, il ne le montre pas du tout. Il a plutôt l'air de penser à autre chose : le dîner, le match de hockey du week-end, ou le nouveau mec de son ex-femme. Je devine qu'il voit des cas comme moi plusieurs fois par semaine, qu'il ne se souviendra pas de cet épisode une fois son service terminé. Une affaire de routine. Une nana bourrée qui a pris la bagnole pour se rendre en ville, alors qu'elle aurait dû savoir que ce n'était pas une bonne idée. Un danger public, peut-être aussi une tragédie humaine – mais qui s'en soucie ?

Il me fait souffler encore plusieurs fois dans un plus grand appareil relié à un ordinateur. L'imprimante sort une feuille qui contient la preuve de ma culpabilité.

Ils ont reçu un coup de fil, me dit-il. Quelqu'un qui m'avait vu boire et ensuite prendre le volant les avait appelés. Et non, il ne peut pas me dire qui c'était. Je me creuse la tête en me demandant de qui il s'agit, étant donné que je n'ai pas de voisin qui habite assez près pour me voir.

Ensuite, on m'enferme dans une pièce exiguë, une cellule de dégrisement. Il fait super froid dans cette pièce sans fenêtre, c'est humiliant ; un matelas posé à même le sol, dans un coin, un lavabo par terre. Ils m'ont expliqué que j'allais rester enfermée jusqu'à ce que j'aie dessoûlé, conformément à la loi concernant le traitement des personnes alcoolisées. Un néon délabré clignote sans cesse au plafond et amplifie encore la sensation d'échec et d'humiliation.

Sans que je le remarque, les larmes me montent aux yeux. Depuis quand est-ce que je ne maîtrise plus ma vie ? Depuis que je suis ici, au commissariat ? Depuis le moment où j'ai pris place derrière le volant, en état d'ivresse ? Depuis que je m'imagine des trucs la nuit ? Depuis la mort de Stefan ?

Combien de temps suis-je restée assise ? Vingt minutes ? Une heure ? J'ai perdu toute notion du temps.

Tout à coup, la porte s'ouvre et je me redresse. Quand je vois qui se tient dans l'embrasure, je suis emplie à la fois de joie et de confusion. Comment est-ce possible ?

Aina a l'air d'aller très bien – je ne vois nullement où elle pourrait être blessée. Elle s'appuie contre l'encadrement de la porte, baisse la tête et me jette un regard plein de pitié.

Stefan et moi nous sommes mariés en décembre. C'était une cérémonie modeste à la mairie, avec la famille et les amis les plus proches. Les parents de Stefan, mes parents et mes sœurs, Peppe et Malin, et leurs jumeaux. Aina était venue, bien sûr, et Susanne, ma plus ancienne amie qui habite à New York où elle travaille en tant que designer graphique. Je me rappelle qu'elle était sur le point d'accoucher et qu'elle passait tout le temps un foulard fleuri sur son visage écarlate pour éponger la sueur. Après la cérémonie, nous avons pris un bon repas de Noël au restaurant. Ma robe en laine crème style années soixante avec d'énormes boutons était assez serrée autour de mon ventre.

Vraiment ?

Est-ce que ça se voyait déjà à l'époque ?

J'étais enceinte de quatre mois quand nous nous sommes mariés, et mon corps frêle et maigre le cachait toujours bien. Seuls Stefan et moi étions au courant.

Deux semaines plus tard, nous nous sommes rendus tous deux à l'accueil du cabinet de gynécologie dans Gamla Stan pour voir Inger, notre sage-femme, et faire l'échographie.

À quoi est-ce qu'on s'attendait ? Des photos à mettre sur la porte du frigo, quelques minutes de nervosité avant que le médecin ne constate que tout va bien, quelques infos sur la taille du fœtus et la date du terme. Mais une fois allongée sur le banc, avec ce gel froid tartiné sur mon ventre, j'ai vu la mine déconfite du médecin. Elle n'a rien dit, elle a simplement froncé les sourcils et a jeté un regard de biais vers Stefan. Savait-elle qu'il était médecin ?

Moi-même, j'attendais en silence qu'elle trouve enfin le doigt qui manquait ou qu'elle voie enfin clairement tous les ventricules pour pouvoir constater qu'ils étaient jolis et bien développés. Je l'ai laissée promener la sonde d'avant en arrière sur mon ventre sans poser de questions ni protester ; peut-être que tout allait s'arranger plus vite si j'étais tranquille et coopérative ?

— Je vois…, a-t-elle commencé pour s'interrompre aussitôt. Le fœtus a atteint une taille normale pour son âge, a-t-elle continué, mais le doute persistait dans sa voix. Ici, c'est le dos. (Elle a pointé sur l'écran et quelque chose qui ressemblait à un collier de perles s'est détaché du fond gris-noir.) Voici le bassin (elle a fait un geste vers quelque chose qui ne ressemblait pas à une partie du corps, qui ne ressemblait à rien du tout en fait, pendant qu'elle tournait un peu la sonde en la pressant fortement sur un côté de mon ventre). Voici la vessie, elle est remplie de liquide, ce qui est normal, voici les reins…

Je devenais de plus en plus impatiente ; ne pouvait-elle pas tout simplement dire que tout allait bien, pour qu'on soit débarrassés de cette incertitude ?

— Est-ce que tout est comme il faut ? l'ai-je interrompue en essayant de garder une voix calme et posée.

Elle m'a jeté un regard sans répondre tout de suite.

— Voici la tête, a-t-elle dit à la place, et je pouvais voir une sphère gris clair se détacher sur le fond sombre de l'écran.

Elle s'est tue pendant un bon moment, examinant la tête sous différents angles.

— J'aimerais que vous alliez à l'hôpital Söder pour faire une échographie plus approfondie.

Elle s'est tournée vers nous, a détaché la sonde de mon ventre et a pris un bout de papier sur la petite table en acier qui se trouvait à côté du banc. D'un geste lent, elle s'est mise à essuyer le gel sur mon ventre avec le papier dur et brun.

— Qu'est-ce qui ne va pas ?

La voix de Stefan trahissait sa colère.

— Je ne suis pas certaine que quelque chose ne va pas, mais… il y a des parties du cerveau que je ne peux pas très bien voir avec mon équipement.

— Du cerveau ?

Je sentais les larmes me brûler les yeux. En règle générale, je ne pleurais que rarement, mais la tension avant l'échographie plus mes hormones qui déraillaient avaient eu raison de moi.

Le cerveau ? Notre bébé avait-il une déficience au cerveau ? Allait-il être handicapé ? Je pensais à de petits enfants en fauteuil roulant, à des écoles d'adaptation et à des appartements conçus pour les personnes handicapées. J'ai serré la mâchoire au point d'en avoir des crampes et me suis recroquevillée en boule sur le banc en plastique vert. Stefan s'est penché vers moi et a chuchoté que tout irait bien.

Le verdict est tombé plus tard dans la journée à l'hôpital Söder. Le médecin était un Arabe d'âge moyen. Il paraissait fatigué et usé, mais était néanmoins très gentil et a pris tout son temps pour nous expliquer la situation en détail.

— Le cerveau du fœtus n'est pas normalement développé, a-t-il dit sobrement.

Son regard ne fuyait pas notre choc et notre horreur.

Nous sommes restés sans rien dire pendant un bon moment pour digérer la nouvelle.

— On appelle cela l'anencéphalie. L'origine en est l'absence de fermeture normale du tube neural à l'extrémité antérieure du cerveau. Cette malformation cause l'absence partielle ou totale de l'encéphale, du crâne et du cuir chevelu. C'est ce qu'on peut voir à l'échographie.

Ni Stefan ni moi n'avons été capables de dire un seul mot. En silence, complètement abasourdis, nous avons écouté le médecin qui nous expliquait les conséquences de ce qu'il venait de raconter.

— Avec ce type de malformation, le fœtus ne peut pas évoluer normalement et, même s'il survivait jusqu'à l'accouchement, il mourrait ensuite. Je suis vraiment désolé, mais je vous recommande d'interrompre la grossesse le plus rapidement possible. Je peux vous donner rendez-vous plus tard dans la semaine.

Je ne savais plus où donner de la tête. Toute la situation était absurde. Les expressions employées par le médecin semblaient être créées afin de servir de tampon entre nous et la vérité. L'enfant que je portais en moi était un fœtus. Il ne voulait pas qu'on le tue mais qu'on interrompe la grossesse. Après cette intervention, une normalisation de mes hormones rendrait possible une nouvelle fécondation au bout d'un ou deux mois.

Ce soir-là, Stefan et moi nous sommes disputés pour la première fois.

— Mais imagine qu'il se trompe, ai-je hurlé. Imagine que le bébé n'est pas malformé et qu'on va le tuer.

— Ce n'est pas un bébé, et tu ne peux pas dire qu'on va commettre un meurtre. Nous allons interrompre une grossesse qui ne mènerait nulle part.

Stefan était rouge de colère, et d'autre chose.

Quelque chose qui me faisait encore plus peur.

— Mais imagine qu'ils se soient trompés. Il faut… il faut qu'on demande à quelqu'un d'autre de refaire une échographie. C'est la moindre des choses qu'on peut exiger avant qu'ils tuent…

— Ferme-la ! Personne ne tuera personne, OK ? Et… je l'ai vu moi-même sur l'écran.

— Tu es orthopédiste, merde. Tu ne sais que dalle sur la morphologie d'un fœtus ! Tout ce qui n'est pas cassé ou déboîté, c'est… trop… compliqué pour toi.

— Même moi je suis capable de voir qu'il n'avait pas de cerveau. Tu ne captes donc pas, Siri ? Il n'a pas de cerveau !

Épuisé, Stefan s'est laissé tomber sur le canapé et a caché son visage entre ses mains. Sa respiration est devenue plus lourde, et j'ai entendu des sanglots longs et retenus.

Je suis restée immobile, longtemps, comme paralysée par ce que je venais de comprendre : anencéphalie, pas de cerveau ; là, j'ai compris.

Nous avons demandé une deuxième échographie avant de procéder à l'avortement, et on nous l'a accordée sans problème. Un médecin aussi compréhensif que le premier, mais tout aussi catégoriquement résigné, a confirmé le diagnostic : « Dans ce genre de situation, on ne peut rien faire. Un jour, vous aurez sûrement un enfant qui naîtra en bonne santé. » Il s'est trompé, bien sûr.

Trois jours plus tard, j'ai avorté.

Aina dans mes bras, plus vivante que jamais. Ses cheveux contre mon menton, qui me chatouillent. Son parfum dans mes narines ; sucré, comme du miel. Le néon délabré clignote au-dessus de nous dans la cellule du commissariat. Je m'agrippe à elle, désespérée, comme à une bouée de sauvetage.

— Aina…

Ma voix n'est qu'un sanglot.

— Comment vas-tu ? Tu vas bien ?

Aina me toise d'une manière que je ne lui connais pas ; son regard se voile maintenant, un brin d'irritation est perceptible. Je la serre contre moi sans rien dire.

— Qu'est-ce qui s'est passé ce soir ? demande Aina en fronçant les sourcils.

— Je croyais que tu allais mourir, fais-je en la saisissant par le bras, peut-être un peu trop brutalement puisqu'elle recule d'un pas en me repoussant, gentiment mais fermement.

— Écoute, les policiers m'ont tout raconté. Mais… je n'ai pas été victime d'un accident. J'étais au cours de yoga. Je… ne comprends pas… quel jeu tu joues, là.

— Mais ils m'ont appelée…

Ma voix s'éteint.

— Qui a appelé ? Siri. Qui ?

Tout à coup, je comprends. Je choisis mes mots pour formuler ce que je crois savoir.

— Aina, quelqu'un m'a tendu un piège en m'attirant en ville. Quelqu'un me suit.

— Quelqu'un…

Je ne sais pas quel genre de réaction j'avais attendue de la part d'Aina, mais à présent elle plisse les yeux et son expression se durcit. Comme si elle cherchait à ne pas voir ce qui était en train de se passer. Elle fait quelques pas en arrière et croise les bras devant sa poitrine, marquant ainsi sa distance.

— Écoute, Siri, reprends-toi ! Je comprends parfaitement que tu joues la comédie devant les policiers. Mais… arrête de me mêler à tes fabulations d'alcoolo.

Elle ferme la porte derrière elle et s'en va.
Me laissant toute seule avec ma honte.

Tandis que je suis abandonnée dans la cellule froide, le scénario devient clair dans ma tête. Voilà comment cela a dû se passer : quelqu'un m'a observée de l'extérieur de ma maison. Quelqu'un s'est caché entre les rochers pendant plusieurs heures, m'a guettée et m'a vue me baigner dans la baie.

Il m'a vue chercher Ziggy dans la forêt, a pu constater à quel point j'étais vulnérable. Ivre. Ce quelqu'un m'a ensuite appelée pour m'attirer en ville. En sachant que j'allais prendre ma voiture. Il m'a dénoncée à la police. Et, le plus important : il doit aussi être celui qui m'a envoyé la photo et qui a coupé le courant. Peut-être qu'il a également déplacé ma lampe de poche cette nuit-là. À présent, je suis convaincue qu'il ne s'agit pas d'événements anodins dus au hasard.

Quelqu'un dehors dans le noir me veut du mal.

Je descends quatre à quatre l'escalier de mon cabinet pour faire l'une de mes visites obligatoires au Systembolaget. C'est devenu une sorte de rituel : le vendredi signifie achat de vin. Je n'en prends jamais plus d'un carton à la fois. Parfois, j'ajoute aussi quelques bouteilles de bon vin, si jamais je ressens le besoin de me récompenser au cours de la semaine suivante. Les bouteilles sont une récompense. Le carton, c'est autre chose, je ne sais pas trop quoi, en fait. Ce serait sans doute exagéré de le qualifier de réconfort, il sert plutôt de colle, une sorte de ciment qui lie les journées entre elles, peu importe à quel point elles sont pointues et anguleuses. J'arrive mieux à naviguer dans la vie ; ma vie devient pour ainsi dire plus lisse, plus plane.

Je préfère ne pas ressasser mon séjour dans la cellule du commissariat de Värmdö. Pas maintenant. Au lieu de cela, je pense à une consommation raisonnable d'alcool, qu'on a tout à fait le droit de s'offrir un petit verre pour accompagner le dîner un samedi soir. Rien de grave, ça. Un comportement profondément adulte, que je veux adopter. Bientôt. Dès ce week-end, peut-être.

Le magasin est bourré de gens qui refont leur stock avant le week-end. Des jeunes qui poussent des chariots remplis de packs de bière. De vieilles dames qui déposent avec la plus grande précaution dans leurs Caddie une bouteille de liqueur ou de rhum. Des cadres d'âge moyen qui quittent le magasin avec des cortons d'amarone ou de bordeaux.

Je trouve une caisse de vin français pas cher. Sans doute déjà aigre et oxydé avant même de l'avoir débouché, mais, à ce prix, c'est quand même une affaire.

Soudain, je me raidis. Certes, il y a beaucoup de monde dans le magasin, mais la main que je sens sur ma cuisse droite n'y a guère atterri par hasard. Vu que je n'ai pas de main libre et que le chemin est bloqué par un couplé âgé, je me retourne afin de faire face à la personne qui croit me connaître assez bien pour se permettre de poser sa main sur ma cuisse.

Une tignasse rousse.

Une barbe qui suscite en moi le souvenir de mon père dans les années soixante-dix.

Un t-shirt délavé et une guitare par-dessus l'épaule. Il se tient si près de moi que je peux sentir le parfum de sa peau : un mélange de chaleur et de sueur.

C'est Robert. Le Robert d'Aina. Enfin, plus maintenant ; autant que je sache, c'est fini entre eux.

Je suis tellement surprise que je ne sors pas l'insulte qui me brûle les lèvres. Au lieu de ça, je le fixe en reculant de quelques pas. Je veux garder un minimum de distance.

— Salut !

Il a l'air content, ne semble pas se rendre compte qu'il

vient d'empiéter sur ma sphère d'intimité, et qu'il ne fait pas partie de ceux qui ont le droit de m'approcher d'une telle manière.

— Salut.

— Merci encore pour la soirée. T'as des collègues intéressants, dit-il en s'esclaffant si fort que je pourrais inspecter tous ses plombages si j'en avais envie.

— Est-ce que tu fais allusion à quelqu'un en particulier ou est-ce que tu es juste arrogant en général ?

Je ne ris pas. Je ne vois pas ce qu'il y avait de drôle dans son commentaire. Et je ne comprends pas non plus sa logique : est-ce qu'il croit que j'ai envie d'entamer avec lui une sorte de commérage méprisant sur mes collègues ?

— Écoute, je disais ça pour… être sympa.

— Je ne te trouve pas sympa, répliqué-je.

Je me rends aussitôt compte à quel point ma réponse est dure. Les mots sortent de ma bouche malgré moi. Impossible de faire marche arrière. Je ne voulais pas le brusquer, mais il m'a vraiment fait peur en se faufilant dans mon dos. Il pince les lèvres et hoche la tête comme s'il venait de comprendre quelque chose d'essentiel.

— Bon, d'accord. Je ne vais pas te déranger plus longtemps.

Je ne dis rien, le suis juste du regard, pendant qu'il sort du magasin en trimbalant sa guitare. Penaud. Blessé.

C'est seulement là que cela me frappe : combien de temps s'est-il tenu derrière moi ? Et à quelle distance ? Assez près pour pouvoir entendre ma respiration ?

Assez près pour sentir mon odeur ?

SEPTEMBRE

Tout doucement, en maîtrisant mes sentiments autant que je peux, je la fais glisser à l'eau. Une tristesse indescriptible m'emplit soudainement. Je n'aurais pas cru ressentir quoi que ce soit. Je ne croyais pas en être encore capable. Pas pour de vrai. Je me croyais mort. À présent, je sais que quelque chose en moi continue de vivre malgré tout. Mais je ne sais pas si c'est bien ou mal.

Lentement, je lâche le corps froid et maigre. Il glisse à travers mes doigts comme un poisson qui s'enfuit, puis coule peu à peu pour remonter ensuite et planer juste sous la surface.

En apesanteur tel un vaisseau spatial au milieu du néant.

La tristesse me noue toujours la poitrine et maintenant je sais pourquoi : je suis capable de rendre justice, mais je n'aurai plus jamais mon ancienne vie.

Autrefois, ma vie était parfaite ; comme sur ces photos des magazines de décoration. Les détails jouaient un rôle important : les pneus neige, les machines à espresso, les crèmes solaires, la déclaration d'impôts, les leçons de flûte à bec, les vaccins.

Elle m'a tout pris.

Le chemin du retour à Värmdö est un précieux réconfort. Rien qu'en pensant à ma petite maison rouge, je me calme, et les tensions qui se sont accumulées – avec cette impression d'avoir la tête dans un étau – pendant la longue journée au cabinet lâchent peu à peu prise.

Quand je descends du bus, le soleil est caché derrière les nuages et un vent humide et chaud souffle par-dessus les rochers. Un mur massif de nuages bleu-violet s'amoncelle à l'horizon. Je me dis qu'il va falloir que je prenne mon bain tôt ce soir, puisqu'il va y avoir de la pluie.

Quand j'avance doucement sur les dalles devant ma maison, la première goutte tombe sur ma joue. La mer m'accueille, toute tiède, lorsque je plonge du rocher rond que Stefan et moi avons baptisé le cul de Lasse, en hommage au beau-père de Stefan. Je traverse la baie en nageant en direction du petit ponton devant ma maison.

Tout à coup, je l'aperçois : d'abord, c'est juste un mouvement brusque dans les vagues près de la petite plage caillouteuse à droite du ponton. En approchant, je vois que quelque chose flotte dans l'eau. Je suis curieuse, mais aussi un peu inquiète. L'automne dernier, un phoque mort s'est échoué au même endroit.

Je suis obligée de monter par l'autre côté sur le ponton, parce que les pierres pointues à droite rendraient cette entreprise très dangereuse.

Une fois arrivée sur le ponton, je la vois. Elle flotte, nue, ses cheveux blonds formant comme une auréole autour de sa tête. Elle a les yeux ouverts, et son visage repose presque paisiblement dans un grand fatras d'algues jaunâtres. À chaque vague, sa tête s'incline brièvement et ses cheveux décrivent un mouvement ondulant qui les fait ressembler au varech qui entoure son corps à la manière d'un plaid jaune-vert. Sa bouche est ouverte, ses lèvres bleues. Ses bras sont tendus vers le haut, au-dessus de sa tête, comme si elle essayait d'atteindre quelque chose dans l'eau. Ses poings sont à moitié fermés, mais je peux toujours voir des traces du vernis à ongles vert sur les doigts anormalement blancs et minces. Son corps est aussi petit et frêle que celui d'une enfant, mais les formes sont celles d'une femme.

C'est Sara Matteus.

Comment juger la vie d'un être humain ? Est-ce qu'il y a une espèce de force divine qui déverse la souffrance et la misère à parts égales sur nous tous ? Qui introduit de la justice et de l'équilibre dans ce qui autrefois était du chaos ? Une enfance et une adolescence difficiles, des maladies et de la solitude ; tant mieux, car ensuite suivront une carrière fulgurante, un amour qui dure toute la vie, un compte en banque bien garni et une vieillesse entourée d'enfants et de petits-enfants affectueux.

Je sais que les choses ne se passent pas comme ça. Sara ne gagnera jamais au Loto, ne rencontrera jamais le prince charmant et n'utilisera jamais son expérience pour aider des jeunes filles sur la mauvaise pente. Sa vie a été brève et dure, et cette pensée me dévore, fait trembler mes mains et me fait fondre en larmes.

Nous sommes assis dans mon salon : moi sur le canapé, les jambes repliées, le vieux plaid carré roulé autour de moi ; en face, sur deux chaises, Sonja et Markus, les policiers, qui débordent de patience, de compréhension et de pitié. Ils écoutent patiemment mon récit confus, apportent des coussins, servent du café et, quand je proteste, Markus va gentiment chercher le vin que je demande à la place.

J'ai raconté tout ce que je savais. Mon récit a dû être très décousu : des observations et des souvenirs incohérents, approximatifs et incomplets. Entassés les uns sur les autres. Tordus. Je suis rentrée, j'ai pris mon bain habituel dans la mer, j'ai découvert Sara au bord de l'eau et je ne me rappelle plus comment je suis revenue dans la maison pour appeler le 112. J'ai ensuite mené une conversation désordonnée avec les policiers qui sont arrivés sur place en premier, pendant qu'ils sécurisaient le périmètre autour de mon petit ponton avec un ruban blanc et bleu.

Puis je suis devenue hystérique, j'ai pleuré contre l'épaule du policier, alors que l'autre, une jeune femme, a appelé le « relevé d'empreintes » et un « médecin ».

Je n'avais pas compris. Pourquoi fallait-il un médecin vu que Sara était si visiblement… morte ?

— Donc, elle était votre patiente, a commencé Sonja, après m'avoir tendu un autre verre de rouge.

— Oui.

J'essaie de répondre clairement et posément aux questions, mais ma voix refuse d'obéir. Elle est faible et fragile.

— Pourquoi Sara venait-elle vous voir, je veux dire, avait-elle une forme de problème psychique ?

— Sara relevait même du traitement psychiatrique, elle souffrait de troubles de la personnalité borderline ou, comme d'autres l'appellent, de troubles de la personnalité limite.

C'est Sonja qui pose les questions, elle est la cheffe ici. Une femme sombre, la quarantaine, mince et sportive, qui dégage une autorité naturelle. Mais en même temps, elle paraît nerveuse. Elle parle vite, me bombarde de mots apparemment anodins, mais il faut rester sur ses gardes : si on ne se méfie pas, on peut y rester.

Elle se passe une main dans les cheveux pour écarter une mèche noire. Je me demande comment c'est de travailler avec la mort. Avec le mal. La misère. Je cherche des traces sur son visage, des rides sur son front, les traits durs autour de sa bouche, sa manie de serrer tellement les poings que les jointures de ses doigts deviennent toutes blanches, lorsqu'elle me fixe.

Markus prend des notes. Il paraît jeune, la vingtaine, mais je suppose qu'il doit être plus âgé. Des cheveux blonds bouclés, un visage lisse comme celui d'un petit garçon. Des yeux étincelants et clairs qui ne cessent de m'observer. Son corps est compact, athlétique. Des bras bronzés et musclés, des épaules larges.

— Vous savez que le secret professionnel peut être levé pour un patient quand cette personne fait l'objet d'une enquête policière. Et ce sera certainement le cas, puisque Sara est… morte.

Sonja hésite sur ce dernier mot, comme s'il était dangereux et qu'il fallait le prononcer avec prudence et respect.

— Je sais, dis-je.

Contrairement à ce que la plupart des gens croient, mon secret professionnel ne s'étend pas non plus aux patients qui me racontent qu'ils ont commis un acte criminel risquant plus de deux ans de prison. Seuls les prêtres sont soumis au secret professionnel absolu.

— Expliquez-nous ce syndrome borderline, me dit-elle.

— D'accord, vous en avez sans doute déjà entendu parler, mais, comme je viens de le dire, le syndrome borderline est un trouble de la personnalité. Le borderline typique est une fille. Elle est émotionnellement instable et a parfois des tendances autodestructrices. Elle a des relations amoureuses assez brèves mais très intenses, elle a souvent un comportement libertin, parfois elle a aussi des tendances suicidaires. Mais pas Sara, vraiment pas.

Je me rends compte que j'ai l'air de réciter un manuel de psychiatrie et m'interromps pour boire une gorgée de vin.

— Et qu'est-ce que cela signifie en pratique ? demande Sonja en jetant un regard sur la montre autour de son poignet mince.

Je leur expose rapidement l'histoire de Sara. Tout, en allant de son placement en foyer aux viols en passant par son habitude de se mutiler.

— Pourquoi ces jeunes filles se coupent-elles, en fait ? demande Markus tout à coup.

C'est la première fois qu'il ouvre la bouche et je suis fascinée par sa voix claire et douce, à l'instar de son visage.

— Pour lutter contre la peur, ou pour attirer l'attention, peut-être. Parce qu'elles se méprisent. Il y en a aussi qui disent que c'est à la mode de se couper. Mais toutes celles qui se coupent ne souffrent pas du syndrome borderline. De nos jours, on peut apprendre à se couper sur Internet. Si une fille essaie, sa copine elle aussi voudra essayer. En revanche, ça n'a rien à voir avec un trouble de la personnalité limite…

Markus hoche la tête. Il n'a pas du tout l'allure d'un policier, me dis-je. Il paraît beaucoup trop jeune. Mais d'un autre côté j'ignore totalement à quoi ressemble un policier de la criminelle, je n'ai jamais subi d'interrogatoire de ce genre. Puisque c'est bien ce qui est en train de se passer, malgré toute l'empathie et toute la serviabilité affichées par les deux policiers.

— Vous étiez donc censée soigner Sara pour ce syndrome borderline, dit Sonja en me fixant.

— Non, pas soigner. Ce syndrome n'est pas un rhume. Il s'agit plutôt de trouver un comportement fonctionnel. Afin de supporter les sentiments d'angoisse. Nous avons travaillé ensemble dans le but d'éliminer son comportement autodestructeur. Pour qu'elle arrête de se couper, comme je viens de le dire. Nous, moi… enfin, on a essayé ensemble de rendre sa vie plus… supportable.

Markus prend à nouveau des notes.

— Est-ce que tous vos patients présentent ce… (il hésite) syndrome borderline ?

Il semble content d'avoir utilisé la bonne terminologie.

— Non, non, c'est tout à fait inhabituel. La plupart viennent me voir parce qu'ils souffrent de crises d'angoisse. Ils ont peur de différentes choses, d'araignées ou du sang, par exemple. Quelques-uns ont une phobie sociale, ils ont peur dans un contexte social. D'autres font des crises de panique. Je travaille avec une méthode qui s'appelle thérapie cognitive et comportementale. Pour le dire simplement, je ne cherche donc pas à comprendre pourquoi les gens ont des problèmes mais me concentre sur la question de savoir comment on peut résoudre les problèmes. Le plus souvent, nous faisons des exercices pratiques. Disons que vous avez peur des araignées, par exemple. Dans ce cas, vous allez tenter de tenir des araignées dans votre main, etc. On appelle ça de l'exposition. À part ça, j'ai quelques patients dépressifs et certains qui ont des troubles du comportement alimentaire.

Markus et Sonja hochent la tête, comme s'ils avaient tous les jours affaire à des dépressions et à des crises d'angoisse, ce qui est peut-être le cas. Qu'est-ce que je sais du travail d'un policier ?

— Sara n'était donc pas normale ? demande Sonja en me jetant un regard de biais.

— Normale, qu'est-ce qui est normal ? Non, elle n'était définitivement pas normale, si vous la jugez sur des critères psychiatriques. Mais normal est un terme relatif, pas absolu, n'est-ce pas ? Chaque personne qui ne s'écarte pas plus que cela de la moyenne est normale par définition. Ce qui ne signifie pas que le normal est mieux. Croyez-vous que tous les grands compositeurs, écrivains et artistes étaient normaux ? Croyez-vous que ce sont les hommes normaux qui ont fait progresser la civilisation ?

Je me rends compte que je parais agressive sans le

vouloir, mais je tiens beaucoup à ce que Sara ne soit pas réduite à une folle asociale et inadaptée.

— Sara était douée et drôle, dis-je d'une voix sourde.

— Je comprends, répond Markus en me regardant.

Pendant un instant, je suis sûre qu'il est sincère.

Nous nous taisons brusquement et je jette un œil vers la cour où les techniciens du relevé d'empreintes s'affairent toujours. Ce sont deux hommes barbus, la cinquantaine bien sonnée, en bottes noires, pantalon kaki et t-shirt usé serré autour de leur bedaine. Ils se ressemblent tellement qu'ils pourraient être frères et me rappellent fortement une personnalité de la télé, qui animait une émission sur les automobiles quand j'étais enfant.

La pluie a cessé, le soleil s'est couché, et la nuit commence à tomber. La crampe bien familière se répand dans ma poitrine.

— Comment était votre relation avec Sara, je veux dire, est-ce que vous vous voyiez en privé ? poursuit Sonja.

— Jamais, on ne s'est vues qu'au cabinet. Mais nous nous appréciions bien, ajouté-je.

— Est-ce que Sara savait où vous habitiez ?

— Certainement pas. Nous ne donnons jamais nos coordonnées personnelles à nos patients, et je suis sur liste rouge.

— Qui a payé la thérapie de Sara ? J'ai du mal à imaginer qu'elle avait les moyens de la financer toute seule, à en juger par ce que vous venez de nous raconter sur sa situation personnelle.

Sonja a raison. Sara n'aurait jamais eu les moyens de s'offrir la thérapie. La plupart de mes patients sont aisés. Quelques-uns reçoivent une allocation pour pouvoir suivre un traitement. Le système est profondément injuste. Il y a un tas de formes de traitements qui marchent bien, mais seul un petit nombre de gens privilégiés y a accès.

— Sara avait une assistante sociale compréhensive, je réponds. Le service de l'hôpital de jour a décidé de l'impliquer dans un programme destiné aux jeunes filles souffrant de borderline qui se fondait sur une thérapie menée par des psychothérapeutes expérimentés. Mais, à la fin, ils ont jugé Sara trop saine pour y avoir droit, vu qu'elle n'avait pas de tendances suicidaires. Le fait qu'elle se coupait ne suffisait pas. Les services sociaux ont pourtant trouvé que Sara devrait pouvoir suivre une thérapie semblable, même si je n'ai pas les mêmes qualifications que les thérapeutes impliqués dans le programme. C'est comme ça que Sara est venue chez moi. Les services sociaux paient.

— Est-ce que vous avez une idée de la façon dont elle a pu atterrir dans l'eau à côté de votre ponton ?

Triste, je secoue la tête en observant Sonja. Son regard est insondable.

— Siri, je dois vous poser cette question : où étiez-vous entre trois heures et cinq heures cet après-midi ?

Je lui jette un regard interloqué.

— Je n'aurais jamais cru qu'on me poserait un jour cette question. Entre trois heures et cinq heures, attendez, je réfléchis. J'étais en entretien avec une patiente, Anneli Malm.

— Est-ce que vous pouvez le prouver ?

Je hausse les épaules.

— Mes collègues étaient là, Anneli aussi, bien sûr.

Tout à coup, j'ai une idée.

— Je filme mes entretiens. L'heure et la date s'enregistrent automatiquement. Si vous voulez, vous pouvez vérifier.

Sonja hoche la tête en se tortillant sur la chaise, puis elle joint ses mains d'un geste qui annonce qu'elle s'apprête à dire quelque chose d'important.

— Siri, est-ce que vous êtes sûre que Sara n'avait pas de tendances suicidaires ?

— Absolument. En plus, tout allait si bien pour elle en ce moment. Elle avait arrêté de se mutiler et avait rencontré cet homme dont je vous ai parlé tout à l'heure…

Je m'interromps car je sens une gêne entre Sonja et Markus, quelque chose qui concerne Sara et qu'ils ne veulent pas me dire. Sonja jette un regard bref vers Markus puis prend une profonde inspiration.

— Il y a des éléments qui tendent à confirmer la thèse du suicide. Nous pensons donc que Sara s'est…

Elle hésite, cherche une formulation qui lui semble adaptée, comme si quelque chose comme ça existait.

— Il y a des signes qui indiquent que Sara ne s'est pas noyée par accident.

— Comment alors ?

— Elle s'était ouvert les veines.

— Sara faisait ça tout le temps, dis-je.

Je réfléchis un peu avant de poursuivre.

— Les coupures étaient-elles mortelles en soi ?

— Je ne peux pas vous donner de réponse. Nous devons attendre le rapport du légiste.

— Qu'elle se coupe n'est pas une nouveauté. Cela ne signifie pas automatiquement qu'elle a attenté à ses jours.

— Hum… Ce n'est pas tout. Nous avons trouvé une lettre d'adieu. Elle était posée sur les rochers près de ses vêtements.

— Une lettre d'adieu ?

— Oui. Je suis désolée, mais je ne peux pas vous la montrer pour l'instant. Dans cette lettre, elle écrit que vous…

Sonja hésite et jette un regard bref vers Markus.

— Elle écrit, recommence Sonja, que la thérapie est la raison pour laquelle elle a décidé de se suicider.

— Je ne comprends pas…

Ma voix n'est plus qu'un chuchotement.

Markus se lève et, après un court moment d'hésitation, prend place à côté de moi sur le canapé. Il a soudainement l'air fatigué. Un air de policier las. Un air de j'ai-vu-trop-de-misère. Malgré son jeune âge. Doucement, il remonte le plaid sur mes épaules.

Sonja poursuit sans m'épargner la vérité. Elle parle très vite maintenant. Les mots volent à travers la pièce comme des balles ; imprévisibles, douloureux, impossible de se défendre.

— Elle écrit que votre thérapie lui a fait réaliser à quel point elle était malade. Qu'elle ne guérirait jamais et qu'elle avait fait trop de mal aux autres. Elle décrit en détail vos conversations, de quoi vous avez parlé et quand vous vous êtes vues. Elle indique parfois même la date exacte d'un entretien.

Sonja se tait un instant et se masse les tempes, mais semble décider que je suis apte à supporter la suite.

— Elle termine la lettre en disant qu'elle se suicide pour soulager ses proches et parce qu'elle vient de se rendre compte que sa vie est vide de sens, et elle vous remercie de lui avoir fait comprendre cela.

Rideau.

Soudain, tout est noir. Je mets quelques instants avant de comprendre que je pleure et que j'ai enfoncé mon visage dans le plaid, de sorte que je n'aperçois plus de lumière. Comme de loin, j'entends la voix de Markus qui me demande s'il y a quelqu'un qu'il peut appeler, et je ne suis pas sûre, mais je crois que je lui donne le numéro d'Aina.

Elle voulait me remercier de lui avoir fait comprendre que sa vie était vide de sens. Les mots résonnent dans ma tête, alors que je suis allongée sur le canapé, cramponnée au coussin. Je me souviens d'un article dans le *Svenska Dagbladet* sur un conducteur de métro à Stockholm, qui racontait son horreur, le jour où un candidat au suicide s'est jeté devant le train. Le pire selon lui, c'était quand celui qui sautait croisait le regard du conducteur et souriait peut-être même. Comme pour créer un lien muet entre la victime et le bourreau involontaire. *Elle voulait me remercier de lui avoir fait comprendre que sa vie était vide de sens.*

Aina arrive. Je l'entends parler avec Markus devant

la maison. Ils discutent à voix basse, comme s'ils ne voulaient pas que je puisse suivre leur conversation. La voix de Markus est calme, celle d'Aina plus grêle. Puis je sens la joue d'Aina contre la mienne, elle me dit que tout ira bien. J'aimerais tellement la croire.

Pas de sentiment de culpabilité.

Pas de honte.

Pas de regrets.

Mais pas de réelle satisfaction non plus. Pas de soulagement, comme je l'avais attendu et peut-être espéré. Seulement la tristesse qui me déchire le cœur.

Mais malgré tout, c'était un pas de plus vers le but, une pièce du puzzle dans le grand plan que j'ai soigneusement échafaudé.

Je jette un regard circulaire dans la petite pièce qui est la mienne. Les murs nus et les meubles épars. Il se trouve par terre devant la table. Je devine le corps sous le vieux plaid avec lequel je l'ai couvert. Les livres sont entassés sur la table ; avec toutes les instructions nécessaires, détaillées. C'est fou ce qu'on peut trouver dans les bibliothèques.

Le reste dont j'aurai besoin est également sur la table. Joliment aligné sur la nappe en toile cirée. Les bouteilles en plastique, les bacs, les outils dont l'acier se reflète dans la lumière froide du néon au plafond.

Je me doute que ce que je vais faire ne m'apportera

pas non plus la paix que je cherche, mais cela n'a plus aucune importance.

Mon plan a pris vie depuis longtemps, il est devenu plus important que le but final.

Mes collègues sont réunis autour de la table, silencieux. Aina regarde droit devant elle et Marianne baisse la tête en malaxant nerveusement ses mains. Elle les malaxe puis les ouvre, les malaxe et les rouvre. Comme une conjuration.

Sven me prend par la main et me regarde droit dans les yeux.

— Siri, tu sais parfaitement que ce n'est pas ta faute. Sara était malade. Cela nous arrive à tous, tôt ou tard. Perdre un patient est une chose tout à fait normale.

Son regard n'a rien du Sven dragueur, en ce moment, il n'est qu'un collègue gentil, expérimenté, à qui je peux faire confiance. Et il ne détourne pas les yeux. Soudain, je suis infiniment reconnaissante et heureuse qu'il soit là. Je serre sa main sèche et chaude en essayant de lui rendre son sourire, mais ça ne marche pas. Je ne peux pas lui raconter que ce n'est pas la première fois. Une fois ce n'est rien – mais deux ?

— Prends encore un petit gâteau, dit Marianne.

Mais je ne réagis pas.

Les biscuits au citron achetés à la boulangerie dans la rue Folkungagata restent dans le plat.

— J'accueillerai mes patients comme d'habitude cette semaine, dis-je en feignant d'être totalement calme, mais ça ne me réussit pas très bien.

J'entends ma voix trembler.

Marianne hoche la tête et jette un regard de biais vers Sven, comme pour chercher son approbation, mais Sven a l'air sceptique.

— Tu es sûre, Siri ? Pas la peine de jouer les héroïnes devant nous. Prends plutôt quelques jours de congé, propose-t-il en me toisant.

— Non, dis-je. Je crois vraiment qu'il vaut mieux pour tout le monde que je continue comme d'habitude.

Je me lève pour me diriger vers l'évier où je rince ma tasse de café afin de démontrer que je suis déterminée ; je la pose sur l'égouttoir et me retourne vers la table, le dos appuyé contre l'évier. Je tente d'avoir l'air calme. Tranquille.

Comme si cela avait été le signal de départ, Marianne se lève, passe la main sur son pull pour faire tomber les miettes de ses larges hanches et quitte la pièce. Ne restent plus que moi, Aina et Sven.

Un silence gêné emplit maintenant la salle. Aina jette un regard à Sven et baisse la tête. Sven se racle la gorge, frottant ses paumes contre son pantalon brun, et me dévisage.

— Voilà, Siri, je ne vais pas tourner autour du pot : je crois que tu bois trop. Aina m'a raconté l'incident d'il y a quelques jours, quand la police t'a arrêtée.

J'écarquille les yeux en fixant Aina, mais elle évite

mon regard ; au lieu de ça, elle joue avec des miettes sur la table.

— Siri, je sais vraiment de quoi je parle. Il y a quelques années, longtemps avant que je vienne ici, j'avais le même problème. Il m'arrivait de venir ivre au boulot. Oui, enfin, personne ne dit que tu es ivre quand tu viens ici, mais…

Je l'interromps :

— Bon sang, c'est complètement absurde, je ne suis pas une alcoolo et tu devrais le savoir, Aina. Vu que c'est plutôt TOI qui te bourres la gueule chaque week-end. Et qui baises avec le premier venu. Comment as-tu eu l'idée de répandre cette rumeur dans le cabinet ? Et en ce qui te concerne, Sven, si quelqu'un a un problème avec l'alcool, c'est bien toi !

— Siri, dit Sven à voix basse, c'est tout à fait normal de ne pas l'admettre. Ce n'est pas non plus bizarre que tu essaies de te justifier d'avoir été arrêtée. Aina me l'a raconté parce qu'elle se fait du souci. Pour toi. Et pour les patients. Peu importe, nous pensons tous les deux qu'il vaut mieux que tu fasses un break. Que tu réfléchisses un peu à ton rapport à l'alcool. Pour surmonter la mort de Sara. Nous pouvons nous occuper de tes patients pendant quelques semaines. Allez, ce n'est pas un drame.

— Non ! (Je hurle si fort que ma voix se brise.) NOOON, je dois continuer à travailler. Vous ne comprenez donc pas ? C'est exactement ce qu'il veut. Il veut que j'arrête de bosser.

Aina et Sven échangent des regards inquiets lorsque je mentionne l'homme sans nom. L'homme qui n'existe peut-être même pas. Je vois bien qu'ils se demandent si je suis en train de péter totalement les plombs ou si je refuse juste avec l'entêtement d'une idiote de m'accrocher au mensonge que j'ai, selon elle, créé afin de me protéger contre la dure réalité.

Continuer à travailler.

J'ai tellement de choses à faire, tellement de choses à régler. Les proches de Sara ; je devrais demander aux policiers s'ils ont été informés et s'ils souhaitent me parler. Une famille déchirée. Je sais que Sara n'avait guère de contact avec ses parents au cours de ces dernières années. Ils ont divorcé peu après la fugue de Sara. Le père a déménagé à Malmö où il a vite rencontré une nouvelle femme, avec laquelle il a deux enfants. Selon Sara, ils vivaient dans une luxueuse villa de banlieue chic où une demi-sœur ratée avec des cicatrices en zigzag sur les bras et les jambes n'était pas la bienvenue, car elle gâcherait le bonheur familial.

La mère de Sara habite un petit appartement à Vällingby. Sara m'a raconté qu'elle a commencé à boire énormément ces dernières années, mais qu'elle a quand même réussi à garder son travail de secrétaire à l'assurance maladie. Je sais que la mère prêtait de temps à autre un peu d'argent à sa fille, mais sinon elles n'avaient que des contacts très épisodiques, à l'exception de cette tentative ratée de fêter Midsommar ensemble.

Dans le meilleur des cas, un psychologue peut aider les gens. Leur permettre d'aller mieux, de surmonter des épreuves difficiles, d'abandonner des idées et des comportements destructeurs, mais le principe de base doit quand même être de ne nuire à personne.

N'aurais-je pas dû comprendre ou faire quelque chose pour l'empêcher de commettre cet acte ? Est-ce que mon incapacité à anticiper le geste de Sara fait de moi une mauvaise thérapeute ? Est-ce que je porte une part de culpabilité ? Elle aimerait me remercier de lui avoir fait comprendre que sa vie n'avait pas de sens.

Soudain, je fais tomber le plat de gâteaux par terre. Des éclats de porcelaine mélangés aux morceaux de biscuits s'étalent autour des pieds de Sven et d'Aina.

Date : 6 septembre
Heure : 13 h 00
Lieu : Salle verte, cabinet
Patient : Charlotte Mimer

Charlotte se racle discrètement la gorge, ce qui me signale que je me suis tue trop longtemps. Elle s'attend à ce que je commente ses notes et je marmonne quelques louanges. Charlotte a vraiment fait des progrès. Elle a réussi à contrôler ses pulsions et à réduire l'entraînement physique déraisonné qu'elle faisait subir à son corps.

Elle est assise devant moi, ses mains bien soignées et fines reposent calmement sur le sac à main sur ses genoux, mais tout ce que je vois est le cadavre maigre de Sara bercé doucement par les vagues. Aina et Sven ont raison. Je devrais me reposer. Je mobilise toute mon énergie pour être présente dans l'entretien avec Charlotte, mais malgré cela je n'arrive pas à montrer de véritable engagement.

— J'ai réfléchi, dit-elle lentement. Pour la première fois de ma vie, je remets vraiment en question la manière dont on me traite.

Charlotte tambourine sur son sac à main avec ses ongles.

— Je suis fière d'avoir misé sur mon travail. Je suis

fière de ma compétence. Mais je me pose des questions sur mon rôle en tant que femme. Sur ce que notre société exige des femmes.

Charlotte a l'air profondément attristée, et je me rends compte qu'elle commence à voir des choses qu'elle a jusque-là complètement occultées.

— Je suis la cheffe de marketing la plus qualifiée de notre entreprise. En effet, je travaille très dur. Mais ça ne suffit quand même pas. Mes collègues masculins ont des salaires plus élevés, ils parlent plus fort et j'en ai vraiment marre d'être tout le temps obligée de hurler pour me faire entendre.

Elle s'interrompt et cligne des yeux, plusieurs fois. Son cou a de nouveau des plaques rouges, comme c'est toujours le cas quand elle s'énerve, et ses doigts tambourinent plus vite.

— Je veux dire, j'ai toujours trouvé que les filles qui parlaient d'un monde injuste où les hommes régnaient sans partage avaient tort. Je croyais que c'étaient les résultats qui comptaient. Et maintenant je me rends compte que c'est… faux. Les hommes me passent dessus, bien que j'en fasse plus. Ils jouent au golf ou vont au sauna avec les directeurs et je ne sais quoi encore.

Charlotte Mimer est hors d'elle. Elle serre la mâchoire et plisse les yeux, pendant qu'elle parle. Toute son apparence signale une colère refoulée. Jamais auparavant je n'ai vu sa rage aussi clairement. Je ne sais pas non plus quoi répondre. Sans doute qu'elle a raison. Ce qu'elle dit est vrai. Les femmes sont marginalisées. Même moi, en tant que thérapeute, je le vois. Je sais que les problèmes des jeunes filles sont négligés et oubliés. Il n'y a pas assez d'institutions qui prennent en charge ces adolescentes. Les quelques ressources des écoles sont utilisées pour maîtriser les quelques garçons difficiles alors que les filles doivent se débrouiller toutes seules. Naviguer dans une adolescence pleine d'exigences et d'obstacles qu'elles sont presque incapables de franchir. De nouveau, je vois le visage blême. Si seulement quelqu'un avait pu percer le problème de Sara à temps. Si seulement quelqu'un avait pu l'aider quand elle était encore une petite fille.

Je hoche la tête pour encourager Charlotte.

— Le problème, c'est que je ne sais pas quoi faire.

Charlotte paraît tout à coup épuisée.

— Si j'aborde toutes ces questions avec mon chef, je suis une emmerdeuse et je peux oublier ma carrière. Dans ce cas, je peux me convertir dans… le marketing téléphonique.

À en croire sa mine, ce destin serait pire que la mort. Quelque chose qu'elle ne souhaiterait même pas à son pire ennemi. Mon visage a dû refléter mes pensées, bien que je sois habituée à bien dissimuler mes sentiments et mes idées, car Charlotte sourit.

— Je sais, dit-elle. Ce n'est pas si mal d'être vendeur téléphonique.

Son commentaire est tellement absurde que nous éclatons de rire.

— Mais… (Charlotte hésite de nouveau.) Enfin, je sais que je devrais faire quelque chose. Je ne devrais pas laisser passer ça. Non, je ne devrais pas…

Elle a l'air de prendre une décision. De rassembler

son courage afin de formuler quelque chose à voix haute qu'elle a jusque-là seulement osé penser.

— Parfois, j'ai l'impression que toute cette thérapie me fait plus de mal que de bien.

Charlotte regarde par la fenêtre quand elle dit cela et je comprends qu'elle évite de me regarder. Elle ne veut pas croiser mon regard.

— Avant, tout allait bien. Enfin, pas bien, pas du tout, mais c'était supportable. C'était ma vie. Je ne me posais pas mille questions. Je ne me demandais pas si c'était bien ou pas bien. Si ce que je faisais était faux ou juste. Je… vivais tout simplement ma vie. Dans mon univers. Maintenant, je remets tout en question. Mon travail, mon rôle dans l'entreprise, mes chefs, ma féminité, ma sexualité.

Elle pousse un profond soupir, et les taches rouges sur son cou descendent jusque dans son modeste décolleté.

— Et je sens une telle rage en moi. Je suis tout le temps en colère. Je m'en veux d'avoir laissé ma vie m'échapper. J'en veux à mes collègues. À ma mère. À mon père. Et à vous. Je vous en veux terriblement d'avoir mis en branle tout ce processus.

Elle me fixe en silence ; je tente de déchiffrer ce que je vois dans ses yeux : est-ce de la résignation ? Ou autre chose ? Une colère refoulée pendant des années qui remonte comme de l'eau sale d'un égout.

C'est le soir. L'été a fini par lâcher prise, et Stockholm est recouvert d'une légère bruine qu'un vent fort apporte par la mer. Drapée dans une serviette, je suis assise dans le canapé jaunâtre devant mes grandes portes-fenêtres et regarde la mer. Aina est assise à côté de moi. Nous ne disons rien. Accrochés à la corde à linge, nos maillots de bain flottent au vent.

Cela fait une semaine qu'Aina habite chez moi. Je lui ai pardonné, mais je n'ai pas oublié qu'elle a parlé de ma vie privée à Sven. Maintenant, tout est comme avant. Du moins en surface.

Elle est ma bouée de sauvetage, elle sait à quel point j'ai peur du noir. Elle insiste pour qu'on nage tous les jours. Je sais qu'elle soupçonne que je n'oserai plus jamais me baigner dans la baie si je ne le fais pas maintenant. Et je lui obéis, mais sans enthousiasme.

Les techniciens du relevé d'empreintes et les voitures de police ont disparu depuis longtemps et, sur la plage, on ne voit plus aucune trace de ce qui est arrivé. Sara est morte sans laisser de trace, me dis-je en me levant et en allumant par réflexe toutes les lampes, puisque la nuit commence à tomber. Aina s'assied à moitié nue sur le tapis et fait ses exercices de yoga, comme tous les soirs.

Je me dirige vers la cuisine pour aller chercher un verre de vin, lorsque j'entends tout à coup qu'on frappe à la porte d'entrée. Qui vient à cette heure de la journée ? Je mets le pyjama bleu foncé de Stefan et me dirige d'un pas hésitant vers l'entrée.

— Qui est-ce ? demandé-je.

— C'est Markus Stenberg, de la police, répond une voix douce de l'autre côté.

Je fixe la ceinture autour de ma taille, jette un regard vers Aina qui comprend et va dans la chambre à coucher pour s'habiller. J'ouvre lentement la porte. Markus est debout sous la bruine. Ses cheveux sont humides et je peux sentir de loin l'odeur de son pull en laine.

— Excusez-moi, j'aurais dû appeler avant de venir, mais je voudrais vous parler. Est-ce que je peux entrer ?

Il a l'air gêné en voyant mon pyjama.

— Bien sûr, dis-je en désignant le salon. Aina et moi venons de nager.

— Je peux m'asseoir ?

Il pointe le canapé du doigt.

Je hoche la tête et prends place par terre sur le tapis, puisqu'il n'y a pas de fauteuil, et que je ne veux pas m'asseoir à côté de lui. Aina revient dans la pièce et fait un signe de tête en direction de Markus, pendant qu'elle s'assied à côté de moi.

— Sara ne s'est pas suicidée, commence-t-il en me fixant et en passant une main dans ses cheveux courts bouclés. Nous avons reçu le rapport préliminaire du médecin légiste aujourd'hui. Elle n'avait pas d'eau dans les poumons, ce qui signifie qu'elle était morte avant d'atterrir dans l'eau. Les coupures aux poignets ont également été faites post mortem. En plus, elle était sous calmants. Des benzodiazépines, dit-il d'une voix morne. Et alcoolisée. Son cou portait également des traces de strangulation. Sara a été assassinée.

Je suis abasourdie. Sara, assassinée ? Un meurtre me paraît encore plus inimaginable qu'un suicide. Je veux dire quelque chose, mais aucun son ne sort de ma bouche.

— Mais qui a bien pu vouloir tuer Sara ? demande Aina à ma place.

Markus hausse les épaules.

— Il y a beaucoup de raisons qui amènent les gens à tuer, dit-il, l'air épuisé.

Son commentaire ne colle pas avec son jeune âge.

— Vous ne me croiriez pas si je vous racontais le peu de valeur qu'une vie humaine a pour certains. Bref, peu importe. Savez-vous si Sara avait des ennemis ?

Je fais non de la tête.

— Pas du tout !

— Est-ce qu'elle avait des ennemis ? des amis jaloux, par exemple ?

Je fais de nouveau non de la tête, un peu plus lentement cette fois-ci, et je réfléchis pour trouver une personne qui aurait pu vouloir du mal à Sara, mais je ne me rappelle rien d'essentiel.

— Elle avait un nouveau copain, enfin, un compagnon plutôt. Sara se faisait du souci à cause de cette relation, il donnait beaucoup, mais il… (j'hésite, parce que j'ai l'impression de trahir Sara, mais je poursuis quand même…) il ne voulait pas avoir de relations sexuelles avec elle.

— Est-ce qu'elle avait peur de lui ? Est-ce qu'elle se sentait menacée ?

— Non, je crois qu'elle ne savait juste pas trop quoi en penser.

— Est-ce que vous savez qui il est, son nom peut-être ?

Je réfléchis un moment. Sara avait-elle mentionné un nom, avait-elle dit quelque chose qui pourrait révéler l'identité de ce mystérieux compagnon ?

— Aucune idée, demandez à ses amis. Ils en savent peut-être plus que moi.

Markus me jette un regard interrogateur. Ses yeux ne me lâchent pas.

— Est-ce que le meurtre de Sara pourrait avoir… un rapport avec vous, Siri ?

— Comment ça ? demandé-je, perplexe.

— La lettre d'adieu, apparemment écrite par quelqu'un d'autre que Sara, contient beaucoup de critiques envers vous. En plus, Sara a été retrouvée près de votre maison. C'est une possibilité parmi d'autres, souligne-t-il, mais on suppose que le meurtre a été commis pour vous atteindre, en quelque sorte.

Je suis totalement perdue, comme abattue par la surprise et le choc. Que Sara ait pu mourir parce que quelqu'un me veut du mal me semble horrible ; cette idée est presque pire que l'hypothèse du suicide.

— Mais qui tuerait quelqu'un pour m'atteindre ?

Aina aussi paraît sceptique, mais ne dit rien.

— Réfléchissez, Siri, y a-t-il quelqu'un qui vous veut du mal ?

J'essaie de réfléchir, mais tout ce que je vois, c'est le frêle cadavre de Sara qui flotte à côté du ponton.

— Personne, dis-je, personne ne voudrait me nuire.

Markus pousse un soupir et tente une autre question.

— Siri, est-ce qu'il s'est passé quelque chose de bizarre ces derniers temps ? Avez-vous reçu des coups de téléphone menaçants, étiez-vous impliquée dans un accident, une histoire d'amour qui s'est mal terminée, une dispute au travail ?

La voix de Markus s'éteint en voyant mon expression.

— En effet, il s'est passé des choses, dis-je lentement.

Je crains qu'il ne me prenne pour une hystérique si je mentionne la lettre anonyme, mais je décide de le faire quand même.

— J'ai reçu une lettre bizarre, fais-je d'un ton détaché en me levant pour aller chercher l'enveloppe grise.

Je la donne à Markus et me rassieds. Aina me jette un regard inquisiteur pendant que Markus étudie la photo et l'enveloppe.

— Je vais garder ça, dit-il sans trahir ses pensées. Autre chose ?

— Non, mais j'avoue que je me suis sentie observée ici pendant l'été.

— Comment ça, observée ? Vous avez vu quelqu'un rôder dans les parages ?

Je secoue la tête.

— Non, ce n'est qu'un pressentiment. Je suis désolée, je ne peux le prouver d'aucune manière, dis-je d'un air navré.

Je repense à l'histoire du compteur électrique et aux traces de pas par terre. Je commence à raconter de façon peu claire ma théorie selon laquelle quelqu'un s'est introduit dans ma maison pendant que je dormais. Il a l'air peu convaincu, passe à nouveau une main dans ses cheveux blonds, mais ne dit rien qui montrerait qu'il ne me croit pas. Il change de sujet et revient à la lettre.

— Qui pourrait vouloir vous envoyer une lettre pareille ?

Je réfléchis pendant un bon moment en regardant par les fenêtres sombres. La mer n'est plus visible. Je n'entends rien, à part le vent, qui semble souffler plus fort.

— Je ne sais pas. Personne. Quelqu'un qui veut se moquer de moi. Qui veut me faire croire que j'ai un admirateur…

Je m'interromps. Plusieurs fois, je me suis dit que c'était peut-être Sven qui m'avait envoyé la carte pour me faire une mauvaise blague, mais, maintenant que je tente de formuler cette pensée, elle paraît complètement absurde. Je répète donc :

— Personne.

Cette fois-ci avec plus de conviction.

Un ange passe.

On n'entend que le vent qui danse à travers les cimes des arbres et les vagues qui s'écrasent contre les rochers. Aina m'observe. Son expression est indéchiffrable, et je sais qu'elle demandera des explications dès que Markus sera parti. Je veux qu'il reste. Curieusement, je suis attirée par lui. Par le calme qu'il réussit à faire rayonner autour de lui. Par son attitude respectueuse envers Sara. Par le fait qu'il m'écoute, qu'il me prenne au sérieux et ne me traite pas comme une idiote.

Aina se racle la gorge.

— Tu devrais raconter la fois où… la police t'a arrêtée.

Markus me jette un regard, sans avoir l'air particulièrement surpris.

— Vous voulez dire… la conduite en état d'ivresse ? fait-il d'un ton léger.

— Comment avez-vous su ? je demande, étonnée.

Markus hausse les épaules.

— C'est mon travail de savoir ce genre de choses.

— D'accord, ce soir-là, j'ai reçu un appel. Quelqu'un m'a prévenu qu'Aina se trouvait à l'hôpital de Söder et que je devais venir tout de suite. J'ai pris le volant. Sans hésiter. Je sais, c'était bête, mais je croyais vraiment qu'Aina était en train de mourir, et les taxis ne viennent pas jusqu'ici.

— C'est facile à vérifier, nous pouvons regarder si quelqu'un vous a appelée, et d'où l'appel a été passé.

Il note quelque chose dans son agenda, se lève et se dirige vers l'entrée. Puis il se retourne vers Aina et moi, et lance :

— Ah oui, encore une question. Quel travail faisait Sara ?

— Elle était au chômage, je réponds sans expliquer

en détail tous les boulots qu'elle avait essayés chez différents employeurs.

— Elle portait des vêtements très chers au moment de sa mort.

— Je crois que cet homme qu'elle voyait dernièrement lui donnait de l'argent.

— Celui dont vous ne connaissez pas l'identité ?

— Oui, effectivement, dis-je en hochant la tête.

Markus n'a plus de questions. Nous échangeons quelques bribes de conversation de politesse – comme c'est beau d'habiter dans la nature – et je le raccompagne à la porte. Avant de sortir dans le noir compact, il se retourne vers moi. Pendant un instant, j'imagine qu'il va me caresser la joue. Je ferme les yeux, et les rouvre aussitôt, ayant honte de m'imaginer des choses avec ce type, qui non seulement est policier, mais en plus beaucoup trop jeune pour moi. Au moins dix ans de moins que moi.

Il n'est qu'un enfant.

Il sort une carte de visite de sa poche, la retourne et gribouille quelques chiffres au verso.

— Ce sont les numéros où vous pouvez me joindre. Au verso se trouve mon numéro de portable privé. N'hésitez pas à m'appeler à tout moment. Si vous vous souvenez de quoi que ce soit ou que vous avez quelque chose à dire qui pourrait faire avancer l'enquête. N'importe quoi. À tout moment.

Je prends la carte et la fourre dans la poche de mon pyjama. Nous nous regardons, peut-être un instant de trop. Nos mains se serrent et Markus disparaît dans l'obscurité.

Aina est toujours assise sur le tapis.

— Qu'est-ce que c'était, cette lettre ? Pourquoi ne m'en as-tu pas parlé ?

Peu à peu, je déballe tout. Le cliché pris à mon insu. La coupure de courant pendant la tempête.

— Pourquoi, Siri ? Pourquoi n'as-tu rien dit ?

Aina paraît avant tout surprise, et ne me fait aucun reproche, contrairement à ce que j'avais craint.

Je lui explique doucement que j'avais peur de trop l'inquiéter. Lui parle de ma volonté de ne pas être un fardeau. De ne pas gêner.

— Siri, parfois t'es vraiment conne !

Aina me prend dans ses bras et je pose ma tête contre son épaule. Nous restons comme ça pendant un bon moment.

Dehors, il fait nuit noire.

Date : 14 septembre
Heure : 14 h 00
Lieu : Salle verte, cabinet
Patient : Peter Carlsson

Je viens de parler avec Peter Carlsson pendant une trentaine de minutes. Le premier quart d'heure a été consacré à une analyse des éléments à l'origine de l'obsession de Peter de vouloir blesser sa petite amie. Il semble aller mieux que la dernière fois, mais souffre toujours quand il doit raconter les choses épouvantables qu'il ne veut pas faire, mais dont il ne peut pas s'empêcher de rêver.

Son expression nerveuse et sa manière de toujours s'excuser commencent à me taper sur les nerfs. Quelque chose cloche. Je ne sais pas quoi, mais je sens juste qu'il est louche. Artificiel. Parfois, j'ai l'impression que ses excuses ne sont que des phrases creuses qu'il a apprises par cœur pour les sortir afin de se sentir mieux. Ce qu'il y a derrière cette façade soigneusement érigée demeure secret.

— D'ailleurs, dit-il tout à coup, en plein milieu de la description d'une scène violente, j'ai croisé Charlotte Mimer dans le couloir. Je ne savais pas qu'elle venait ici. Nous avons travaillé ensemble chez Procter & Gamble.

Soudain, je suis sur mes gardes. Je l'observe.

— Mais vous ne pouvez bien évidemment rien dire sur les autres patients, non ?

— Exactement.

— Donc vous ne pouvez pas me dire si Charlotte est votre patiente ?

Il a l'air déçu.

— Non.

Je commence à être réellement fâchée contre Peter, même si je ne le montre pas. Tout le monde sait bien qu'un thérapeute doit garder le secret professionnel.

— Peter, j'aimerais bien qu'on revienne à ce qu'on vient de dire. Vous avez mentionné un fantasme de strangulation.

— Oui, mais ça ne veut pas dire que je mets toujours les mains autour du cou, sur ces images, explique Peter.

Il dit « mettre les mains autour du cou », au lieu d'« étrangler ». Je suppose que c'est plus facile pour lui.

— Il arrive également que je la brûle avec des cigarettes. Enfin, dans ma tête, répète-t-il afin de souligner que cela n'a rien à voir avec ses intentions réelles.

— Ou vous lui ouvrez les veines du poignet et la noyez, dis-je brusquement.

— Euh, oui.

Peter semble étonné, mais soulagé, comme s'il ne pouvait pas mieux le décrire lui-même.

— En principe, ça peut être n'importe quoi destiné à blesser…

Tout à coup, je n'en peux plus. Je me lève.

— Veuillez m'excuser, Peter. Ça ira pour aujourd'hui.

Peter paraît surpris, mais il y a quelque chose d'autre dans son regard, quelque chose de méchant. Il a l'air content. Comme si le fait que son psy interrompe une séance signifiait qu'il avait réussi à prouver qu'il est un monstre.

J'ouvre brusquement la porte et quitte la salle en trombe, renversant presque Marianne qui semble s'être tenue juste derrière la porte. Si je ne la connaissais pas, je l'aurais soupçonnée d'avoir écouté la conversation. Je tente de lui expliquer la situation : je suis fatiguée, Peter se comporte bizarrement, est-ce qu'elle peut m'aider ?

— Tu dois inventer une excuse, dis-je.

— Quel genre d'excuse ? demande-t-elle naïvement en mettant les mains sur ses larges hanches.

— Dis-lui que je suis aux toilettes en train de vomir ou un truc comme ça. Les femmes sont super bizarres quand elles sont enceintes, non ?

Marianne me regarde d'un air ahuri, pendant que je sprinte vers la sortie. Et je lui lance avant d'ouvrir la porte qui mène vers la cage d'escalier :

— Annule tous les rendez-vous de cet après-midi !

J'erre dans les rues autour de l'église Katarina. C'est une libération de sortir dans l'air frais. Les nuages planent lourdement au-dessus du clocher de l'église, le temps correspond à mon humeur. Je me pose sur un banc dans le cimetière et promène mon regard sur les pierres tombales. Pour une fois, je n'ai pas de regrets concernant ma réaction. Écouter les pensées obsessionnelles de Peter Carlsson, ce n'était pas juste. Ni envers moi ni envers lui.

L'image du visage sans vie de Sara me hante à nouveau. Sara. Qui a pu lui vouloir du mal ? Quelqu'un l'a-t-il tuée pour s'en prendre à moi ? Cette idée semble absurde. J'entends Markus dire : « Ce n'est qu'une piste que nous suivons, une piste parmi beaucoup d'autres… » Quelles autres pistes suivent-ils ?

Je me creuse la tête, essaie de me rappeler ce que Sara m'a raconté pendant nos entretiens. Sara a consommé beaucoup de drogue dans le passé. Pas en grandes quantités, pas de drogues très dures, en tout cas selon ses dires. Mais le fait qu'elle se soit droguée signifie qu'elle a été en contact avec un tas d'ordures. Peut-être que quelqu'un dans son passé cherche à régler ses comptes ? Une dette ? De l'argent sale ? Toute cette chaîne de pensées est improbable et aberrante. Pourquoi quelqu'un s'attaquerait-il à Sara justement maintenant ? Après toutes ces années ? En plus, il y a la lettre, cette lettre d'adieu qui n'en est pas une. Celle que l'assassin de Sara a dû écrire. Celui qui l'a rédigée me connaît. Il savait que Sara suivait une thérapie. Il savait même en détail de quoi nous parlions. La plupart des meurtres sont commis par des proches de la victime. Il est rare que le tueur soit un inconnu. Et quelles personnes étaient proches de Sara ? Il y a quelques amies que Sara a mentionnées dans nos conversations. Linda et Nathalie. Des marginales, comme Sara. J'ai du mal à imaginer que l'une d'entre elles s'en soit prise à Sara. Je crois que le meurtrier est un homme, non seulement parce que ce sont souvent les hommes qui commettent des meurtres, mais aussi parce que la personne que Sara venait de rencontrer est un homme. En plus, un homme au comportement bizarre. J'essaie de faire un résumé cohérent de ce que je sais sur lui.

Il est assez âgé, mais qu'est-ce que ça signifie ? Sara avait vingt-cinq ans. Pour elle, cela voulait dire quoi, assez âgé ? Trente-cinq, comme moi ? Ou cinquante-cinq, comme son père ? J'avais l'impression qu'on parlait d'un homme plus âgé que moi.

Il est plutôt aisé. Il a gâté Sara en lui offrant des vêtements de marque et d'autres cadeaux. Mais cela ne veut rien dire. Stockholm grouille de quadragénaires au portefeuille bien rempli.

Le plus louche, c'est qu'il s'est approché de Sara pour une raison obscure, qu'il lui a fait la cour, qu'il a gagné sa confiance, mais qu'il n'a pas voulu coucher avec elle. Pourquoi un homme de cet âge cherche-t-il une telle relation avec une jeune femme ? Pourquoi ? Je n'ai pas de réponse à cette question. Mais je sais que c'est inhabituel. Je me souviens de mon malaise quand Sara m'en a parlé pour la première fois. Ma réaction immédiate était le sentiment que quelque chose clochait. Tout à coup, je suis sûre que mon intuition était juste. Quelque chose clochait.

J'essaie de me rappeler si Sara m'a raconté comment ils s'étaient rencontrés. Peut-être qu'elle m'en a parlé, mais ça ne me revient pas. Les enregistrements des entretiens, me dis-je. Il faut que je regarde les enregistrements. Peut-être que j'y trouverai de nouveaux éléments. Des détails que j'ai oubliés. Je décide de les visionner dès que la police, qui les a empruntés pour en faire des copies, me les aura rendus. Et dès que j'en aurai la force. Voir Sara, assise les genoux repliés contre elle en train de raconter sa vie tout en tirant sur l'une de ses éternelles cigarettes, me paraît impossible en ce moment.

La pièce est large, les murs peints en blanc. Dans un coin se trouve un bureau dont la surface brille. Pas un seul grain de poussière ne semble s'être perdu sur cette planche lisse. Des classeurs de diverses couleurs s'alignent sur l'étagère. Je suis assise sur une chaise destinée aux visiteurs devant une table assez petite, c'est là que se font apparemment les interrogatoires. Je suis frappée par le fait que les meubles et leur arrangement ressemblent beaucoup aux miens.

En face de moi se tiennent Sonja et Markus, les policiers de la dernière fois. Aujourd'hui, ce n'est plus une conversation informelle, c'est un véritable interrogatoire. Le ton est poli mais sobre. Plus aucune trace des paroles réconfortantes. Devant moi, un gobelet de cappuccino que Markus est allé me chercher à l'automate.

C'est Sonja qui mène la conversation de son style rapide, un tantinet nerveux. Markus est assis à côté d'elle, prend des notes et pose parfois une question.

— Que savez-vous des problèmes de drogue de Sara ?

Après m'avoir renseignée une nouvelle fois sur les

circonstances de la mort de Sara et confirmé qu'ils ne croyaient plus à la thèse du suicide, Sonja oriente la conversation vers le passé de Sara.

— Ben… pas grand-chose, en fait. Mais vous avez bien visionné les enregistrements, non ?

— Hum, nous avons fait des copies et nous sommes en train de les regarder. Vous pouvez d'ailleurs reprendre les originaux quand nous aurons terminé. Peu importe, nous supposons que vous vous êtes aussi parlé hors caméra, c'est pour ça que je pose la question.

— Sara a consommé de la drogue, je réponds, et elle a arrêté. Toute seule. Par la seule force de sa propre volonté.

— Oui, je sais qu'elle avait été arrêtée pour vol à l'étalage, peut-être aussi pour possession illégale de drogue ?

— Et parce qu'elle dealait, ajoute Markus. En plus, nous savons qu'elle se prostituait de temps à autre, vous étiez au courant ?

Pendant un moment, je ne sais pas quoi dire. Que Sara se soit prostituée, c'est une découverte pour moi, et cette idée me donne la nausée. Je comprends à quel point Sara a dû détester vendre son corps, et je peux seulement deviner comment elle a dû rationaliser pour supporter de le faire. Je secoue la tête.

— Non, je n'étais pas au courant.

Tout cela est un peu embarrassant. Comme si je devais connaître tous les secrets de Sara, comme si mon ignorance prouvait mon incompétence en tant que psy.

— Ah ! Vous ne savez donc pas si elle avait encore des contacts avec des personnes de cette période de sa vie ?

Je fais non de la tête. Sonja pousse un soupir.

— Nous ne savons toujours pas si la mort de Sara a un rapport avec son passé ou si elle a un lien avec vous. Il y a des éléments qui portent à croire que le crime est plutôt lié à vous.

Je hoche la tête. Markus me l'a déjà expliqué.

— Et quel est votre rapport aux drogues ?

— Les drogues ?

Je répète bêtement la question de Sonja.

— Je n'ai aucun rapport avec les drogues. Enfin, je ne prends pas de drogues illégales. Parfois, je bois un verre de vin, c'est tout.

— On vous a récemment arrêtée pour conduite en état d'ivresse. C'est plus qu'un verre de vin de temps en temps.

— C'était une situation particulière, normalement je ne conduirais jamais ivre, je l'ai déjà expliqué à Markus…

Sonja fronce imperceptiblement les sourcils et jette un bref regard vers Markus. Soudain, j'ai l'impression que Markus ne lui a pas raconté notre conversation.

— M. Stenberg, mon assistant, a peut-être déjà discuté de cela avec vous, mais j'aimerais l'entendre de votre bouche.

Je suis surprise par le ton agressif de Sonja, et je vois le malaise évident de Markus. Je regrette de l'avoir mis dans une position délicate, mais c'est à lui de gérer son boulot.

— Non, je ne consomme aucune drogue illégale. Je ne l'ai jamais fait. Non, je n'ai pas l'habitude de conduire sous l'emprise de l'alcool, mais quelqu'un m'a appelée en me disant que ma meilleure amie était entre la vie et la mort. J'ai eu peur et j'étais choquée et… et j'ai pris le volant. Un acte irréfléchi, bête, idiot, je sais.

— La plupart de ceux qu'on arrête pour conduite en état d'ivresse ont une bonne excuse.

— Oui, mais comme je viens de le dire…

— Votre mari est mort lors d'un accident de plongée ?

Sonja change de nouveau de sujet, et je me sens piégée et prise au dépourvu. Comme si les autres questions de Sonja n'étaient qu'une danse, destinée à m'emmener à ce point. Je me rends compte que c'est ce qui se passe quand on est impliqué dans un crime. Plus rien n'est privé. Rien ne peut rester caché. La vie de Sara sera examinée sous toutes les coutures. Une autopsie psychologique, comme disent certains. Mais même ma vie sera décortiquée. Mes secrets seront mis au jour.

— C'est vrai.

— J'ai lu le rapport de l'enquête que nos collègues de la police de Nacka ont menée.

— Oui, c'est sans doute vrai. Je ne me rappelle plus qui…

L'enquête autour de l'accident de Stefan reste totalement nébuleuse pour moi. Je sais qu'elle a été effectuée, je sais qu'on a conclu que sa mort avait été accidentelle.

Rien de plus.

— C’est curieux que votre mari meure dans un accident de plongée, et que l’une de vos patientes soit retrouvée près de votre maison, dans des circonstances qui font d’abord penser à une mort par noyade.

La voix de Sonja est neutre. Son visage ne me donne aucune indication sur ce qu’elle pense, mais je sens le malaise grandir en moi, et tout à coup j’ai peur de vomir sur cette table si bien nettoyée.

— Où voulez-vous en venir ?

Ma voix n’est qu’un chuchotement rauque et, bien que je tente de paraître calme et maître de moi, je comprends ce que Sonja essaie de provoquer en moi. Markus est visiblement embarrassé, car il évite de croiser mon regard. Je me demande où sont passés les gentils policiers compréhensifs qui se sont occupés de moi la dernière fois.

— Je dis juste que c’est une curieuse coïncidence. Nous, dans la police, on n’aime pas les coïncidences, vous voyez ? dit Sonja dont les yeux sombres ne me lâchent pas une seconde.

— Et alors ?

— Et alors, qu’est-ce que vous en dites ?

— Que je ne sais pas où vous voulez en venir, merde. Vous croyez que j’ai tué Sara ou quoi ?

À peine ai-je prononcé ces mots que je sais que je me suis laissé entraîner exactement là où Sonja le voulait. Elle me fixe, son expression est toujours aussi horriblement neutre.

— Eh bien, qu’est-ce que vous en dites ? L’avez-vous tuée ?

Date : 18 septembre
Heure : 16 h 00
Lieu : Salle verte, cabinet
Patient : Charlotte Mimer

J'ai changé le jour de rendez-vous de Charlotte. Je ne veux pas qu'elle risque de croiser un ancien collègue dans la salle d'attente. Et j'ai décidé de ne pas garder Peter Carlsson en tant que patient. Ses fantasmes dépassent mes forces. Dans une autre situation, j'aurais peut-être pu passer outre, mais en ce moment c'est impossible.

— Je suis sérieuse !

Charlotte me fixe intensément. La nouvelle Charlotte. Complètement transformée, elle montre une facette d'elle totalement cachée jusque-là.

— Je crois vraiment que je suis en train de péter un câble. Je ne maîtrise plus rien, vous comprenez, plus rien du tout.

Elle caresse son sac à main en cuir Mulberry – je suis sûre qu'il s'agit d'un original, contrairement au mien que je n'utilise jamais, un cadeau de mes parents après leur voyage en Thaïlande l'année dernière. Ses ongles sont finement manucurés, ses cheveux parfaitement arrangés, comme d'habitude, et une idée me traverse la tête : son budget coiffeur est sans doute plus élevé que le mien.

— Je sens que je vais finir comme tante Dolly. Cinglée.

— Tante Dolly ?

— Ah, c'est juste une parente éloignée. Elle est devenue folle. S'est mise à radoter avec une autre vieille. Oh, mon Dieu, complètement tarée. Si un jour je deviens comme ça…

Tout le comportement de Charlotte souligne la perfection et la maîtrise. Tout sauf la main qu'elle passe sans cesse sur son sac. Ça, et puis les mots qu'elle n'arrête pas de répéter : *pas de contrôle, pas de contrôle*.

— Stop !

Je lui jette un regard. La défie.

— Vous devez m'expliquer ce qui s'est passé. Ou ce qui est en train de se passer. Sinon, je ne peux pas vous dire si vous êtes effectivement sur le point de devenir folle.

Je souris avec prudence pour montrer que je ne crois nullement que Charlotte soit folle. Elle semble capter mon signal subtil puisqu'elle se calme immédiatement. Ses mains arrêtent de s'agiter sur le cuir brun, elle prend une profonde inspiration et expire très très lentement.

— J'ai fait une chose bizarre. Une chose super bizarre, merde.

Le juron paraît étrange dans la bouche de Charlotte. Comme s'il ne collait pas du tout avec la femme élégante assise devant moi. Je hoche la tête pour montrer que j'écoute et attends la suite.

— Mon chef. Je vous ai déjà parlé de mon chef. Je vous ai dit que je lui en voulais. Que je n'arrivais pas à communiquer avec lui, qu'il me prendrait pour une emmerdeuse si je lui disais que je me sens ignorée.

— Oui.

— Ben, j'ai…

Charlotte s'interrompt et me jette un regard inquisiteur, comme si elle voulait vérifier que j'allais supporter les vérités qu'elle allait me dévoiler.

— J'ai fouillé dans sa boîte mail.

— Vous avez fouillé dans ses mails ?

Je répète lentement les mots de Charlotte en me sentant bête et stupide. Ce qu'elle vient de me dire est tellement étrange que j'ai du mal à en saisir le sens.

— J'ai lu ses mails. Il était parti pour une conférence, un forum à Denver. Peu importe. J'ai travaillé tard le soir et, oui… l'occasion s'est présentée, et je l'ai fait.

— L'occasion s'est présentée ?

Une nouvelle fois, je répète la phrase de Charlotte, me sentant encore plus bête. Je sais que chacun d'entre nous peut commettre des actes bizarres quand il est stressé, mais ce que Charlotte vient de raconter est tellement surprenant que je ne sais pas trop comment réagir.

— Oui, l'occasion s'est présentée. C'était assez intéressant, en fait. Il a une liaison avec une jeune collègue. Une fille qui travaille pour lui. Il couche avec son assistante. Idiot. Mais c'est encore plus idiot de garder ce genre de mail dans son compte professionnel.

Elle sourit. C'est un sourire de travers, presque tordu, et pendant un moment je n'ai pas envie de la regarder, car quelque chose dans son regard me fait peur.

— D'abord, je me suis dit que je pourrais faire suivre ce mail à sa femme, mais ça aurait été complètement dingue. Enfin, ça aurait été vraiment fou. Non ? Et je n'ai aucune raison de lui nuire personnellement. Vous savez. C'est sur un plan professionnel que je me sens blessée. Ben, en tout cas, j'ai vu le mail non lu de l'un de nos plus gros clients dans la liste. Un mail urgent. Il contenait l'ébauche d'un contrat et demandait une réponse rapide. Je sais qu'il attendait cette proposition. Du coup… je l'ai effacé.

Elle éclate de rire et secoue violemment la tête, ses cheveux bruns virevoltent autour de son visage maquillé et, pendant un instant, elle a l'air terriblement enchantée. Une sensation froide se répand dans mon ventre et traverse tout mon corps. Qui est cette personne assise en face de moi ? Qui est cette femme ? Mais la sensation disparaît aussi vite qu'elle est venue, remplacée par la manière de penser clinique et froide d'une thérapeute. Ce n'est pas étonnant que Charlotte perde le contrôle. Non, pas ça, elle ne le perd pas ; elle le lâche. Et ce n'est pas trop tôt.

Il est possible que Charlotte devine mes pensées, car ses traits se durcissent.

— Je vous ai bien dit que j'étais en train de devenir dingue. Que je ne maîtrisais plus rien. C'est complètement fou. Comme je me sentais bien, quand je l'ai fait : effacer. Et hop ! plus rien. Mais ensuite j'ai été prise de panique. J'ai rassemblé mes affaires et je me suis barrée. Le lendemain, je me suis forcée à y retourner. J'avais une peur bleue. Et savez-vous quel est le truc le plus drôle dans tout ça ?

Je secoue la tête, ne trouvant pas de réponse.

— Le serveur a buggé le lendemain. Tous les mails non lus ont disparu. Mon infraction est donc passée… inaperçue. Je ne peux pas croire que j'ai eu une telle chance. Et je ne comprends pas comment j'ai pu en arriver là. Comment j'ai pu faire une chose pareille. C'est dingue. Je ne maîtrise plus rien. Siri !

Elle baisse la tête et serre la mâchoire, les yeux dans le vague.

— Savez-vous ce que j'ai vu en venant ici ?

— Non, dis-je. Comment le saurais-je ?

— Ben, j'ai croisé une femme dans la rue Götgata, elle avait à peu près le même âge que moi. Elle parlait dans son téléphone portable, riait. Mais… il y avait du sang qui sortait de sa narine.

Je fixe Charlotte sans savoir quoi dire.

— Oui, je sais, elle saignait juste du nez, rien d'extraordinaire, mais je n'ai pas pu m'empêcher de penser que…

— Quoi ? Qu'avez-vous pensé, Charlotte ?

Charlotte presse les paumes l'une contre l'autre en regardant par terre.

— Je me suis dit que c'est comme ça que les choses se passent…

— Comment ça ?

Charlotte se tortille sur le siège. Elle semble avoir du mal à formuler une réponse.

— Je veux dire… on se promène, on est heureux… peut-être, au moins… content, on croit que tout va bien. Mais ce n'est pas le cas.

Je me penche vers elle, je veux entendre la suite.

— Rien ne va bien. Pas en réalité. On saigne toujours quelque part. Sans le remarquer. Peut-être qu'on a une tumeur au ventre qui pousse et pousse jusqu'à atteindre la taille d'une orange alors qu'on vit comme si de rien n'était ; ignorant, en rigolant. Peut-être que votre mari baise votre meilleure amie… Le truc, c'est…

Charlotte frissonne et j'aperçois sa lèvre inférieure trembler légèrement.

— Le truc, c'est… le truc, c'est que la vie est comme ça. On ne peut jamais compter sur personne ni rien. Tout le monde est au fond… égoïste. La vie elle-même est imprévisible. Et moi, petite conne, j'ai toujours été tellement naïve. Je ne le comprends que maintenant.

Les larmes coulent le long de ses joues. Elle me regarde d'un air suppliant et sa voix est grêle quand elle parle de nouveau.

— Vous devez me dire la vérité, Siri. Est-ce que je suis en train de devenir folle ?

Sven fait pivoter son fauteuil de bureau usé. Il a enlevé ses chaussures. Je ne sais pas pourquoi, mais les hommes qui font ça me donnent des boutons. Dans l'avion, au bureau, dans le bus… partout on sent leurs pieds qui puent. Mais Sven ne semble pas percevoir mon regard critique. Il désigne la seule chaise dans la pièce qui n'est pas jonchée de feuilles, de rapports ou de livres.

— Siri, assieds-toi.

Le ton de sa voix est gentil, mais son visage trahit une grande fatigue, voire de l'irritation lorsqu'il enlève ses lunettes de lecture et se passe une main sur le front.

— Merde, j'aurais dû ranger, mais…

Il se tait et me toise.

— Comment tu vas ? Est-ce que tu arrives à dormir ?

Toutes ces questions : Est-ce que je dors ? Est-ce que je bois ? Comment vais-je ? Hein ?

— Merci, ça va.

Je vois qu'il ne me croit pas, mais qu'est-ce que ça change ? Ce n'est pas pour cela que je suis venue ici.

— Écoute, Sven…

— Mmm…

Sven sort sa pipe et se met à la bourrer tout en m'observant. Nous sommes convenus de ne pas fumer dans le cabinet, mais tout le monde est au courant qu'il le fait en cachette. Parfois, ça pue la fumée jusque dans la cage d'escalier. Apparemment, il lui importe peu que je le voie fumer aujourd'hui. Peut-être parce que je suis désormais officiellement une ivrogne qui conduit en état d'ivresse, et il n'a plus à s'excuser pour son comportement.

— Est-ce que tu peux… prendre Peter Carlsson comme patient ?

Sven hausse les épaules et allume sa pipe.

— T'en as assez de lui ?

— Oui.

C'est un soulagement qu'il comprenne immédiatement, sans demander d'éternelles explications. Il connaît bien le cas de Peter.

— Ouais, je peux le faire. Pas de problème.

Je lui suis vraiment reconnaissante, sans savoir comment l'exprimer. Après l'incident dans ma cuisine, je suis un peu gênée d'être seule avec Sven dans une pièce.

— Il y a encore une chose dont je voulais te parler.

J'essaie de me concentrer, de trouver les bons mots pour aborder ce qui s'est passé, mais je ne sais pas par où commencer.

— Le festin d'écrevisses ?

Sven me regarde.

— Oui, la fête.

Jc hoche la tête.

— Oui, dommage que Birgitta ait tout vu.

Je suis surprise. Je m'attendais à des excuses. Peut-être un pardon gêné, mais pas à ce genre de commentaire. Il fait comme si j'avais consenti à son tripotage. Je commence à me demander s'il le voit comme ça. S'il excuse son acte en me rendant en partie complice.

— Ah, et qu'est-ce que Birgitta en dit ?

Je perçois le sarcasme dans ma voix.

— Ben oui, t'aimerais bien le savoir, n'est-ce pas ? Vous êtes toutes pareilles.

— Comment ça ? Toutes pareilles ? Qui ?

— Vous. Les femmes. Vous êtes toutes pareilles. Curieuses. Bavardes.

Son regard est noir maintenant. Il expire un nuage de fumée entre nous et tend une main vers le téléphone pour me signifier que la conversation est terminée. Je me lève, étonnée de me sentir si mal à l'aise tout à coup, comme s'il m'avait humiliée. Est-ce que c'est ça qu'il vient de faire ?

Je m'arrête sur le seuil de la porte, mais il fait pivoter son fauteuil pour me tourner le dos et compose un numéro sur son téléphone.

La nuit, sa maison ressemblait à un aquarium. Elle illuminait toute la baie, trônant comme un énorme cube entre les rochers. J'observais la maison, et la maison me regardait à son tour avec ses yeux jaunes brillants, mais toujours indifférents.

De mon poste d'observation sur le tas de pierres lisses – toujours chaudes après cette journée ensoleillée –, je pouvais suivre chacun de ses pas, alors qu'elle déambulait de pièce en pièce avec une lampe de poche gigantesque dans une main et un verre de vin dans l'autre.

Quelques mètres derrière elle se trimbalait l'autre aux cheveux blonds hérissés. Un sein faillit sortir du négligé sexy qu'elle portait, et j'ai senti son ventre se nouer. Comme si elle avait lu dans mes pensées, elle s'est dirigée lentement vers la fenêtre, et pendant un instant j'ai pu la voir de face. Elle a joyeusement passé sa langue sur sa lèvre supérieure et a souri.

Puis je me suis approché de la fenêtre, j'étais peut-être à deux mètres. Les deux se trouvaient dans la cuisine. Versaient de la nourriture pour chat dans un bol.

Plus tard, elle mettrait le bol dehors pour le chat. Le lendemain, elle irait le chercher, et il serait toujours aussi rempli.

Je me suis éloigné de la fenêtre et j'ai regagné mon campement improvisé où j'allais passer la nuit. Puis je me suis allongé dans mon sac de couchage, et suis resté comme ça sans dormir jusqu'à ce que les premiers rayons du soleil caressent les rochers nus.

Et tout à coup, elle est revenue vers moi : ses cheveux étincelants étaient partout sur les feuilles couvertes de rosée qui brillaient dans la lumière de l'aube.

Je les caressais de mon regard.

Sa peau se trouvait sur le tronc blanc des bouleaux qui se penchaient sous la force de la brise automnale. Et son sang coulait en moi. Autrefois, elle était moi, nous étions une seule personne, deux incarnations du même être, du désir de la vie elle-même.

Elle me manque.

Tout ce que je fais, je le fais pour elle. Pour rendre justice, là où il n'y a pas de justice, pour donner du sens à ce qui n'en a pas. C'est la seule chose dont je suis capable.

Je ne sais pas comment je pourrais faire autrement. Je n'ai jamais eu le choix. Cette pensée me réconforte. Me libère de mon sentiment de culpabilité.

Aina et moi sommes allongées sur le cul de Lasse et écoutons les vagues se briser contre le grand rocher. Le soleil de septembre nous réchauffe agréablement, même s'il faut maintenant deux pulls pour pouvoir sortir de la maison sans être complètement gelé. Nous avons la gueule de bois et nous sommes shootées à l'aspirine. Nous nous sommes couchées tard hier. Les événements horribles de ces dernières semaines m'ont fait chercher du réconfort dans des choses superficielles. Un refuge sûr et prévisible dans ma vie chaotique. C'est pourquoi j'ai passé la journée d'hier à feuilleter de vieux magazines de mode et à lire des articles sur l'épilation, les régimes protéinés et autres fadaises. Aina et moi avons mangé des quantités insensées de chips et avons bu beaucoup trop de vin, comme d'habitude.

Nous commençons à nous taper sur les nerfs. Bien qu'elle soit ma meilleure amie, il est temps qu'elle rentre bientôt chez elle. Ma petite maison semble de plus en plus étroite et renfermée. C'est pourquoi nous avons décidé qu'Aina allait regagner ses pénates aujourd'hui. Ma solitude n'est pas toujours complètement volontaire, mais je l'apprécie quand même. Du coin de l'œil, je vois qu'Aina ferme les yeux en souriant.

— Qu'est-ce que tu vois ?

— Je vois… Massoud. (Elle éclate de rire et poursuit lentement :) Et… il ne porte pas de vêtements.

Elle éclate encore une fois de rire, plus fort cette fois. Je lui réponds d'un air fatigué :

— Tu es une salope.

— Nan, j'ai juste repris l'initiative sexuelle.

Aina glousse, comme elle seule sait le faire, et s'étire comme un chat.

Elle bouffe les mecs. Je ne les connais jamais, puisque ça n'a pas de sens. Ils sont remplacés chaque semaine, sans pitié, par de nouveaux candidats.

— Vas-y, ma petite, dis-je gaiement.

— Et toi, à quoi tu penses ? demande Aina, un peu plus sérieuse.

— Est-ce que tu n'as jamais souhaité être quelqu'un d'autre ?

— Non, pas du tout. (Aina hausse les épaules.) Et toi ?

J'hésite.

— Des fois, j'aimerais être plus comme toi.

— Bah, arrête. Qu'est-ce que tu veux être ? Une salope ?

— J'aimerais ne pas prendre tout tellement au sérieux. Être plus… (je cherche le bon mot) légère, je pense.

Aina se redresse en me toisant.

— Siri, ma chère Siri, je sais que tu ne vas pas aimer ce que je vais te dire maintenant, mais vu que je suis ton amie et que les amis doivent dire la vérité, je le fais quand même. Tu devrais vraiment aller consulter un psy pour parler de tout ça.

Je pousse un soupir, n'ayant pas du tout envie d'entamer une discussion là-dessus.

— Ne te prends pas la tête. Il fait nuit chaque jour quand je rentre du boulot, et je survis quand même.

— Je ne parlais pas de ta peur du noir, ni de Sara Matteus. Je parle de la mort de Stefan. Il faut que tu fasses une thérapie.

Malgré moi, je me raidis et je réponds vite, beaucoup trop vite.

— J'ai tourné cette page, c'est toi qui y reviens tout le temps.

— Seulement parce que tu refuses d'accepter ce qui s'est passé. C'est pour cela que tu ne peux pas aller de l'avant.

— Accepter quoi ? De quoi tu parles, bon sang ? C'était un accident. Un accident, tu entends ? Un putain d'accident, complètement absurde. Et toi, au moins, tu devrais respecter que je ne veuille plus… en parler.

Je tremble de fureur quand je me retourne pour descendre du rocher. Aina ne me suit pas. Je la déteste. C'est comme si elle restait allongée pour bien montrer qu'elle sait qu'elle a raison.

Elle prend tout son temps.

Attend ma confession.

Il est huit heures du soir. Je me tiens devant ma porte-fenêtre et regarde la mer qui se détache toujours dans le crépuscule. Il fait neuf degrés et la pluie tambourine sur le toit. J'ai pris mon bain quotidien, je suis passée aux toilettes et j'ai allumé mes lampes. Le calme règne dans ma petite baie, alors que l'inquiétude monte en moi. L'assassin de Sara se cache-t-il dans le noir ? Lui qui sait où se trouve ma maison, qui sait que j'ai l'habitude de nager le soir. Je m'assieds sur le canapé en emportant mon petit ordinateur portable. Autant travailler un peu. Mais à peine assise, j'entends la sonnerie de mon téléphone portable. Ne l'ai-je donc pas éteint ? C'est le téléphone du boulot qui sonne, celui dont mes patients ont le numéro. En règle générale, je l'éteins après six heures pendant la semaine, mais aujourd'hui c'est dimanche et, pour une raison qui m'échappe, il est allumé. Je me rends dans l'entrée et le sors de mon sac à main. Dois-je décrocher ? La curiosité prend le dessus, et j'appuie sur le bouton vert.

— Oui, ici Siri Bergman.

— Siri ?

— Oui, c'est Siri.

— Bonsoir, c'est Charlotte Mimer. Excusez-moi de vous appeler si tard un dimanche, mais j'étais à une conférence à Helsingfors et je viens juste de rentrer.

Charlotte respire fort, comme si l'air ne suffisait pas pour faire sortir tous les mots qu'elle veut dire, mais il y a encore autre chose dans sa voix. Quelque chose que je ne reconnais pas. Est-ce de la rage, ou de la peur ?

— Qu'est-ce qui vous arrive, Charlotte ?

— Siri, je suis terriblement désolée, je ne sais pas comment le dire, donc je vais être directe. Quand je suis rentrée il y a quelques instants, j'ai reçu une lettre. Enfin, j'ai lu une lettre qui est arrivée pendant mon absence, se corrige-t-elle, comme toujours soucieuse de n'omettre aucun détail.

— Oui ? dis-je d'un ton interrogatif.

— Ça parle de vous. La lettre parle de vous. Il y est écrit que je dois me méfier de vous, que vos patients se suicident et que vous êtes… euh… hum… (Charlotte se racle la gorge) incompétente.

Sa voix trahit son désespoir, elle est au bord des larmes.

— Est-ce que c'est vrai ?

Sa voix grimpe dans les aigus.

— Qu'est-ce qui est *vrai*, Charlotte ?

— Est-ce que c'est vrai que l'une de vos patientes s'est suicidée dans votre jardin ? Il y a écrit que vous l'avez forcée à le faire. Est-ce que c'est… vrai ?

— Charlotte, est-ce que vous pourriez aller chercher la lettre et la lire pour moi ?

Je l'entends renifler à l'autre bout et fais valoir

toute l'autorité que j'ai en tant que thérapeute, quand je hausse le ton.

— Lisez la lettre pour moi, dis-je d'un ton plus agressif que je ne le voulais.

— Je l'ai dans la main.

— Lisez !

— D'accord. Euh… *« Je vous écris puisque je viens d'apprendre que vous êtes en traitement chez Mme Siri Bergman. Vous ne me connaissez pas, mais malgré cela je considère de mon devoir de vous avertir. Siri Bergman est non seulement incompétente et mégalomane, mais elle représente également un danger pour ses patients. Elle a incité plusieurs de ses patients à se donner la mort. Sara Matteus est morte à l'âge de seulement vingt-cinq ans. Elle s'est noyée il y a moins d'un mois sur la propriété de Siri Bergman. J'espère pour vous que vous trouverez une autre thérapeute, à laquelle vous pourrez faire confiance et qui aura de l'empathie et de l'intérêt pour vos problèmes. Un ami. »*

Silence.

— Est-ce que c'est vrai ?

— Qu'est-ce qui est vrai ?

— Que vos patients se suicident ?

Sa voix est à peine audible.

— Charlotte, écoutez-moi bien maintenant. Tout d'abord, ne jetez surtout pas cette lettre, d'accord ?

— D'accord, chuchote-t-elle.

— Il y a une personne très malade qui cherche à me nuire et à détruire ma vie et ma carrière.

— Donc, ce n'est pas vrai, dit-elle, soulagée.

— L'une de mes patientes est morte, si.

— Dans votre propriété ?

Je ne réponds pas tout de suite. Comment en suis-je arrivée là ? Pourquoi est-ce que je suis en train de me défendre d'un acte que je n'ai pas commis ? Je pousse un soupir.

— Elle est morte sur mon terrain, oui. Mais je n'ai absolument rien à voir avec sa mort. Elle ne s'est pas suicidée, elle a été assassinée.

— Assassinée ? fait Charlotte d'une voix étranglée. Assassinée chez vous ?

Je l'entends respirer avec difficulté.

— Charlotte, dis-je en essayant de la calmer, mais elle continue de hurler à l'autre bout du fil.

— Celui qui a écrit cette lettre l'a tuée ? C'est ça que vous voulez dire ? Dans votre jardin ? Il a assassiné l'une de vos patientes…

— Oui, c'est une possibilité.

— Et maintenant, il a mon adresse ? Un cinglé ?

Un cinglé, c'est un mot que j'utilise rarement. Dans mon monde, on n'est pas cinglé. On peut être psychotique, dépressif ou maniaque, mais pas cinglé.

— Oui, je réponds à voix basse. Un cinglé. Charlotte, je veux que vous veniez demain au cabinet pour qu'on parle de tout ça. Vous gardez bien votre horaire du lundi ?

— Je ne sais pas, dit-elle, hésitante.

— Est-ce que vous promettez de venir ?

— Je ne peux pas le dire, désolée. Je ne sais pas si j'oserai venir. Nous devrions peut-être faire une… pause.

Elle paraît tout à coup très sérieuse et a retrouvé sa voix professionnelle et assurée.

Je ne réponds pas, mais je la comprends. Elle a peur, et je ne peux pas lui en vouloir.

Ma main se balade sur la petite étagère au-dessus du canapé. Je sens les tas de poussière et autre chose, sans doute des insectes morts. Tout au fond à gauche, je trouve ce que je cherche, une carte de visite, avec quelques chiffres gribouillés au verso. Mes mains tremblent pendant que je souffle dessus pour éloigner la poussière en me dirigeant vers le téléphone.

Vous pouvez m'appeler quand vous voulez.

Je compose le numéro et attends.

Markus est là au bout de quarante-cinq minutes. Il suit le même rituel que la première fois qu'on s'est rencontrés : il me fait asseoir sur le canapé, place quelques coussins derrière mon dos et me recouvre d'un plaid. Je me dis que c'est un truc que tous les policiers apprennent à faire pour calmer une personne en état de choc.

— Est-ce que je peux vous apporter quelque chose ? demande-t-il.

— Un verre de vin, réponds-je en ajoutant : Si vous en prenez un aussi.

Markus disparaît dans la cuisine et je l'entends ouvrir une bouteille. Il revient avec la bouteille et un verre.

— Je suis en service ce soir, dit-il en désignant le verre.

Je hoche la tête d'un geste fatigué et ferme les yeux.

— Racontez, dit-il, et je me mets à raconter.

L'appel de Charlotte et la lettre qu'elle a reçue. Markus me demande le numéro de téléphone de

Charlotte, il me dit qu'il doit parler avec elle, voir la lettre. Je promets de le mettre en contact avec elle.

Puis je lui décris l'impression paralysante que tant de gens autour de moi meurent. Je lui parle de ma peur du noir. Les mots ruissellent de ma bouche, telle de l'eau usée sortant d'un tuyau d'évacuation. Pas moyen de l'arrêter, malgré la sensation désagréable de s'exposer. Mais Markus ne semble pas choqué, il hoche la tête en silence et regarde les fenêtres.

— Est-ce que vous êtes célibataire ? Y a-t-il quelqu'un dans votre vie ?

Peut-être est-ce l'alcool, la question sort malgré moi. Je la regrette immédiatement, puisque j'ai l'impression de franchir une limite importante, j'empiète sur sa vie privée. Bien évidemment, lui aussi m'a déjà posé des questions intimes, mais je suppose que cela fait partie de son travail.

— Nan, il n'y a personne en particulier, marmonne-t-il brièvement en évitant de croiser mon regard.

Je vois que la question l'embarrasse. Tout à coup, il a l'air incroyablement jeune et vulnérable, assis sur mon canapé, vêtu d'une veste à capuche et d'un jean, et c'est là que je la perçois. La tension qui règne entre nous. Je le fixe pendant quelques instants. Il baisse la tête et se racle la gorge.

— Écoutez, Siri, vous ne voyez vraiment pas qui pourrait vouloir vous nuire ?

— Non, je ne vois pas du tout.

— Et vous n'avez rien remarqué de particulier ces derniers temps, dont nous n'aurions pas encore parlé ?

Je secoue la tête les yeux fermés.

— Qui a accès à vos rapports ?

— Seulement ceux qui travaillent au cabinet, Aina, Marianne, Sven et moi.

— Et aux enregistrements ?

— Pareil. Seuls mes collègues y ont accès.

— L'un de vos collègues pourrait-il vous vouloir du mal ?

— Absolument pas, je réponds rapidement, trop rapidement peut-être.

Markus passe les mains sur ses cuisses en m'observant d'un œil sceptique.

— Je trouve qu'il est grand temps de prendre des mesures de surveillance. Je pourrais faire en sorte qu'une voiture de police passe par ici plusieurs fois par jour. Je n'aime pas l'idée que vous vous trouviez toute seule ici, après tout ce qu'il vient d'arriver.

Je ne sais pas pourquoi, mais en pensant à des policiers qui rôdent autour de ma maison, j'éprouve un profond malaise.

— Non, surtout pas. Je ne veux pas de policiers ici. Tout ce que je veux, c'est qu'on me fiche la paix.

— Parfois, on n'a pas le choix, Siri. Parfois, il faut accepter l'aide qu'on vous propose. Je ne peux bien évidemment pas vous forcer, mais…

Je secoue violemment la tête.

— Je n'ai pas besoin d'aide. Et avant tout, je ne veux pas qu'un tas de flics tournent autour de ma maison, à part vous, je veux dire…

Je m'interromps et nous nous regardons en silence. Intrigués, cette fois-ci. Je vois que des gouttes perlent dans ses sourcils blonds et que le dos de ses mains est couvert d'un fin duvet qui brille dans la lumière du halogène posé à côté du canapé.

— Je dois y aller maintenant.

— Est-ce que vous pouvez rester jusqu'à ce que je me sois endormie ? Fermez la porte derrière vous quand vous sortirez.

Il fait oui de la tête en me fixant d'un air ému.

Je me rends dans ma chambre et me couche dans mon grand lit. Quand je me réveille le lendemain matin, Markus est parti.

— Tout d'abord, j'aimerais vous remercier d'être venue.

La poignée de main de Sonja Askenfeldt est ferme, son regard droit. Je suis de retour dans la salle bien propre destinée aux interrogatoires. J'apprécie l'ordre qui règne ici, il n'y a pas de tas de papiers encombrants, pas de photos, pas de tableaux. Rien qui trahirait l'identité de ceux qui utilisent cette pièce. Elle est anonyme, mais, en même temps, elle a quelque chose de paisible. En pensant à des salles d'interrogatoire, j'ai toujours imaginé des pièces étroites et sales aux meubles usés ; des pièces aux murs jaunis, aux fenêtres fermées imprégnées d'une forte odeur de cigarette et de transpiration. Un peu comme ces coins fumeurs dans les services psychiatriques où je travaillais pendant mes études. Peut-être qu'il y a des salles d'interrogatoire qui ressemblent plus à ça, qu'est-ce que j'en sais ?

— Oui, cette fois, nous nous voyons dans d'autres circonstances. Vous avez sans doute subi une certaine pression lors de nos conversations antérieures, mais j'espère que vous comprenez que nous sommes obligés de faire cela, c'est notre travail.

Sonja a l'air vraiment désolée. Ses excuses m'étonnent. Aujourd'hui, nous nous voyons seules. Markus n'est pas là et je me surprends à me demander où il est, et ce qu'il fait. Pourquoi cela m'intéresse-t-il tant ?

— Il y a de plus en plus d'éléments qui portent à croire que le meurtre de Sara est en réalité un acte qui vise à vous atteindre, vous. Je vous demande donc encore une fois de réfléchir s'il y a quelqu'un qui pourrait vous vouloir du mal.

— Non, je n'arrive toujours pas à trouver de personne qui me déteste ou veuille me nuire à ce point.

— Dans votre travail, vous rencontrez sûrement un bon nombre de personnes malades, n'est-ce pas ?

— Ça dépend de ce que vous entendez par « malades ». Je travaille dans un cabinet privé, la plupart de ceux qui viennent me voir ont certes un problème d'ordre psychiatrique, mais, en même temps, ils sont assez sains pour travailler ou se débrouiller seuls. Ils s'adressent à nous pour des raisons différentes, et ils viennent souvent de leur propre fait. Mais oui, si vous entendez par malades qu'ils ont un diagnostic psychiatrique, c'est vrai, j'en rencontre des tas. Cependant, avoir des problèmes psychiques ne signifie pas qu'on soit fou, pas du tout même.

— À partir de quand est-ce qu'on est fou, alors ?

Sonja me regarde d'un air intéressé, comme si elle voulait vraiment entendre ma définition de « sain » et « fou ».

— Eh bien, ça dépend. Mais selon la loi, on est fou quand on représente un danger pour soi-même ou les autres, et quand on n'est plus maître de ses actes. Ce genre de patients ne viennent pas chez moi. Non pas parce que je ne le veux pas, mais parce qu'ils ont tout simplement besoin d'une autre forme de soin. Nous n'avons pas ce type de ressources.

— Avez-vous jamais eu des patients qui ont manifesté un intérêt anormalement grand envers vous ? qui étaient plus curieux qu'ils n'auraient dû ?

Je réfléchis et passe en revue les différentes personnes que j'ai rencontrées dans ma vie professionnelle.

— Une fois, un patient m'a invitée à l'accompagner à une soirée, mais c'est arrivé il y a cinq ans, et il n'y avait rien de bizarre. La thérapie touchait à sa fin, et il m'a demandé très poliment si j'avais envie de visiter une exposition avec lui, je ne me rappelle pas laquelle.

— Comment avez-vous réagi ?

— J'ai décliné, bien sûr. Ce n'est pas très éthique de sortir avec des patients, peu importe s'ils sont encore en thérapie ou pas.

— Comment l'a-t-il pris ?

— Si vous croyez qu'il a été blessé ou que je le sentais fâché, vous vous trompez. Il a seulement éclaté de rire et m'a demandé si c'était une faute professionnelle de sortir avec lui. Je lui ai dit que oui, et c'est tout.

— Pourquoi venait-il vous voir ?

— Pour une phobie du dentiste.

— Une phobie du dentiste ?

— Il avait peur d'aller chez le dentiste. Rien de

bizarre. Il était assez normal. Le traitement s'est bien déroulé. Il était content.

— Nous devrions peut-être quand même lui parler.

— Je vous serais vraiment reconnaissante si vous évitiez de le faire. Je suis absolument sûre qu'il n'a rien à voir dans tout ça.

Je vois apparaître une ride à peine perceptible sur le front de Sonja. Elle se sent visiblement provoquée par ma réticence.

— Vous ne voulez pas enfreindre le secret professionnel ?

— Exactement. Mes patients viennent me voir pour se faire traiter, ils savent que je ne dois pas en parler, c'est un élément essentiel de mon métier. Je n'ai pas envie de les exposer à des interrogatoires de police.

Sonja hoche la tête, et je comprends qu'elle n'insistera pas, même si elle souhaite peut-être que je me comporte autrement. Elle change de sujet.

— Est-ce qu'il y a des personnes dans votre vie privée qui, comment dire, s'intéresseraient plus à vous que d'habitude ?

— Non. Personne. Je n'ai pas d'ennemis. C'est absurde, qui a des ennemis ? Je croyais que cela n'arrivait que dans le milieu criminel. Et peut-être entre ex jaloux.

— Et vous n'en avez pas ? D'ex jaloux, je veux dire ?

— Mon dernier ex est aujourd'hui père de trois enfants, habite à Västerås et travaille en tant qu'ingénieur. C'est lui qui a rompu. Nous avions vingt-deux ans. J'ai beaucoup de mal à m'imaginer qu'il veut me blesser d'une manière ou d'une autre.

Je repense à Johan. Le garçon que j'ai connu au lycée et avec qui je sortais jusqu'au milieu de ma première année d'études de psychologie. Lui que mes parents adoraient, qui a appris à conduire avec mon père et qui flirtait avec mes sœurs. Il a rompu parce qu'il trouvait que notre relation était devenue trop sérieuse. Peut-être parce qu'elle l'empêchait de profiter de la vie nocturne avec les potes de l'école d'ingénieurs. Peut-être parce qu'il me considérait comme trop ennuyeuse. Trop bête. Il n'a jamais compris pourquoi j'ai choisi d'étudier la psychologie. Selon lui, j'aurais dû faire économie ou médecine.

— Mais vous n'avez rien contre le fait qu'on le contacte, non ? Dans ce cas, vous n'êtes pas liée par le secret professionnel.

— Bien sûr. Je vais vous donner son adresse.

Sonja se lève, se dirige vers son bureau et prend les deux feuilles qui sont posées dessus.

— J'aimerais aussi que vous regardiez ça.

Elle me tend les feuilles en exposant une main anguleuse et bronzée, aux ongles ornés d'un vernis rose.

L'une est une lettre écrite à la main et l'autre, la photocopie d'une enveloppe qui porte le nom et l'adresse de Charlotte Mimer.

— Ce n'est pas l'original, comme vous voyez. Nous l'avons envoyé au laboratoire, mais nous aimerions quand même que vous jetiez un œil sur la lettre, pour voir si vous reconnaissez l'écriture, le style ou autre chose.

Je lis la lettre qui est assez courte. Le texte correspond à ce que Charlotte m'a récité au téléphone. Elle est écrite à la main, les mots se détachent bien les uns des autres. Sans savoir pourquoi, je pense tout à coup aux notes de Charlotte. Il n'y a aucune ressemblance entre l'écriture de la lettre et celle de Charlotte, soignée, jolie et personnelle. Malgré cela, quelque chose me la rappelle. Peut-être le style retenu, peut-être les lettres bien déliées. La sensation de contrôle qui vibre dans chaque partie du texte ?

— Est-ce que vous voyez quelque chose qui vous semble familier ? Est-ce que cela vous rappelle quelqu'un ? Chaque détail est important.

Je secoue la tête, résignée. Sonja a l'air soucieuse, elle écarte une mèche de la main. Je remarque qu'elle porte trois boucles d'oreilles d'un côté ; deux perles et un dauphin en or.

— Vous voyez, celui qui a écrit cette lettre, et celui qui vous… suit, vous connaît très bien, votre vie, vos habitudes et vos patients. Comment vous entendez-vous avec vos collègues au cabinet ?

La question n'est pas une surprise. Elle me turlupine pourtant plus qu'elle ne devrait. Le cabinet, les collègues : Sven, Aina. Rien dans ma vie n'est plus privé. Et tous ceux qui m'entourent : des menteurs potentiels.

Je n'ai pas le courage de répondre à la question de Sonja. Au lieu de ça, je fixe le petit dauphin en or dans son oreille et, pendant un court instant, il semble vraiment bouger.

OCTOBRE

Je suis au Jérusalem Kebab dans la rue Götgata avec Aina. Dehors, il fait sombre et Södermalm est plein de gens qui rentrent du travail. Les jeunes branchés se mêlent aux parents d'enfants stressés qui trimbalent des poussettes à trois roues et aux personnes âgées qui avancent avec difficulté. Un groupe de femmes voilées passe en rigolant devant le bistro et se dirige vers la Medborgarplatsen ; elles sont peut-être en route pour la mosquée.

Aina engloutit son falafel, et je ne dis rien à propos de ses mauvaises manières, comme toujours. De la sauce rouge coule de son menton, lorsqu'elle se penche vers moi en chuchotant.

— Je crois que Sven pourrait être impliqué dans cette histoire.

— Non, arrête.

Je ne peux pas m'empêcher de sourire la bouche ouverte, bien qu'elle soit remplie de houmous et de feuilles de salade.

— Si, je suis sérieuse. Écoute-moi bien. Il a accès aux rapports. Il sait où tu habites. C'est un coureur de jupons, il pourrait très bien être le gars dont Sara t'a parlé. Lui qui l'écoutait si bien, qui la voyait si souvent.

— Et pourquoi est-ce que Sven se mettrait à étrangler des femmes, à écrire des lettres de menaces et à me dénoncer à la police pour conduite en état d'ivresse ? lui demandé-je pendant que je charge ma fourchette de houmous.

— Parce qu'il déteste les femmes !

Aina a l'air triomphante, prise au jeu. Je fronce les sourcils, mais elle poursuit en ignorant ma réaction :

— Toute sa vie a été semée d'échecs personnels causés par des femmes. Il a été viré de l'université parce qu'il était avec cette nana-là. Sa femme a beaucoup plus de succès que lui. Et qu'est-ce qu'elle fait comme métier ? Elle travaille sur l'égalité hommes-femmes ! On s'imagine bien ce qu'il doit entendre au dîner. En plus, il bosse dans un cabinet dominé par deux gonzesses et toutes les deux ont refusé ses avances à plusieurs reprises. Si ce gars-là n'a pas l'impression d'être castré, je n'y comprends plus rien.

— Aina, tu es sérieuse ?

Je ris à gorge déployée.

— Pourquoi pas ?

Elle fait mine d'être vexée et passe le dos de sa main sur sa bouche pour effacer les traces de sauce. Du coin de l'œil, je la vois essuyer sa main contre son jean usé.

— D'accord, c'est une possibilité, dis-je.

Mes pensées divaguent brièvement vers Peter Carlsson. Il a connu Charlotte Mimer par le passé. Il savait qu'elle était en traitement chez moi, puisqu'il l'a croisée dans le couloir. Et ses obsessions tournent autour de la violence et du sexe. Je me suis creusé la tête à cause de Peter au cours de ces dernières semaines. En me forçant à passer en revue mot à mot les trois entretiens avec lui. Peter peut-il être dangereux ? Vraiment ? Est-ce possible qu'il ait tué Sara ? Devrais-je en parler à Aina, à Sven ou à la police ? En même temps, je n'oublie pas le secret professionnel. Je ne peux pas me rendre à la police et parler de Peter juste parce qu'il a des idées bizarres. Ce serait profondément contraire à l'éthique. Je n'ai aucune preuve solide. Seulement cette inquiétude en moi qui ne me quitte pas et mes propres fantaisies paranoïaques. Pourquoi Peter aurait-il voulu faire du mal à Sara ? Pourquoi m'en voudrait-il à moi ? Il n'a aucun mobile, à ce que je sache. Je décide de ne pas mentionner mes soupçons devant Aina. Ça me paraît inutile. C'est moi qui devrais surveiller sa paranoïa.

Aina n'a pas remarqué mon silence. Elle continue sur une nouvelle piste.

— C'est peut-être Birgitta, je veux dire, elle ne supporte peut-être pas que d'autres femmes draguent son mari.

Aina semble exaltée d'avoir eu cette idée.

— Elle est super tordue. Non ? T'as vu comment elle a réagi au festin d'écrevisses quand Robert lui a répondu ? Et puis elle a dû voir comment Sven t'a tripotée.

— Mais pourquoi elle tuerait Sara ? Une féministe meurtrière ? Bah, arrête.

Je sens ma patience s'évanouir, ce petit jeu n'est plus drôle à présent, je n'ai pas envie de spéculer sur l'assassin de Sara. Elle a disparu. Elle est morte. Assassinée. Ça paraît indigne d'être là et de faire des hypothèses sur son meurtrier.

— OK, ce n'est peut-être pas très probable, mais c'est possible.

Aina lèche ses doigts pleins de houmous et poursuit :

— Ou peut-être Marianne. Elle est sûrement amère et jalouse de toi… puisque tu… (Aina s'interrompt et semble réfléchir.) Puisque tu… qu'est-ce que j'en sais ? Elle s'est vite fâchée, quand j'ai essayé d'être sympa avec Christer au festin.

— Fâchée ? Alors que tu as seulement essayé d'être sympa avec Christer ? Aina, des fois tu exagères. Tu lui as pratiquement enfoncé tes nichons dans le visage. Et tu trouves ça bizarre qu'elle se vexe ? S'il y a quelqu'un à qui elle en voudrait, ce serait plutôt à toi. Pas à moi. Et certainement pas à Sara.

— Lui aussi était bizarre, continue Aina. Oui, Christer. Il avait l'air, enfin…

Aina cherche les bons mots.

— Je comprends que ça peut paraître tordu, mais la plupart des hommes, je ne les laisse pas indifférents. D'une certaine manière. Même quand je ne leur enfonce pas mes nichons dans le visage. D'accord, je me rends compte moi-même à quel point ce que je dis paraît narcissique et superficiel, mais il était… comme un mur, en quelque sorte. Je n'ai pas réussi à entrer en contact avec lui.

Je sens que je suis sur le point d'exploser.

— Aina, bordel de merde ! Arrête, maintenant. Sara est morte. Je n'aime pas cette discussion. Nous ne savons même pas si sa mort a un rapport avec moi et toi, tu es là et… tu joues au Cluedo. Tu viens de suspecter tout mon entourage. Sven, Birgitta, Marianne, Christer… parce que toi, tu trouves qu'ils sont bizarres. Mets-toi juste dans la tête qu'aucun d'entre eux n'a de raison de me haïr. De ne pas m'aimer, d'accord, mais pas de me haïr. Et si on parlait de toi maintenant. Toi aussi, tu es un peu bizarre. C'est toi peut-être ?

Je me rends compte que je suis allée trop loin et je me tais.

— Excuse-moi, marmonné-je.

Aina retrouve son sérieux. Les gloussements s'arrêtent brusquement, et je pousse un profond soupir en regardant mon assiette vide badigeonnée de sauce. Aina m'observe en silence pendant un moment.

— Je suis désolée, je n'ai pas réfléchi. J'ai juste essayé de… enfin…

Aina passe une main dans ses cheveux.

— Ils ont interrogé tout le monde au cabinet maintenant, et ils ont fait des copies des enregistrements de tes entretiens avec Sara. Où en est la police ? Elle ne semble pas avoir avancé d'un pouce.

— J'en ai parlé avec cette policière, Sonja. Celle qui dirige l'enquête. Enfin, il y a aussi le procureur, mais je ne l'ai pas rencontré. Peu importe, en tout cas il existe un truc qui s'appelle le secret d'enquête préliminaire. Ils n'ont pas le droit de raconter ce qu'ils font. Même pas à moi. Mais elle a dit qu'ils ont appelé tous les contacts dans le répertoire du téléphone de Sara, qu'ils sont allés voir tous ses anciens employeurs. Ils ont parlé avec ses voisins. Ses petits amis. Sa mère. Et ils ont fait une analyse technique approfondie. Je ne me rappelle pas tout, mais je crois vraiment qu'ils font du bon boulot.

— Mais pour l'instant ils n'ont même pas trouvé de suspect. Mon Dieu, imagine que cette personne t'observe tout le temps, cachée dans les buissons de Värmdö.

Quand elle voit l'expression sur mon visage, Aina réalise que ce n'était pas un commentaire à faire.

— Est-ce que tu veux que je dorme chez toi ? me demande-t-elle doucement en posant une main moite sur la mienne. Je ne sais pas trop comment le dire, mais tu comptes beaucoup pour moi. Je ne supporte pas l'idée de savoir que quelqu'un te veut du mal. Toute cette histoire est complètement folle. Je peux venir habiter avec toi quelques jours de plus.

Nous nous taisons. Elle caresse légèrement le dos de ma main du bout des doigts. Tout à coup, j'ai l'impression qu'elle est trop présente, comme si elle voulait quelque chose que je ne peux pas lui offrir, et j'ai le sentiment que je vais la décevoir, comme souvent, malgré moi.

— Non, ce n'est pas nécessaire, dis-je en esquissant un geste de refus pour montrer que je n'ai pas besoin d'elle ce soir.

Je lui explique que j'ai un tas de choses à faire. C'est un mensonge, bien sûr, et Aina le sait bien, mais elle hoche seulement la tête en regardant le ciel noir.

Cette nuit, je rêve de Stefan. Il est assis tout près de moi au bord de lit, et pose sa tête humide sur mon ventre.

— Tu me manques, dis-je en caressant avec précaution son dos froid, mais Stefan ne répond pas.

Au lieu de ça, il se relève et semble chercher quelque chose. Sous mon lit, dans l'armoire, sur l'étagère, oui, même sous le tapis par terre.

— Qu'est-ce qu'il te faut ? je lui demande.

— C'est ça qui est pénible, dit-il d'une voix irritée. J'ai oublié ce que je cherche.

Ses cheveux blonds sont mouillés, sa peau est bronzée, mais sous ses yeux il y a ces poches sombres qu'il avait pendant les derniers mois. Quand il n'arrivait plus ni à dormir ni à manger et se promenait la nuit dans toute la maison.

— J'ai besoin de quelque chose.

Il se passe une main dans les cheveux, semble perplexe.

— Siri, dit-il d'une voix blanche et désespérée, est-ce que tu peux m'aider à chercher ?

— Oui, je vais t'aider.

Ma petite salle verte est plongée dans le silence. Je suis la dernière, tous les autres sont déjà partis, bien qu'il ne soit que dix-sept heures. Ils sont rentrés dans leurs familles, retrouver leurs chiens et leurs programmes de télé. Aina avait un rendez-vous, comme d'habitude. Mais je n'arrive pas à me résoudre à ce que la journée soit terminée et qu'il me faille rentrer chez moi, comme tout un chacun.

Perdue dans mes pensées, je commence à fouiller dans mes affaires, j'allume le portable que j'avais éteint pendant les entretiens avec les patients et ramasse mon bloc-notes et quelques vieux magazines que je veux emporter chez moi. Le portable vibre : j'ai trois appels en absence de Marianne, ce qui est inhabituel, puisque c'est sa journée de congé. Normalement, elle n'appelle jamais ces jours-là. Je tourne le dos à la fenêtre et me dirige vers la kitchenette pour chercher un peu de café tout en composant le numéro de Marianne. Elle décroche au bout de trois sonneries.

— Siri, comme c'est gentil de me rappeler. Excuse-moi de te déranger, mais j'aimerais te parler.

Typiquement Marianne ; elle s'excuse alors que c'est moi qui l'appelle.

— Aucun problème, dis-je tout en versant du café froid dans une tasse que j'enfourne ensuite dans le micro-ondes.

Je maudis Sven en silence, parce qu'il ne remet jamais la cafetière à sa place.

— Siri, il faut que je te voie.

— Ben, j'arrive vers dix heures demain, donc je…

— Ce soir. Je préférerais te voir ce soir plutôt.

Elle respire un peu fort et a la voix plus rauque que d'habitude, comme si elle venait de monter un escalier ou de traverser une rue en courant.

— D'accord, mais pourquoi ne pas le faire au téléphone dans ce cas ? Je suis sur le point de rentrer chez moi. Je suis seule au cabinet.

Marianne se racle la gorge. J'entends des voix en bruit de fond.

— En ce moment, ça… ne m'arrange pas trop. Mon fils est chez moi. Avec sa copine. Ils viennent juste de rentrer d'Inde. Oui, on est en train de regarder des photos. Ne pourrais-tu pas passer un peu plus tard ? J'aimerais te montrer quelque chose.

C'est une proposition inhabituelle. Marianne et moi ne nous voyons jamais en privé.

— C'est important. Sinon, je ne te le demanderais pas, ajoute-t-elle à voix basse.

— Marianne, dis-je, et une partie de moi a envie d'éclater de rire.

Notre merveilleuse fée Marianne qui a toujours une solution à tous les problèmes, qui est toujours la plus calme et la plus raisonnable de nous tous au cabinet. Tout à coup, je ne la reconnais plus. Cette voix rauque et empressée, ce ton nerveux ; ça ne lui ressemble pas.

— Est-ce que c'est une question de vie ou de mort ?

Je ne veux pas du tout me moquer d'elle, mais ça m'échappe malgré moi. Marianne pousse un soupir.

— S'il te plaît, Siri, tu ne peux pas passer tout simplement ?

J'hésite un instant. Marianne habite la rue Karlbergsvägen, ça me fait un sacré détour.

— Quand est-ce que tu veux que je vienne ?

— Vers dix-neuf heures. J'irai chercher des petits gâteaux. Pourrais-tu apporter les rapports de Sven qui se trouvent sur son bureau ? Je n'ai pas eu le temps de tout terminer hier. Je pensais travailler dessus plus tard ce soir.

Marianne bosse donc le soir pour Sven ? L'irritation me gagne. Elle ne l'a encore jamais fait ni pour moi ni pour Aina, à ce que je sache.

Nous raccrochons sans parler de ce que Marianne voulait tellement me dire ce soir, et je retourne dans mon bureau pour redémarrer l'ordinateur et continuer à travailler un peu.

L'appartement de Marianne se trouve au troisième étage d'un vieil immeuble. J'y suis allée une fois auparavant, lorsque Aina, Marianne et moi avions passé quelques soirées ensemble pour tenter d'établir des liens d'amitié entre nous. La sonnette retentit sourdement à l'intérieur quand j'appuie sur le petit bouton en laiton, mais la porte reste fermée. Je pose une oreille contre la porte en chêne froid et laqué, mais je n'entends rien. Aucun bruit de pas qui s'approchent. Je frotte mes mains gelées en reculant pour regarder par une fenêtre. Tout est calme. Le jardinet bien entretenu devant l'immeuble est désert, ainsi que ceux d'à côté. Soudain, je devine un mouvement sous les arbres de l'autre côté de la rue. Là ! Un homme en imperméable chargé de sacs avec une poussette marche à pas rapides en direction de la place St Eriksplan. Je secoue la tête, grondant ma propre imagination, et sonne une nouvelle fois chez Marianne, toujours avec le même résultat. Rien.

Personne ne répond quand je l'appelle par la fente destinée au courrier. Il fait sombre à l'intérieur. Je sens une odeur de café et un parfum que je reconnais comme étant celui qu'utilise Marianne. Une voix faible et monotone murmure sans prendre garde à moi. Sans doute la télé.

— Marianne ? C'est Siri. Est-ce que tu es là ? Marianne ?

Avec précaution, j'appuie sur la poignée de la porte qui s'ouvre sans bruit, ce qui me rend immédiatement inquiète, puisque ça ne ressemble pas à Marianne de ne pas fermer sa porte d'entrée à clé.

Je cherche l'interrupteur dans le vestibule. La pièce est soudain baignée d'une lumière jaune et douce. Un parquet lisse, un petit tapis et un placard à ma droite. Un grand miroir couvre le mur en face de la porte, et je sursaute quand je vois mon propre visage horrifié. J'entre vite en fermant la porte derrière moi.

— Marianne, fais-je de nouveau en entrant dans le salon, la première pièce à gauche.

Il est aménagé d'une manière que mes parents adoreraient. Des fauteuils ronds, un canapé en cuir surdimensionné, un gros tapis accueillant, des lampes en laiton accrochées aux murs. De grands tableaux aux couleurs vives, peints par Marianne, je le sais, servent de déco.

— Ohé !

La télé diffuse un reportage sur Discovery. Je me demande une nouvelle fois ce que je sais de Marianne, je n'aurais jamais cru qu'elle s'intéressait aux émissions scientifiques ou à ce type de chroniques de faits divers : *... La femme n'aurait jamais soupçonné son frère d'être mêlé à un crime aussi abject...*, débite une voix nasillarde.

La pièce est vide. Je continue en direction de la cuisine, qui elle aussi est sombre et vide. Des placards en chêne massif, un réfrigérateur Miele – Marianne a dû obtenir un beau dédommagement lors de son dernier divorce. Sur la table, un tas de feuilles soigneusement rangées dans une pochette en plastique avec un petit Post-it : « *Factures – à payer* ». Je me sens de plus en plus mal à l'aise. Quelque chose cloche.

— Marianne ?

Pas de réponse. Pas de Marianne. Seulement cette voix nasillarde dans le salon : *Dès son arrivée, le chauffeur sut que quelque chose n'allait pas du tout...*

Je continue ma ronde vers la chambre à coucher, hésitant un instant sur le seuil de la porte, j'entends mon cœur battre la chamade, et la sensation bien familière d'une catastrophe qui s'annonce se répand dans mon corps comme du poison. J'essaie de me convaincre que c'est une visite toute banale dans l'appartement d'une amie et collègue. Bien sûr que Marianne apparaîtra tôt ou tard – puisqu'elle n'est quand même pas dans la chambre à coucher, non ? Je prends une profonde inspiration et appuie sur l'interrupteur.

... Malgré tout le sang répandu par terre, ils ne purent pas trouver Mary-Jane...

La pièce est vide.

Un grand lit, avec une couverture épaisse et beaucoup trop de coussins empilés sur des draps en dentelle blancs, prend presque toute la place. Sur la table de chevet se trouvent des photos d'enfants et d'amis. J'avance lentement vers les photos et m'accroupis. Deux petits garçons en maillot de bain rient face à l'objectif et je vois que le plus petit n'a pas d'incisives. Il tient une balle sous ses bras maigres et bronzés.

Ses fils, me dis-je en me redressant, emplie de la sensation désagréable d'avoir fait quelque chose d'interdit ; comme fouiller dans le placard de la salle de bains ou le sac à main de quelqu'un. Et tout le temps, cette impression horrible d'être observée, comme si je n'étais pas seule dans l'appartement de Marianne. Je m'essuie le front d'une main qui tremble malgré moi.

... Enfin, il trouva une trace d'elle dans l'écurie...

Je retourne dans le salon et me laisse tomber sur le somptueux canapé en cuir. Je reste assise pendant un long moment, sans rien faire. Marianne est l'une des personnes les plus scrupuleuses que je connaisse. Je ne peux pas imaginer qu'elle ait quitté son appartement après m'avoir invitée. Si elle était juste sortie acheter des cigarettes ou des petits pains, elle serait de retour depuis longtemps. Que faire quand quelqu'un disparaît comme ça ? Je ne peux quand même pas appeler la police. Combien de temps faut-il attendre avant d'être sûr – avant d'être sûr que quelqu'un a disparu ? Quelques heures ? une journée ? une semaine ?

Devant moi sur la table basse se trouve un tas de tissus de toutes les couleurs de l'arc-en-ciel. Sans doute un présent du fils et de sa copine. Juste à côté, une tasse de café encore pleine. Je pose la main sur la porcelaine.

Elle est toujours chaude.

… Il y avait du sang par terre, dans la voiture et…

Tout à coup, je sais que je ne peux pas rester une seule seconde de plus dans l'appartement de Marianne. Sans me retourner, je cours vers l'entrée, prête à tout. Mais personne ne me barre le chemin quand je me jette contre la porte d'entrée, l'ouvre brusquement et sors en haletant dans la cage d'escalier.

Pendant que je marche à grands pas en direction de la place St Eriksplan, j'appelle Aina qui ne décroche pas ; son répondeur se déclenche et me prie gentiment de laisser mon nom et mon numéro de téléphone. Elle est sûrement dans un bar maintenant, enfin, si elle n'est pas déjà rentrée avec quelqu'un. Je secoue la tête malgré moi et tente de joindre Markus sur son portable. Pas de réponse non plus, mais je lui laisse quand même un message assez décousu.

Je descends dans le métro avec le sentiment oppressant que quelque chose de terrible vient d'arriver, et que moi, d'une manière ou d'une autre, j'en porte une part de responsabilité.

Le lendemain matin, j'arrive plus tôt que d'habitude au cabinet. La lourde pierre dans mon ventre a été remplacée par une énergie nerveuse – il faut que je sache où se trouve Marianne.

Aina a un large sourire aux lèvres quand elle me croise dans le couloir.

— Je ne veux même pas savoir, dis-je en secouant la tête.

— T'es fâchée ?

Aina paraît surprise et blessée.

— Est-ce que Marianne est déjà là ?

— Non, c'est bizarre, en fait. Elle n'est pas encore arrivée, et elle n'a pas appelé. Ça ne lui ressemble pas de ne pas se pointer… comme ça.

Je lui raconte ce qui s'est passé la veille, et Aina écarquille les yeux comme elle le fait quand elle est inquiète ou effrayée. Elle fronce les sourcils, puis saisit mon bras.

— Est-ce que tu as appelé la police ?

— Nan, elle avait seulement disparu pendant une demi-heure, pas plus.

— Pourquoi n'as-tu pas téléphoné à Markus ou à Christer ?

Il y a un air d'accusation dans cette question.

— Je n'ai pas le numéro de Christer, je ne sais même pas quel est son nom de famille. J'ai essayé d'appeler Markus, je t'ai appelée toi aussi, mais je n'ai réussi à joindre personne.

— Ahh.

Aina rougit légèrement et lâche mon bras.

— Je t'ai déjà dit, je ne veux même pas savoir ce que t'as foutu. Je m'inquiète trop pour Marianne pour m'intéresser à tes coups d'un soir.

Je me rends compte à quel point ma voix est dure. C'est bête, mais parfois j'envie Aina pour les brèves rencontres dont elle profite si souvent. C'est comme si je voulais la forcer à partager ma solitude.

— À l'accueil, dit Aina qui interrompt ainsi le cours de mes pensées.

— L'accueil ?

— Le classeur avec les numéros des proches. Tu ne te rappelles pas ?

Bien sûr que je me rappelle. Une fois, Marianne a participé à un séminaire sur la prévention de crises et, lorsqu'elle est revenue, elle nous a persuadés de laisser les noms et les numéros de nos proches, « si quelque chose devait arriver ».

Je me rends derrière le comptoir de l'accueil et commence à chercher dans les classeurs que Marianne a rangés selon une ligne bien ordonnée. Tout en bas, dans un mince classeur nommé « papiers importants », je trouve la liste des proches. À côté du nom de Marianne, il y a Christer et ses deux fils. Je prends le téléphone et compose le numéro de Christer. Il décroche au bout d'une sonnerie.

Nous sommes assis dans une cafétéria qui se situe dans le prolongement du hall d'entrée de l'hôpital de Söder. Un interminable flot de gens va et vient autour de nous. Des infirmiers vêtus de blanc se dirigent d'un pas rapide et énergique vers le comptoir, se servent et marchent vers la caisse. Des proches inquiets assis autour d'une tasse de café, la tête baissée. Des retraités bavards qui semblent avoir vécu l'événement de la semaine en venant à l'hôpital. Une vieille femme donne à manger à un homme aux mains tremblantes dans un fauteuil roulant. Je devine qu'il s'agit de son mari et qu'il souffre de Parkinson.

Christer est assis en face de moi. Il a les yeux rouges et on voit qu'il n'a pas beaucoup dormi. Il se frotte inlassablement les mains. Les cuticules de son index et de son pouce sont arrachées, laissant la peau rouge et enflammée.

— Un accident avec délit de fuite ?

Ma voix trahit mes doutes.

— Oui, un accident avec délit de fuite, confirme Christer. La police en est sûre et certaine. Il y a aussi des témoins.

— Que s'est-il passé ? Tu vois, j'ai eu Marianne au téléphone encore hier soir. Elle voulait que je passe la voir, mais, quand je suis arrivée, elle n'était pas là.

— Ils pensent qu'elle est descendue faire les courses au supermarché du coin. Le vendeur se rappelle l'avoir vue juste avant l'accident. Une bande de jeunes qui mangeaient des sandwichs sur un banc l'ont vue aussi. Elle était en train de rentrer chez elle. Traversait à vélo la rue Odengata. Le feu était rouge, et elle n'avait pas de réflecteurs. Je crois qu'elle considère que c'est… inutile.

Christer a les larmes aux yeux.

— Une voiture est arrivée trop vite et n'a eu aucune chance de s'arrêter. Aucune chance.

Christer secoue la tête et se met à tripoter les peaux de son majeur, il tire lentement dessus jusqu'à ce qu'un gros bout cède. Il ne semble pas sentir la douleur.

— Il y avait des témoins, répète-t-il. Ils ont vu l'accident. Elle a… volé sur plusieurs mètres, selon eux.

Il paraît très calme, mais j'ai déjà vu d'autres personnes en état de choc et je sais qu'il n'arrive pas encore à prendre la mesure de ce qui vient de se passer. L'homme souffrant de Parkinson se met à sangloter bruyamment à côté de nous. Sa femme nous jette un regard d'excuse, se lève et pousse son fauteuil roulant vers la sortie.

— Et, oui, le conducteur a pris la fuite. Il avait peut-être trop bu ou n'avait pas de permis. Ou alors il a juste eu peur. En tout cas, il s'est volatilisé. Personne n'a eu le temps de noter le numéro de la plaque d'immatriculation.

— Comment va Marianne ?

— Elle a été blessée à la tête. Ils viennent de lui faire passer une IRM. Apparemment, il n'y a pas d'hémorragie, mais le cerveau a enflé. C'est pour cela qu'elle est inconsciente.

— Donc, elle va pouvoir récupérer ?

— C'est plus grave que ça en a l'air. Ils essaient de réduire l'œdème. S'ils n'y arrivent pas, elle gardera des séquelles, dans le pire des cas, elle mourra. J'ai été la voir tout à l'heure. Elle ressemble à une momie, entourée de câbles, de perfusions et d'appareils.

Christer lâche un soupir.

— J'aurais dû être là. J'aurais dû faire les courses à sa place. Je ne comprends pas pourquoi elle voulait encore sortir dans le noir et… sans réflecteurs. Elle n'avait pas de réflecteurs. Alors que j'étais à un dîner avec des collègues. La police m'a appelé sur mon portable. J'étais en train de manger des coquilles Saint-Jacques à la crème. C'est trop bête. Je mangeais des coquilles Saint-Jacques, je l'ai déjà dit ? À la crème. Alors qu'elle… elle…

Christer serre la mâchoire et je lui prends la main. La presse doucement.

— Je suis tellement désolée, dis-je.

— Je suis content que tu sois venue.

Christer me regarde dans les yeux.

— Merci, Siri, chuchote-t-il.

Je me reprends, essaie de trouver une manière de formuler ma question, pour ne pas paraître trop inquisitrice.

— Est-ce que tu sais de quoi Marianne voulait me parler ?

Christer me fixe. Ses yeux rougis vacillent, comme s'il avait du mal à comprendre.

— Aucune idée. Est-ce que c'est important maintenant ?

Je hoche négativement la tête et serre de nouveau légèrement sa main.

— Non, ce n'est pas important maintenant.

Parfois, je repense aux derniers mois passés avec Stefan. Le printemps 2005 fut dur. La méfiance avait entrouvert une faille dans notre relation, ça se sentait. L'imprévisibilité de la vie ? Peut-être. Mon corps avait retrouvé sa forme normale androgyne. La petite rondeur au ventre, si bien cachée aux autres, avait disparu. J'étais de nouveau vide.

Nous avions emménagé dans notre maisonnette à Värmdö. Notre grand projet désormais. Un ersatz pour l'enfant qui n'est jamais venu. Au début, tout allait bien. Nous faisions des travaux de rénovation du matin au soir. Parfois, nous ne disions rien pendant des journées entières, plongés dans la concentration, nous oubliions alors les repas, deux corps en nage, côte à côte dans l'effort, entrecoupés de :

— Tu peux me passer le niveau à bulle ?

Puis de nouveau le silence.

Mais Stefan s'enfonçait de plus en plus dans la passivité. Je crois que la perte de l'enfant l'a encore plus marqué que moi. Il cherchait souvent la solitude, évitait ma compagnie ou celle des autres. Ses footings devenaient de plus en plus longs.

« Ce n'est pas très sain de courir dix kilomètres par jour », lui disais-je alors, mais il ne répondait jamais.

Il s'enfermait et ne me laissait pas entrer, ni personne. Au travail, tout semblait aller bien, mais il était plus fatigué qu'avant, quand il rentrait. Il allait directement au lit où il s'allongeait les yeux ouverts en attendant que je le rejoigne. Je me blottissais contre lui, et m'endormais avec un terrible sentiment de culpabilité, car je savais bien qu'il ne dormait pas.

Un matin, Stefan était allongé à côté de moi, les yeux fermés, mais je savais qu'il était réveillé. Ma main a cherché la sienne – il l'a écartée. J'ai pressé ma joue contre cette montagne douce qu'était son épaule – rien que du silence.

— Stefan, comment tu vas ?

— Bien.

— Non, dis-moi franchement.

— Ça va, je n'ai pas envie d'en parler.

— Je sais que ça ne va pas. Tu ne dors pas, tu as maigri et tu es devenu… complètement passif. Tu passes tes journées assis sur le canapé. C'est comme si je vivais avec un mort.

Stefan a fixé le parquet qu'on venait de cirer et a haussé les épaules. Rien dans son visage n'affichait ce qu'il pensait ou ressentait. Son regard était vide.

— Je crois que tu fais une dépression. Enfin, ce n'est pas étonnant, après tout ce qu'on a traversé. Je vois ça tous les jours, et toi sûrement aussi dans ton boulot. Tu devrais vraiment faire quelque chose, pour toi et pour moi, mais avant tout… pour nous. On ne se parle plus. Je pourrais te donner le nom et l'adresse d'un bon psychologue, peut-être que tu pourrais demander à un collègue qu'il te prescrive des antidépresseurs ? Je ne sais pas…

— Ferme-la !

Stefan s'est redressé brusquement dans le lit, et il a continué en postillonnant :

— Je déteste quand tu m'analyses. Je n'ai pas besoin d'aller voir un putain de psy ni d'avaler tes médocs. J'ai juste besoin qu'on me foute la paix. Est-ce que ça rentre dans ton petit cerveau malade de psy ? J'ai besoin de me reposer de toi et de ta putain de sollicitude. Ta curiosité collante et ton inquiétude. Fiche. Moi. La. Paix.

Le visage de Stefan exprimait quelque chose qui ressemblait à de la folie, quelque chose que je ne reconnaissais pas ; une impression qui a disparu aussitôt.

— Tu ne sais rien de mes problèmes, rien du tout. Tout d'abord, cette histoire d'enfant et… et puis le boulot.

— Le boulot ?

Je ne comprenais plus rien. Stefan avait toujours aimé son travail.

— Tous les jours, je rencontre des patients blessés à la moelle épinière. C'est moi qui dois leur annoncer qu'ils ne vont plus jamais remarcher. C'est moi qui dois parler avec leurs proches, expliquer à la petite amie qu'ils n'auront plus jamais de vie sexuelle normale, qu'ils n'auront jamais d'enfants. C'est moi qui dois leur dire comment marche le cathéter, leur expliquer des exercices de gymnastique.

— Mais Stefan, pourquoi ne m'en as-tu jamais p…

— Ferme-la. Fous-moi la paix. Je veux que tu me fiches la paix. Je veux me réveiller un matin sans entendre l'inquiétude dans ta voix. Je veux me réveiller sans toi !

Stefan s'est écroulé par terre devant moi, comme une marionnette dont on coupe les fils, ou comme un ballon qu'on vide de son air, et il est resté assis sur le tapis dans une position bizarre qui ressemblait à l'un des exercices de yoga d'Aina, le front posé par terre. Dans la pénombre, je voyais que ses épaules tremblaient. Je me suis assise à côté de lui, doucement, et je lui ai pris la main. Elle était froide et mouillée.

— Stefan, est-ce que tu comprends que tu es malade ?

Il n'a pas répondu, il continuait de trembler et émettait des bruits horribles qui sonnaient comme des sanglots prolongés.

— Stefan, il faut que tu te fasses aider. C'est une maladie comme toutes les autres.

Il a hoché la tête tout en continuant de sangloter.

— Est-ce que tu veux que je te donne le numéro de l'un de mes collègues ?

— Noooon.

Le mot est sorti de sa bouche comme un hurlement, et tout à coup j'ai eu peur. Peur de mon incapacité à l'aider, de mon imperfection et de l'imprévisibilité de la vie en général.

— Tu me promets de prendre des médicaments ?

Il a fait oui de la tête.

— Oui, je te le promets.

Je me souviens de cet été avec une clarté douloureuse. C'est comme si chaque odeur, chaque nuance et chaque événement s'était gravé dans ma mémoire pour y laisser une trace que je ne pourrais jamais effacer. Comme une pensée qui ne me lâcherait jamais. L'idée de ma propre incapacité.

Stefan s'était procuré des médicaments. Je les voyais dans le placard de la salle de bains. Du Cipramil. Il l'avalait sans rechigner, et déjà au bout de quelques semaines, j'ai cru observer une amélioration. Enfin, il arrivait à dormir, à lire le courrier, à aller chercher le journal, à faire les courses et à prendre des initiatives.

S'était-il donc totalement remis ?

Non, guère.

Ce mois de juin là, j'ai été pour la première fois depuis longtemps très très heureuse. Stefan allait mieux, et Aina et moi venions de fonder le cabinet en collaboration avec Sven. L'été était d'une beauté ahurissante. Les soirées sur les longs rochers. Même les nuits estivales se montraient accueillantes et sympathiques.

Stefan s'était remis à la plongée. Peut-être était-ce logique que ça arrive pendant qu'il plongeait ? Peut-être l'aurait-il choisi lui-même, s'il avait eu le choix ? Est-ce qu'il l'a fait délibérément ?

Je me rappelle que la matinée était ensoleillée, tranquille, un peu fraîche. Nous avons pris le petit déjeuner devant la maison, comme nous avions l'habitude de le faire, mes pieds nus sur les siens. En silence. Je buvais dans sa tasse de café et nous mangions du pain avec des œufs de lump. Sur la mer, un voilier luttait en vain pour avancer vers l'est. Stefan a fait remarquer que les voiliers devraient tous être équipés d'un moteur s'ils ne voulaient pas rester coincés sur cette mer où régnait toujours un calme plat.

La plongée du jour devait avoir lieu à Vindö. J'y avais déjà plongé moi-même, un mur énorme qui descendait tout droit sur plus de cinquante mètres.

Je lisais les pages culturelles pendant que Stefan cherchait son équipement et se préparait. Un baiser rapide, un petit geste de la main, et il est parti. Peut-être que je me trompe avec le recul, mais il avait l'air plus heureux que d'habitude.

Le reste de la journée, je l'ai consacré au travail. Nous avions prévu d'embaucher une réceptionniste, et j'étudiais en détail toutes les candidatures, puisque je suis terriblement pénible en ce qui concerne ce genre de choses. Le temps est passé si vite que j'ai oublié de dîner, et j'ai constaté avec étonnement que le soleil était en train de se coucher, lorsque j'ai entendu le bruit d'un moteur de voiture qui s'approchait.

J'ai mis mes sabots rouges et suis sortie pour accueillir Stefan. Mais là, dans le crépuscule sous les pins, se tenaient Peppe et un autre homme que je n'avais jamais vu auparavant. Ils m'attendaient en silence près de la corde à linge accrochée entre la petite cabane et un rocher qu'on avait appelé le « nœud ». J'avais presque envie d'éclater de rire, tellement ils avaient l'air drôles.

J’ai souri en me dirigeant vers eux, jusqu’à ce que je croise le regard de Peppe. C’est à cet instant-là que j’ai compris.

Aujourd’hui encore, je ne sais pas exactement ce qui est arrivé à Stefan. Il a été retrouvé à cinquante-trois mètres sous la surface. L’analyse technique a montré que son équipement fonctionnait parfaitement. Il lui restait assez d’oxygène, l’autopsie n’a révélé aucun problème physique qui aurait pu causer l’accident. Sa mort est restée une énigme. Certes, tout le monde avait sa théorie : la peur, le manque de peur, le mépris de la mort, le désir de mourir, le manque d’expérience, la négligence à cause d’une trop grande expérience, la perte d’orientation dans le noir, le suicide, un meurtre, une maladie mystérieuse ou des crampes, juste pour en citer quelques-unes. Je n’avais pas envie de me demander *pourquoi*, il était assez difficile de me confronter au fait qu’il était mort.

Le premier mois après sa mort, Stefan venait me voir chaque nuit. Quand je tendais l’oreille, je pouvais l’entendre respirer. Parfois, je devinais son corps à côté de moi, lorsque je sortais ou entrais dans une phase de sommeil profond. Le matin, la pièce était remplie de son odeur. Au bout de quatre semaines, il m’a quittée pour de bon. Et je n’arrive toujours pas à le lui pardonner.

Markus est assis en face de moi, sans rien dire. Une tasse de thé à la main. Les autres tables du restaurant sont vides, le coup de feu de midi est terminé depuis longtemps.

Nous sommes au Blå Porten. Markus a proposé qu'on se retrouve, puisqu'il avait une affaire à régler dans le quartier. Je me sens étrangement décalée dans cette partie de la ville, marquée par son mélange curieux de Stockholmois riches, d'élite culturelle et de touristes.

— Oui, j'aimerais parler de différentes choses avec vous.

Markus sort un petit carnet noir de sa poche.

— Nous avons vérifié vos conversations téléphoniques le soir où la police vous a…

Il ne prononce pas le mot, il a plutôt l'air gêné, fait une pause et feuillette dans son carnet.

— Quelqu'un vous a appelée quinze minutes avant qu'on vous arrête, mais l'appel a été passé d'un téléphone à carte, nous ne pouvons donc pas identifier l'utilisateur.

— Mais vous me croyez ?

Je regarde Markus qui ne répond pas, mais hoche la tête, pendant qu'il tire quelque chose de son sac à dos noir que je reconnais de nos autres entretiens.

— Bien sûr que je vous crois. Celui qui a fait ça a également tué Sara, a écrit la lettre à Charlotte et vous a envoyé la photo, c'est évident. Mais… le problème est que, dans votre cas, ça ne joue aucun rôle. Vous avez définitivement roulé sous l'emprise de l'alcool. Peu importe si quelqu'un vous a attirée dans la voiture ou pas.

Markus regarde ses notes pendant qu'il dit cela. Comme s'il voulait m'épargner l'humiliation. Comme si c'était possible.

— En fait, je m'en fous, vous savez. Du moment que vous me croyez. Du moment que vous, Aina et Sven me croyez.

Ma voix ne porte plus, elle devient stridente et beaucoup trop forte, et je remarque que les dames qui viennent d'entrer dans le restaurant jettent des regards inquiets dans notre direction. J'enfonce la tête entre mes mains, sentant les larmes brûler mes yeux.

— Excusez-moi, mais je ne sais pas comment supporter tout ça plus longtemps. Je commence à croire que vous avez raison.

— Raison de quoi ?

— Concernant ce… fou. Vous avez sans doute raison, il cherche à s'en prendre à moi.

— C'est ça, en effet.

Markus saisit ma main et regarde droit dans mes yeux bleu clair, sans se soucier de mes états d'âme. Il n'est plus gêné, mais très présent et empathique. Je me demande si j'aime les personnes, les hommes qui osent le contact physique.

— Il y a autre chose encore. Ce qui vient d'arriver à Marianne…

— Marianne ? Qu'est-ce qu'elle a à faire dans tout ça ?

— Elle savait quelque chose, dit Markus en m'observant depuis l'autre côté de la table, pendant qu'il tripote quelques fils détachés de son jean effrangé.

— Je ne comprends pas bien. Quel rapport avec l'accident de Marianne ?

— Si c'était bien un accident. (Markus hésite un instant avant de continuer :) Nous avons contacté la police de Norrmalm, qui a enquêté sur ce qui s'est passé, et il y a un témoin qui dit que quelqu'un l'a poussée. Et Marianne avait pris rendez-vous avec vous juste avant. Nous pensons qu'elle voulait peut-être vous parler de Sara.

— De Sara ? Pourquoi de Sara ?

— C'est ce que nous devons encore élucider. Nous croyons qu'il y a un lien. L'accident de Marianne fait partie de l'enquête maintenant.

Markus se met de nouveau à fouiller dans son sac et en sort une pochette avec un Post-it jaune, sur lequel il y a écrit : « *Factures – à payer* ».

— Celle-là, je l'ai déjà vue, dis-je en passant une main sur le plastique lisse. Elle se trouvait sur la table de la cuisine de Marianne l'autre soir. Pourquoi l'avez-vous ici ?

Markus ne répond pas à ma question, au lieu de ça, il

gratte ses cheveux blonds, encore mouillés par la pluie. Il sort finalement le tas de feuilles de la pochette et le pousse lentement vers moi.

— Des rapports de patients ?

— Oui, mais pas n'importe lesquels. Ce sont des copies de vos notes concernant Sara Matteus. Puis quelqu'un a pris ses propres notes sur cette feuille. Regardez…

Markus tourne les pages jusqu'à trouver une feuille couverte de longues phrases écrites au stylo bleu.

— Est-ce que je peux voir ?

Je n'attends pas la réponse, mais tends la main pour retourner le tas de feuilles. Maintenant, j'arrive à lire ce qui est écrit dessus.

— C'est l'écriture de Sven, dis-je, le ventre noué. Pourquoi avait-il les comptes rendus sur Sara ?

J'essaie de déchiffrer son écriture négligée, mais c'est presque impossible, comme toujours. « *... ne veut pas forcément dire... problème d'accepter l'autorité... consciente.* » Les commentaires de Sven ne me disent rien, et je ne peux pas non plus m'expliquer ce qu'il fichait avec ces rapports.

— Est-ce que vous avez l'habitude d'échanger les dossiers entre collègues ?

— Ça arrive. (Je me mouche bruyamment dans la serviette rouge froissée qui se trouvait déjà sur la table quand nous sommes arrivés, insensible au fait que j'échange mes microbes avec ceux d'un autre client.) Parfois, nous cherchons conseil les uns auprès des autres pour certains patients, ou il arrive que quelqu'un doive jeter un œil à un rapport pour pouvoir faire une description d'un cas. Sven enseigne et écrit des articles scientifiques et tout ça.

— Sur Sara ?

Je hausse les épaules.

— Et si Sven a emprunté les notes, pourquoi est-ce qu'elles se trouvaient chez Marianne ?

Je secoue la tête, incapable de fournir une réponse.

— Ce n'est pas tout, continue-t-il.

— Comment ça ?

Il prend une bouchée d'un des petits pains grillés à la lavande et désigne le tas de feuilles sans rien dire. Je remarque des traces de peinture blanche sur ses doigts. Est-ce qu'il a bricolé le week-end dernier ? Je me rends compte que je ne sais pas du tout comment Markus vit lorsqu'il ne travaille pas. Tout à coup, j'ai envie de toucher ces taches de peinture et de lui demander ce qu'il a repeint. De sentir sa paume dure et sèche dans la mienne. Si près, mais en même temps si loin. Au lieu de ça, je feuillette sagement le paquet de photocopies de mes notes.

Quelque chose tombe et atterrit sur mes genoux. Je me penche et le ramasse. C'est une photo en noir et blanc, prise – il faut le reconnaître – avec un certain talent d'artiste. La jeune femme est très maquillée. Ses yeux sont soulignés de plusieurs couches de crayon. Ses cheveux paraissent mouillés et descendent en cascade sur ses épaules, son regard est coquin et sa bouche sourit légèrement. Elle est assise contre une sorte de rocher, seins nus, une main sur sa poitrine semblant enserrer un objet. Un collier peut-être ? Toute son apparence a quelque chose de vulnérable, elle semble très enfantine malgré son air coquin.

— Sara, dis-je, résignée.

— Pourquoi Marianne posséderait-elle une photo de Sara ? Vous avez une idée ?

Je secoue lentement la tête.

— Est-ce que vous avez déjà vu cette photo ?

— Non. Jamais. C'est…

Je ne termine pas la phrase, ma gorge se serre. Markus m'observe en silence. Puis il hoche brièvement la tête, comme s'il savait exactement ce que je voulais dire.

— Fragile, elle a l'air très fragile. Malgré cet air de femme libertine, dit-il en s'emparant doucement de la photo.

Il la retourne et la pose sur la table entre nous. Comme pour montrer son respect envers Sara.

Dehors, il pleut toujours à verse.

Puis arrive le jour que j'ai redouté tout au long de la semaine dernière. Je passe une main nerveuse dans mes cheveux et fouille inutilement dans le tas de paperasses sur le bureau devant moi. Le visage d'Aina apparaît dans l'embrasure de la porte qui mène à mon bureau. Sans bruit, elle mime « elle est là maintenant ». Je me lève pour aller à sa rencontre. C'est elle qui m'a appelée pour me demander un rendez-vous. Je ne pouvais guère refuser.

— Bonjour, soyez la bienvenue. Asseyez-vous là.

Je désigne le fauteuil.

Kerstin Matteus hoche la tête dans ma direction et s'assied avec un effort sur le bord du fauteuil. Elle a la cinquantaine, quelques kilos en trop et un regard fuyant. Ses vêtements sont vieux et usés. Ils ont l'air bon marché et sont beaucoup trop petits pour elle. Son pull a un grand décolleté, et je peux voir que ses seins ridés et bronzés à outrance sont comprimés dans un soutien-gorge trop petit. Elle s'agrippe à un sac à main noir qui a des taches grises là où la surface synthétique s'est décollée. Je ne perçois aucune ressemblance avec

Sara. Que cette femme ait pu donner naissance à la petite Sara toute frêle dépasse mon entendement.

Je suis très gênée. Que dire à une femme qui vient de perdre son enfant ? Cela joue-t-il un rôle que l'enfant en question n'ait plus cinq mais vingt-cinq ans, et soit marginalisée dans une société qui n'avait plus la force de s'occuper d'elle ? Je ne crois pas que cela ait une quelconque importance, la douleur est sans doute la même. Je me racle la gorge et fixe le bureau.

— Kerstin, dis-je pour commencer. Je suis vraiment désolée de ce qui est arrivé à Sara. Est-ce qu'il y a quelque chose que je puisse faire pour vous aider ? Vous avez peut-être des questions par rapport à… aux derniers mois de Sara. Oui, nous nous sommes vues assez souvent et elle faisait vraiment des progrès.

Je lui fais un bref résumé de la thérapie et de l'évolution de Sara.

— Elle allait beaucoup mieux, avait même arrêté de se couper. Je crois qu'elle avait rencontré quelqu'un, quelqu'un qu'elle aimait. Elle parlait aussi souvent de vous, Kerstin. Je sais qu'elle vous aimait très, très fort, même si vous avez eu certains problèmes au cours des années.

— Qui a pu vouloir tuer ma petite Sara ?

Elle parle lentement d'une voix basse et enrouée après de nombreuses années de dépendance au tabac, mais aussi marquée par la tristesse. Kerstin promène son regard sur les murs verts de mon bureau, puis le dirige vers la fenêtre qui donne sur la Medborgarplatsen. Je ne sais pas si elle s'attend à ce que je réponde à sa question.

— Eh bien, je ne suis pas de la police. Je sais juste de quoi Sara et moi discutions ici au cabinet.

— Comment peut-on faire une chose pareille à un être humain ?

Ses yeux fuient toujours les miens, mais sa voix dégage de la volonté. Comme si elle voulait aller au fond des choses.

— Une personne méchante, non ?

Pour la première fois dans notre conversation, elle lève les yeux et me regarde franchement, et je hoche lentement la tête, incapable de répondre à sa question. Une personne méchante. Sans aucun doute.

— Je ne sais pas, dit-elle, et je vois qu'elle a les larmes aux yeux. Je ne sais pas comment surmonter ça.

Sa voix se brise, et elle se penche en avant, tout en saisissant la table basse qui se trouve entre nos deux fauteuils, jusqu'à ce que son front repose sur la nappe. Elle sanglote. C'est cette sorte de sanglots désagréables, incontrôlés. Ceux qui font reculer les gens, gênés, qui font couler les larmes, la salive et la morve. Désespérés, sans frein, nus.

Je ne les connais que trop bien.

— Tenez, dis-je en lui tendant ma boîte de mouchoirs, comme si quelques Kleenex pouvaient apaiser son chagrin.

Elle ne réagit pas.

Je m'agenouille devant Kerstin Matteus et caresse ses cheveux blanchis, laineux. Un léger parfum de pastilles à la menthe mélangé à l'alcool parvient à mes narines.

— Ça… fait… tellement… mal, renifle-t-elle.

Elle prononce chaque mot avec un grand effort.

— Je sais, dis-je.

— Est-ce que… ça… passe… un jour ?

— Non, réponds-je. Ça ne passe jamais, mais au bout d'un moment ça fait moins mal.

Vijay Kumar ouvre la porte avec un grand sourire. Il a toujours la même moustache noire et les dents blanches, et nous nous embrassons rapidement.

Combien d'années cela fait-il déjà ? Dix ? Est-ce possible ? Vijay étudiait la psychologie avec Aina et moi. Nous nous fréquentions beaucoup à cette époque. Après son diplôme, il est resté à l'université de Stockholm pour faire un doctorat. Sa thèse s'intitulait « Une étude comparative des méthodologies appliquées pour le profilage inductif et déductif dans le monde criminel ». Je dois avouer que je n'ai jamais eu le courage de la lire, bien qu'il ait publié plusieurs articles là-dessus, entre autres dans le *Journal of Forensic Psychiatry & Psychology*.

— Siri, ma chérie.

Vijay tient mes mains dans les siennes, un geste qui nous était familier d'antan. Cette démonstration d'affection me gêne tout à coup et je fais un hochement de tête vers Markus.

— Vijay, voici Markus, le policier dont je t'ai parlé. Vous vous êtes déjà parlé au téléphone, n'est-ce pas ?

— Oui, tout à fait, c'est moi qui vous ai envoyé les photos, dit Markus qui tend la main à Vijay.

Nous suivons la silhouette élancée de Vijay dans le couloir étroit de l'Institut de psychologie. Il porte un jean usé et une chemise à fleurs. En tant que professeur fraîchement promu, il semble pouvoir s'habiller comme il veut.

La pièce est petite. Les murs sont cachés derrière des rangées de livres. Là où il n'y a pas d'étagères, ils s'entassent pour former des tours énormes, instables, penchées. C'est surtout de la littérature scientifique, mais aussi quelques livres sur l'art et le design. Je sais que Vijay s'intéresse beaucoup à l'art. Une fois, il m'a confié qu'il collectionnait des constructivistes suédois et danois. Je me rappelle avoir hoché la tête comme si je savais très bien ce qu'était un constructiviste en promettant de ne le dire à personne d'autre. « Le Baertling, avait-il chuchoté, rien que celui-là vaut un demi-million de couronnes. »

Sur la vitre de la fenêtre est accrochée la photo d'un homme blond en tenue de marin qui se tient sur une jetée. C'est Olle, le compagnon de Vijay. J'ai oublié de lui demander s'ils étaient toujours ensemble quand je l'ai appelé, enfin, je n'ai pas trop osé demander. Dix ans, c'est long, beaucoup de choses peuvent arriver.

Vijay met son téléphone sur silencieux et se tourne vers moi.

— Alors, Siri. Tu as un sérieux problème sur les bras, à ce que je vois.

— Tu crois ?

— Oui, c'est ce que je crois, dit Vijay en sortant une épaisse pochette remplie de photos et de feuilles.

J'aperçois le cadavre mouillé de Sara sous ses mains poilues. Il remarque mon regard, referme la pochette et la pose sur le bureau entre nous.

— Tout d'abord, j'aimerais que vous soyez conscients du fait qu'il ne s'agit pas d'une analyse officielle. Considérez ça comme un avis informel, tout simplement. Ça prendrait beaucoup plus de temps de faire une véritable analyse approfondie.

Il écarte les bras d'un geste d'excuse et se lève.

— Du café ?

Sans attendre la réponse, il décroche le combiné et appelle quelqu'un pour commander trois tasses de café.

— Oui, apportez du sucre et de la crème. Et ces gâteaux avec des pépites de chocolat, vous savez… oui, voilà, des cookies.

Je m'imagine la femme à l'autre bout, qui s'exécute, puisque j'imagine que ce sont toujours des femmes qui font ce genre de tâches.

— J'ai examiné tout le matériel, les rapports concernant Sara, les photos du lieu du crime, pardon, de l'endroit où le corps a été retrouvé, et le rapport de police.

— Et à quelle conclusion êtes-vous parvenu ?

Markus fixe Vijay d'un regard concentré.

— Hum, le profilage n'est pas une science exacte. Mes collègues et moi sommes incapables de décrire en détail votre tueur, nous pouvons juste donner quelques indications fondées sur des statistiques prenant en compte des crimes du même genre. Je peux par exemple vous dire que le tueur est à quatre-vingt-dix-neuf pour cent un homme, puisque la plupart des meurtres sont commis par des hommes. L'état du lieu du crime et le type de crime portent à croire qu'il s'agit d'un individu bien organisé et structuré.

— Comment savez-vous cela ?

Je perçois le scepticisme dans la voix de Markus. Le même scepticisme que j'ai déjà senti lorsque je lui ai proposé d'aller voir Vijay. Mais ce dernier ne semble pas offusqué, il a l'habitude de devoir argumenter.

— Le lieu du crime était propre. Le tueur n'a pas laissé de traces, sauf celle qu'il avait choisie, c'est-à-dire la lettre d'adieu. On distingue principalement deux types de tueur. D'un côté, l'homme mal organisé, poussé par son instinct, qui frappe quelqu'un à mort dans un accès de violence ou qui tue quelqu'un quand un braquage tourne mal. Ceux-là n'ont en règle générale pas planifié le meurtre, ils laissent souvent un tas de preuves matérielles derrière eux, des mégots, des empreintes, des fibres, du liquide corporel, ce genre de choses. De l'autre côté, nous avons les tueurs bien organisés et structurés qui planifient leur meurtre longtemps à l'avance. Ceux-là sont beaucoup plus rares. Ici, la gamme est large, ça peut aller des sadiques sexuels aux psychopathes. Et vu qu'ils laissent moins de preuves et qu'ils sont souvent plus malins, on peut aussi dire qu'il est plus difficile de les arrêter.

— À quoi ressemble l'assassin type ? lui demandé-je.

— Ben, comme je viens de le dire, généralement il s'agit d'un homme. Il est jeune, environ vingt à vingt-cinq ans, socialement défavorisé, non marié et souvent toxicomane. Il vient de vivre une perte émotionnelle, par exemple, sa copine l'a quitté. Il arrive souvent que le criminel fasse partie de la famille, que ce soit un frère ou une sœur ou un parent. Le tueur type n'en est pas à son coup d'essai, il a déjà une longue carrière criminelle derrière lui, malgré son jeune âge. Cela peut être toutes sortes de crimes, mais, normalement, il a un casier. Et puis il y a les autres problèmes, comme la pyromanie, des soucis à l'école, et tout ça. Comme d'hab. Beaucoup ont une problématique psychiatrique : la paranoïa, la dépression et la schizophrénie ne sont pas inhabituelles. Bien sûr qu'il y a aussi des tueurs féminins. Nos études montrent qu'elles ont une autre histoire. Elles sont souvent issues d'une famille brisée, elles ont été victimes d'abus sexuels, mais cela peut aussi concerner les hommes, évidemment.

Vijay a pris une voix de conférencier, et on sent qu'il parle de son sujet préféré. Je sais qu'il va continuer ses explications pendant un bon moment, si personne ne l'interrompt. Je me racle donc la gorge afin de capter son attention. Vijay jette un regard dans ma direction et sourit. Il a compris mon message.

— Mais dans cette affaire, il n'y a que peu d'éléments normaux, en fin de compte. Ce meurtre n'a pas été commis par un…

Quelqu'un frappe à la porte et Vijay se lève pour aller ouvrir. Une femme, la quarantaine, vêtue d'un gilet en laine vert, nous regarde timidement.

— Du café ? dit-elle d'un ton interrogateur.

Bien sûr, pensé-je, sans rien dire. Les paroles de

Vijay concernant les sadiques sexuels et les psychopathes ne cessent de trotter dans ma tête. Des personnes méchantes. C'était bien ça, ce que Kerstin Matteus avait dit ?

— Donc, à partir de ce que vous savez sur ce tueur – notre homme –, pouvez-vous nous dire de quel genre de personne il s'agit ?

Markus se penche vers Vijay, son intérêt s'est ranimé.

— Je dirais qu'il s'agit d'un homme d'âge moyen, ayant reçu une bonne éducation et bien inséré socialement. La lettre d'adieu est bien formulée et est exempte de fautes d'orthographe ou de grammaire. Le crime semble soigneusement planifié, et le lieu du crime – pardon, l'endroit où le corps a été retrouvé – ne porte pas d'indices matériels. Il est donc probablement intelligent et capable d'anticiper les choses. Ensuite, il semble avoir les moyens de se séparer sentimentalement de sa victime, ce qui veut dire que c'est un diable au sang-froid. La victime n'est qu'un pion dans son jeu, quelqu'un dont il peut se débarrasser facilement. Il est un homme avec une mission. Et en sachant ce que vous avez dit sur les événements qui ont suivi le meurtre, je pense que le crime n'était pas dirigé contre Sara, mais bien contre toi, Siri…

Vijay me lance un regard perçant.

— Non, dis-je en répondant à la question qu'il n'a pas posée. Il n'y a personne qui voudrait me nuire à ce point.

— C'est ce que tu penses, réplique Vijay gaiement en enfournant un petit gâteau dans sa bouche.

Lorsque vous aurez découvert l'identité du coupable, je suis sûr que le mobile sera personnel, très personnel. Quelqu'un que tu as insulté ou humilié plus tôt dans ta vie. Quelqu'un qui croit que tu as mal agi. Qui croit avoir subi une injustice.

— Qu'est-ce que tu veux dire par là ? je demande, mal à l'aise.

— Je veux dire que même si tu n'arrives pas à citer spontanément quelqu'un qui te déteste assez pour commettre des meurtres, tu comprendras pourtant son mobile une fois que tu verras tout le tableau. Rappelle-toi que cette injustice vécue par lui, l'origine de tout ça, n'est peut-être qu'une injustice imaginaire. Une personne normale et saine ne trouverait peut-être pas que tu as commis une faute. Ou du moins elle ne serait pas prête à te tuer pour ça. Cela peut être quelqu'un dont tu as repoussé les avances ou qui se sent d'une manière ou d'une autre insulté par toi. Peut-être un patient qui trouve que tu es incompétente ? Quelqu'un qui est vite blessé.

— Comment peux-tu être aussi sûr que c'est une affaire personnelle ?

— Comme je l'ai dit au début : on n'est jamais sûr à cent pour cent dans ce métier. Mais de nombreux éléments portent à croire que le crime te vise, toi. Par exemple, le fait que le cadavre ait été retrouvé sur ta propriété, près du ponton où tu nages tous les jours.

Je hoche la tête en silence.

— Sinon, la lettre d'adieu, si on peut l'appeler ainsi, n'est rien d'autre qu'un doigt pointé sur toi, le doigt de Sara, qui te vise de l'Au-delà. Et puis la lettre envoyée à, comment elle s'appelait, l'anorexique… pardon, la boulimique.

J'observe Vijay. Il ne sait pas tout. Je ne lui ai pas raconté l'épisode où je me suis fait confisquer mon permis de conduire. C'est trop embarrassant.

— Je me demande juste, dis-je, si cette personne me déteste assez pour commettre des meurtres, pourquoi est-ce qu'elle ne s'en prend pas directement à moi et ne me tue pas moi ?

— Ah, c'est une question intéressante, sourit Vijay.

Il joint les mains et se renverse dans son fauteuil.

— Je crois qu'il veut que tu souffres. Comme il trouve qu'il a souffert lui-même. Il veut te voir humiliée, conspuée, cassée, virée. S'il t'avait abattue tout de suite, il ne pourrait pas atteindre ce but, non ?

— Et maintenant ? chuchoté-je.

— Hum, le risque est grand qu'il continue à te harceler ou à te menacer d'une autre manière. Vu qu'il n'a pas réussi en tuant Sara. À ta place, Siri, je ferais très attention, vraiment très attention.

Je suis abasourdie, incapable de prononcer un seul mot. Le silence envahit la pièce. À travers la fenêtre, j'aperçois des étudiants, ou des profs – de nos jours, la différence n'est plus très claire – qui fument dans un coin. Un type en sweat à capuche s'approche d'eux. Sur son sweat, il y a écrit « *Instant asshole – juste add. alcohol* ». Des étudiants.

— Est-ce que je le connais ?

— C'est possible. Je suis assez sûr que tu as une forme de relation personnelle ou un autre lien avec lui.

— Comment le sais-tu ?

— La lettre contient des informations que seul quelqu'un de ton entourage peut connaître. En plus, le crime en soi est très personnel. C'est toi qu'il veut, en tant que personne.

— Est-ce que ça pourrait être un de mes collègues ?

Vijay hausse les épaules.

— Possible.

Il se rend visiblement compte de notre humeur maussade, car il ajoute :

— Mais ne perdez pas espoir. Essaie de réfléchir, Siri, qui pourrait te vouloir du mal ? Fais ensuite le lien avec les éléments que vous connaissez, c'est-à-dire la personne qui avait la possibilité de commettre le crime et avoir accès aux informations nécessaires. Puis vous aurez votre tueur.

— Vijay, qu'est-ce que je dois faire ?

Ma voix s'éteint.

— Cette question, il faudra la poser à Markus, je suis désolé.

Je jette un coup d'œil en direction de Markus, mais le policier est perdu dans ses pensées, son regard se promène au loin vers l'horizon.

Nous nous levons et quittons le bâtiment pour regagner la voiture. Vijay nous accompagne.

— Vijay, dis-moi, comment tu fais pour supporter tout ça ? La mort, le mal ?

— Ben, je n'y pense pas en termes de bien ou de mal. Et, tu vois, les gens se tueraient et se maltraiteraient tout aussi souvent si je n'étais pas là. Ça ne disparaît pas quand on ferme les yeux, Siri. Moi, je ne peux que faire de mon mieux et ensuite voir. Si j'arrive à contribuer à ce qu'un criminel soit arrêté, ce qui l'empêche de commettre d'autres crimes, ce qui protège un innocent, je suis content. Quand j'ai sauvé quelqu'un, je suis content.

Vijay s'interrompt pour allumer une cigarette.

— Mais j'avoue que c'est dur de parler avec les proches. Ça me touche profondément, cette idée de savoir à quel point une vie est facile à briser.

Tout à coup, il a l'air plus vieux, il lutte contre le vent, la cigarette dans la main. Je vois les rides profondes qui courent de son nez jusqu'aux coins de sa bouche. Sa moustache est parsemée de gris, et sa chemise à fleurs est serrée autour de son ventre. Pourquoi ne l'ai-je pas remarqué tout de suite ? Sorti de son contexte, du milieu académique libéral, Vijay paraît perdu, comme n'importe quel homme indien qui commence à vieillir. Je ressens de l'affection pour lui, quand nous nous disons au revoir. Cette fois-ci, je le serre plus longuement et fermement dans mes bras. J'enfonce mon nez dans sa chemise et sens l'odeur d'après-rasage, de fumée et de sueur.

— Prenez soin d'elle, dit Vijay lentement en toisant Markus avant de se retourner et de rentrer dans le grand bâtiment en brique marron.

Date : 12 octobre
Heure : 16 h 00
Lieu : Salle verte, cabinet
Patient : Charlotte Mimer

— C'est foutu !

Charlotte se balance d'avant en arrière dans le fauteuil, ses bras minces croisés autour de ses genoux repliés. Ses cheveux sont sales et collent contre ses joues baignées de larmes. Les lunettes qu'elle ne porte jamais sont embuées, donc je n'arrive pas à la regarder dans les yeux, et son tailleur habituel est remplacé par un jogging gris.

Bien qu'elle ait annoncé vouloir interrompre la thérapie, elle m'a appelée hier en me suppliant de pouvoir revenir, puisqu'elle se sentait si mal. Je l'ai prise d'urgence aujourd'hui.

— Que s'est-il passé ?

Je me penche en poussant la boîte de Kleenex vers elle. Elle hoche la tête et en prend un. La lumière froide du néon et les murs verts accentuent son visage blême. Elle a l'air malade et décharnée.

— Je l'ai dit franchement à mon chef. Que je savais qu'il sautait Sanna. Que je trouvais qu'il était un enfoiré pathétique. Qu'il devait être content qu'une aussi jeune et intelligente fille veuille coucher avec lui alors qu'il n'était qu'un loser. J'ai démissionné. Je vous l'ai déjà dit ?

Charlotte enlève ses lunettes pour les essuyer tout en me toisant d'un air interrogateur, comme si je détenais la clé de la solution à tous ses problèmes. Mais tout ce que je peux faire, c'est l'encourager d'un hochement de tête à poursuivre son récit.

À travers le mur, j'entends Sven vider le lave-vaisselle dans la kitchenette. Les couverts cliquettent lorsqu'il les enfourne résolument dans le placard sans les trier, contrairement à ce qu'Aina et moi lui avons déjà demandé à de nombreuses reprises.

— Est-ce que je vous ai déjà dit que j'ai démissionné ?

J'opine du chef. Elle continue de frotter nerveusement ses lunettes contre son bas de jogging gris, comme si elle essayait d'enlever une tache invisible mais gênante. Je prends une profonde respiration.

— Je crois que vous devriez commencer par me dire exactement comment ça s'est passé. Quand est-ce que c'est arrivé ?

Charlotte se mouche bruyamment et se remet à se balancer d'avant en arrière sur le siège.

— C'était… euh… avant-hier. On avait pris rendez-vous pour un entretien, enfin, il m'avait demandé de venir pour un entretien.

Charlotte fait une grimace, les larmes se remettent à couler. Je me penche en avant et passe doucement la main sur son bras.

— Prenez votre temps. C'est bon.

Elle secoue la tête.

— Non, c'est pas bon. Je n'ai plus de travail.

Ses mots ne sont plus qu'un chuchotement.

— Attendez. Commençons par le début. Vous aviez un entretien.

— *Il* avait un entretien. Avec moi.

Typiquement Charlotte, toujours à cheval sur les détails, même dans une situation pareille. Elle pousse un soupir et secoue la tête d'un geste de résignation. Lorsqu'elle reprend la parole, elle parle lentement en articulant chaque mot, comme si j'étais une enfant.

Ou incompétente.

— Et. Il. A. Dit. Un. Tas. De. Merde. Qui. N'est. Pas. Vrai.

— Comme quoi ?

— Comme quoi je ne suis pas assez *proactive*. Que je devrais apprendre à m'imposer plus dans mon domaine de responsabilité, d'une manière plus proactive. Euh… ça n'a pas de sens de vous l'expliquer. Vous ne comprendriez pas, de toute façon.

Je ressens une once d'irritation, mais je laisse passer sans commentaire.

— Il a dit que je devrais développer mes qualités de meneuse. Que je ne suis pas prête pour une promotion. Bref : un tas de merde. Ce n'est pas vrai. C'est tellement injuste. J'ai assuré dans tout. Et maintenant cet enfoiré prétentieux ose me critiquer sans aucune raison. Alors que lui… Alors que lui…

Charlotte sanglote. Incapable de terminer sa phrase.

— Alors que lui, quoi ? Racontez, Charlotte.

Charlotte hésite et se masse le mollet d'une main,

pendant qu'elle essuie les larmes et la morve avec l'autre.

— Alors que lui est un perdant qui saute une employée, bien que ça soit contre toutes les règles.

— Donc, vous avez fait quoi ?

— Je l'ai déjà dit. Je le lui ai dit. Que je savais ce qu'il faisait. Ce que j'en pensais. Et maintenant je n'ai plus de travail.

— Est-ce qu'il vous a licenciée ?

— Bien sûr que non. C'est moi qui ai démissionné.

— Mais… pourquoi ? Ce n'est pas votre faute qu'il soit comme ça.

Ma main repose toujours sur la laine rêche de son pull. De temps à autre, j'appuie sur le bras de Charlotte pour la réconforter.

— Je ne peux pas rester dans l'entreprise après lui avoir dit des choses pareilles, dit Charlotte en secouant de nouveau la tête, de sorte que ses cheveux bruns mouillés dansent autour de sa tête telle une auréole.

— Mais réfléchissez un moment, Charlotte, c'est lui qui a commis la faute. Ce n'est pas parce que vous lui avez tout déballé que vous êtes obligée de démissionner, non ?

— Je sais… je suis tellement nulle…

À présent, Charlotte pleure bruyamment, le visage enfoui entre ses genoux, en émettant des piaillements, comme un hamster capturé. Je lui caresse une nouvelle fois le bras et louche vers l'horloge. Encore dix minutes, il est temps de conclure l'entretien.

— Ce n'est pas ça que je voulais dire, Charlotte. Je pense juste que vous n'avez rien fait de mal.

— Ça n'a plus d'importance maintenant.

La voix de Charlotte est blanche et nasillarde.

— Vous voyez, je crois que… parfois, cela pourrait vous faire du bien de lâcher un peu prise. Votre vie tourne trop autour de ce désir de tout contrôler.

Charlotte se raidit sur-le-champ, se transforme en glaçon en une seconde.

— Je n'ai plus de travail. Est-ce que vous ne comprenez pas ce que je dis ? Et c'est votre faute. Connasse !

Je lâche brutalement son bras et me redresse. Surprise par ma propre réaction ; tout à coup, je ne suis plus du tout sûre de savoir qui est cette femme en pleurs assise en face de moi, vêtue d'un jogging. Peut-être qu'elle a quelque chose en elle que je n'ai pas vu jusque-là. Peut-être que je viens d'ouvrir une porte qui donne sur un espace noir et interdit.

Charlotte se lève brusquement et se précipite vers moi.

— Excusez-moi, je ne comprends pas ce qui m'arrive. Excusez-moi. Excusez-moi.

Elle m'entoure de ses bras fins mais étonnamment forts et me serre de toutes ses forces. Comme si j'étais sa dernière bouée de sauvetage. Peut-être le suis-je ?

Sa joue mouillée se presse contre ma gorge, et je sens son souffle dans mon cou. Nous ressemblons à un couple de danseurs figés dans un pas de danse.

Dehors, la nuit vient de tomber, et j'aperçois nos reflets dans la vitre. Je vois l'enfant sensible en Charlotte, ses bras maigres qui serrent mon corps, mais je vois également quelque chose dans son regard qui me donne la chair de poule.

Soudain, Charlotte dit d'une voix maîtrisée et douce.

— Siri… est-ce que je suis en train de devenir dingue maintenant ?

Je le croise tous les jours au cabinet, près de la machine à café, devant la photocopieuse, à la réception. Ses cheveux grisonnants, le costard en velours côtelé de rigueur. Il semble en avoir un de chaque couleur. Parfois je croise son regard, et je ne peux pas m'empêcher de me demander s'il la remarque.

La peur.

Tels de parfaits étrangers, nous circulons dans le cabinet. Aina, Sven et moi. Tous conscients que rien ne sera plus comme avant.

Nous n'en parlons pas. Pour tenir le coup, pour faire marcher le cabinet et recevoir les patients, etc., nous sommes obligés de nous taire. De ne pas mentionner ce à quoi nous pensons tous. C'est trop dangereux de l'aborder.

Le vide que laisse Marianne se fait terriblement sentir. Son parfum, ses notes à l'écriture élégante dans mon carnet. Ses vêtements au vestiaire : les gilets roses, les écharpes fleuries, tous accrochés dans un ordre impeccable. Un sac en tissu pend au cintre tout à droite, rempli de lavande.

Marianne avait le don de se soucier du moindre détail.

J'ai tellement envie d'aller la voir. Si ce n'est pour tenir sa main pendant quelques instants. Mais Marianne ne peut pas recevoir de visites. Elle est toujours inconsciente. « Non, elle n'est pas en état d'accueillir des visiteurs. » C'est ce que l'infirmière m'a dit quand j'ai appelé à l'hôpital.

Au cabinet, nous continuons de faire les cent pas dans les couloirs et les salles, les bras chargés de papiers et de tasses de café, comme si cela nous rendait plus professionnels.

J'ai parlé de Sven à Aina. Ni elle ni moi ne croyons qu'il est impliqué dans le meurtre de Sara. Ni elle ni moi ne l'avons jamais vu parler à Sara. Mais nous ne pouvons pas ignorer les faits. Sven est l'un des rares à connaître suffisamment bien la thérapie de Sara pour pouvoir falsifier sa lettre d'adieu de manière crédible en citant des passages de mes entretiens avec elle. Il sait où j'habite, oui, il est même au courant que je nage tous les jours entre les rochers et le ponton. Il sait que Charlotte Mimer est ma patiente et il a accès à son adresse. Sven aurait très bien pu lui envoyer la lettre qui l'avertissait de mon incompétence. Mais, le plus grave dans tout cela, ce sont ses notes sur les rapports de Sara dans la cuisine de Marianne. Et la photo de Sara sur le rocher. Est-ce que c'est lui qui l'avait en sa possession ?

Je sais que la police l'a interrogé. Plusieurs fois. Markus ne veut pas me dire ce qu'il en est ressorti, mais apparemment pas grand-chose. Markus m'a dit que, même s'il n'y a pas de preuve concrète contre Sven, son alibi n'est pas tout à fait convaincant. Il y a des heures pour lesquelles il ne peut pas expliquer où il était, où personne ne se souvient de l'avoir vu, même pas Birgitta, même si Sven prétend qu'ils étaient ensemble.

Sven est capable de beaucoup de choses, mais d'un meurtre ? Qui d'autre pourrait être suspect ? Peter Carlsson ? Est-ce qu'il pourrait être l'ami secret de Sara ? Et est-ce que Sara a pu le considérer comme un homme d'âge mûr ? Rien ne semble coller. Le problème de Peter le rend automatiquement suspect, en plus il sait que Charlotte Mimer est ma patiente. Mais ici s'arrêtent les ressemblances avec le profil du meurtrier. Il ne sait pas où j'habite. Il ne peut pas non plus connaître la teneur de mes entretiens avec Sara. Sauf s'il était l'ami secret de Sara à qui elle confiait tout ce dont on parlait, mais ça paraît improbable – les références dans la lettre d'adieu sont beaucoup trop exactes. La personne qui a écrit ça savait de quoi nous discutions et quand. Les dates et les horaires, tout y est.

En plus, et ça me donne plus de fil à retordre que tout le reste : quel mobile aurait Peter Carlsson, ou Sven ? Qu'avait dit Vijay – l'impression d'avoir subi une injustice ? Je n'ai jamais rencontré Peter plus tôt dans ma vie, pour autant que je m'en souvienne. Et Sven ? Est-ce qu'il me déteste parce que je suis une femme et que j'ai du succès ? Est-ce que j'incarne ce qui a freiné sa carrière et l'a fait stagner dans un petit cabinet à Söder ? Un misogyne, marié à l'une des spécialistes les plus reconnues dans le domaine de l'égalité hommes/femmes ? Une personne méchante ? Je ne peux pas le croire.

Je repense à la voix au téléphone le soir où la police m'a arrêtée, je tente de me rappeler le timbre. Mais la voix ne m'était pas familière. Certainement pas comme celle de Sven. Ni celle de Peter.

Restent Aina et Marianne. Même dans mes heures les plus paranoïdes, je n'arrive pas à m'imaginer que ces deux-là peuvent être impliquées. Mais qui d'autre est au courant des entretiens entre Sara et moi, qui sait où j'habite, qui connaît l'adresse de Charlotte ? Qui sait que j'ai l'habitude de nager entre les rochers et le ponton ?

Je n'arrive nulle part dans mes réflexions et ça me rend dingue. Il doit y avoir quelque chose, un truc que j'ai oublié. Un détail.

J'essaie d'analyser le problème sous un autre angle. Le mobile, il doit bien y en avoir un. L'impression d'avoir vécu une injustice. Est-ce que j'ai oublié un amant blessé, un collègue ignoré ou un patient insulté ? Je me creuse la tête sans avoir d'idée. Et il y a un autre problème : même s'il y a une personne qui veut se venger pour une raison ou une autre, elle n'a sûrement pas accès aux renseignements qu'il lui fallait pour commettre le crime, non ? Les rapports, les adresses… encore un cul-de-sac.

Qui d'autre aurait pu avoir accès au cabinet ainsi qu'à nos notes et rapports ? J'ai fait une liste de toutes les personnes qui sont venues chez nous au cours des six derniers mois et l'ai donnée à Markus. Elle était horriblement courte, seulement les noms de l'entreprise de nettoyage et celui de l'informaticien y figuraient.

L'entreprise de nettoyage est en fait une famille grecque. Je les connais tous personnellement, en plus, ils viennent faire le ménage pendant les heures de bureau, ce qui rend plus qu'improbable le fait qu'ils aient piqué les rapports de Sara. L'informaticien s'appelle Ronny, il est originaire de Örkelljunga. Je lui ai seulement parlé au téléphone, et j'ai beaucoup de mal à croire qu'il soit mêlé à cette histoire. Je ne suis même pas sûre que les rapports étaient rangés à leur place quand il est venu la dernière fois.

L'incertitude est un vacuum. Une attente insupportable.

Le calme avant la tempête.

Soudain, il se tenait devant moi, avec ce petit chien de merde en laisse. Il devait avoir autour de trente-cinq ans. Bien sapé, que des vêtements de marque, discret et avec du style. Malgré l'obscurité, j'ai pu voir qu'il avait l'air bien portant et soigné, comme un cochon aux joues roses et rondes, et un bide qui ressortait au-dessus de son jean noir. Il avait sûrement une épouse qui le gâtait lui et ses deux gosses, dans une des énormes villas vulgaires à l'est de la baie.

— Ah, euh, je ne veux pas vous déranger, a-t-il commencé d'une voix nasale et peinée, mais... (Il a retenu le petit dalmatien qui grognait en montrant ses dents.) Je me demande juste... Enfin, je vous ai vu plusieurs fois ici sur les rochers, quand je sortais le chien. Est-ce que vous habitez ici ?

La question sonnait comme une accusation. Je n'ai pas répondu, mais je suis sorti de mon sac de couchage que j'avais installé sous un pin près des rochers.

— Est-ce que vous habitez la maison là-bas... hum... euh... non, c'est une femme qui y habite, non ?

La voix de l'homme s'est éteinte, il a tout à coup eu l'air inquiet. Il se balançait d'avant en arrière. S'il avait été malin, il se serait barré au plus vite, il aurait disparu dans le noir, pour toujours, mais il est comme un mouton sur le sentier, semblant attendre une récompense pour son comportement.

— Est-ce qu'elle sait que vous dormez ici ?

Une fois sorti de mon sac de couchage, j'ai tendu la main vers le sac bleu que j'emporte partout où je vais.

— Je veux juste dire que... même si vous n'avez nulle part où dormir, ce n'est pas ici qu'il faut...

J'ai fouillé entre les cordes, les sachets en plastique et les rubans adhésifs jusqu'à ce que je trouve enfin. La lame du couteau était en acier, crantée. D'un mouvement fluide, je l'ai caché dans ma manche, puis je me suis levé pour me diriger lentement vers cet homme confiant avec son petit clébard ridicule. Père la morale en promenade.

— Ce n'est pas un camping, a dit l'homme fermement, comme s'il essayait de se convaincre que ce qu'il venait de dire était juste.

— Et je ne suis pas un campeur, ai-je répondu.

En deux pas rapides, je suis arrivé à la hauteur de l'homme qui a instinctivement reculé en s'agrippant au tronc d'arbre derrière lui, comme si ça pouvait l'aider.

Mais au contraire : désormais il était coincé entre l'arbre et le couteau.

D'un seul mouvement, j'ai ouvert le bide du nombril jusqu'au sternum. Quelque chose de puant, d'organique s'est déversé, alors que l'homme est tombé par terre en poussant un dernier soupir, le dos toujours appuyé contre le grand pin derrière lui.

J'ai tiré sur la laisse pour faire taire le chien qui grognait. Mais le coup de couteau qui lui a coupé la gorge a également tranché le collier, et le chien a disparu dans la nuit en émettant un aboiement étouffé.

C'est le soir. L'obscurité enveloppe ma maison et j'entends le vent automnal hurler sur les archipels. Toutes les lampes sont allumées, et j'ai placé ma grosse lampe de poche à portée de main. Je suis recroquevillée sur mon canapé. Sur la table, une assiette vide, à part les restes de ketchup ; dans ma main, le verre de vin obligatoire.

Le bol de nourriture de Ziggy est posé devant la porte d'entrée, vide. J'ai décidé de ne pas le remplir ce soir, puisque j'ai bien compris qu'il ne rentrera plus, même si je crois parfois entendre le bruit de ses pattes pendant la nuit.

Le sol est jonché de cassettes vidéo sur lesquelles sont enregistrées les conversations avec mes patients, toutes datées et marquées de l'écriture élégante de Marianne. Je me frotte les yeux. Serait-il possible que je trouve la solution ici ? Y a-t-il quelque chose dans ces entretiens, dans ces centaines d'heures qui pourrait expliquer ce qui se passe ? Un mot, un geste involontaire, un regard traître ?

Je fais défiler l'une de mes conversations avec Peter.

Ses bras s'agitent frénétiquement. Sa tête sautille de haut en bas. De temps à autre, il tire sur sa cravate. Ils deviennent si apparents, quand on les passe en avance rapide, les tics des hommes. Je stoppe le film et appuie sur *Play*.

— Hum, eh bien... j'ai une petite amie. Et elle est très importante pour moi. Je suppose que c'est la première fois que je suis véritablement amoureux. On s'est rencontrés il y a quelques mois, et au début tout allait bien, mais je me faisais quand même du souci. Enfin, j'ai eu des relations amoureuses dans le passé, mais j'ai toujours rompu au bout de quelques semaines. Avec cette fille, pourtant, je ne veux pas... enfin, je veux... je veux construire quelque chose avec elle.

— Vous avez donc déjà eu des relations amoureuses qui n'ont jamais duré, mais maintenant vous avez rencontré une femme qui vous est chère, et vous voulez que cela marche. Est-ce que je vous ai bien compris ?

Peter Carlsson hoche la tête en tripotant sa cravate.

— Pouvez-vous me dire pourquoi vous avez rompu avec vos anciennes relations et pourquoi vous avez peur d'être obligé de rompre avec celle-ci ?

— J'ai des pensées, des images dans ma tête. Et elles me font peur.

— Est-ce que vous pouvez décrire ces pensées ?

— C'est... difficile.

— Racontez-moi la dernière fois que c'est arrivé.

— Hier soir. C'était hier soir. Nous avons... mangé et bu du vin. Elle, ma compagne, était fatiguée et est allée se coucher. Elle s'est endormie dans notre lit. Et

je me suis imaginé comment je... comment je... Enfin, à quel point il serait facile de mettre mes mains autour de sa gorge... et de l'étrangler. J'ai vu comme elle était petite et vulnérable et qu'il serait très facile de lui... faire du mal.

J'arrête le film en appuyant sur le bouton, le sang quitte ma tête. Le visage de Peter est figé dans une grimace sur l'écran scintillant. Ses yeux sont vides. Une personne méchante ? Seul Peter le sait. Je bois une gorgée de vin pour me calmer et avance un peu.

— *Quels sentiments est-ce que ces images suscitent en vous ?*

— *J'ai tellement peur. Ce serait horrible si je perdais vraiment les pédales et lui faisais du mal. Je l'aime. Ces pensées font que je me répugne, comme un putain de pervers sexuel. Je ne veux pas la blesser.*

— *Est-ce que ces fantasmes vous procurent du plaisir ?*

— *Du plaisir ? Non, je n'y prends aucun plaisir. J'aimerais par tous les moyens m'en débarrasser. J'aimerais qu'ils ne soient plus là. C'est pour cela que je cherche de l'aide. Pour les faire disparaître. Vous ne comprenez donc pas ?*

— *Que faites-vous pour les faire disparaître ?*

— *J'ai arrêté de regarder le journal télévisé et de lire des articles sur des dingues qui perdent le contrôle, dérapent et abattent les autres.*

— *Et sinon ?*

— *J'ai arrêté le sexe. Quand je ne couche pas avec*

ma copine, les pensées n'apparaissent pas de la même manière. Mais... quelle femme veut d'un homme qui n'a pas envie de faire l'amour ?

Je pense à Sara – elle m'avait raconté que son nouvel ami ne voulait pas coucher avec elle. Que le manque de proximité physique la perturbait et lui donnait le sentiment de ne pas être assez bien. Pour quelqu'un qui est habitué à voir la valeur d'une femme dans son pouvoir de séduction, la conclusion est claire : je ne suis pas assez femme.

Je m'agenouille entre les cassettes et commence à chercher celle qui contient la conversation où Sara me parle justement de ça. Mes mains tremblent légèrement, et je suis consciente que j'ai bu trop de vin ce soir. Encore. Je mets quelques minutes avant de la trouver.

— Il a l'air de m'aimer, on parle de tout, on est bien ensemble, mais... il ne veut pas coucher avec moi.

— Est-ce que c'est comme ça depuis le début ?

— D'abord, j'ai cru qu'il voulait attendre qu'on se connaisse mieux. Enfin, j'étais presque... genre... flattée. Comme si j'étais un bon vin, quoi, qu'il fallait laisser mûrir. Puis j'ai commencé à me demander s'il était impuissant. En fait, ce n'est pas trop inhabituel à son âge. Je crois qu'il en a envie, mais quelque chose le retient. Enfin, je sens qu'il me désire, mais qu'il fuit quand ça arrive. C'est presque comme si... comme si ça le fâchait. Comment est-ce que ça peut le rendre furieux ?

— Je ne sais pas. Il peut y avoir beaucoup de

raisons, ça va de la peur de ne pas être à la hauteur sexuellement, vu que vous êtes jeune et jolie, au handicap physique en passant par le blocage sentimental. Qu'en pensez-vous ? Vous le connaissez mieux que moi.

— Je n'en sais rien. Bon, OK… voilà, c'est comme s'il portait en lui beaucoup de… colère. Comme s'il était vachement fâché… intérieurement, et que ça sortait quand nous nous rapprochons, enfin, physiquement.

Je rembobine un peu. Sara se balance d'avant en arrière dans le fauteuil dans ma salle. Elle prend un mégot dans le cendrier et le porte à sa bouche.

Je crois qu'il en a envie, mais quelque chose le retient. Enfin, je sens qu'il me désire, mais qu'il fuit quand ça arrive. C'est presque comme si… comme si ça le fâchait. Comment est-ce que ça peut le rendre furieux ?

Je rembobine de nouveau, forçant Sara à reprendre encore une fois le mégot.

C'est presque comme si… comme si ça le fâchait. Comment est-ce que ça peut le rendre furieux ?

Sara se fige dans un mouvement de balancement, pendant un instant, elle a l'air de planer au-dessus du sol. Cet arrêt sur image la fait ressembler à un ange. Un ange accro à la nicotine, aux rastas jaunes et aux avant-bras rayés.

Pourquoi est-ce que les avances de Sara provoquaient

cet homme au point qu'il se fâche ? Pourquoi est-ce qu'un homme d'âge mûr offrait des cadeaux de grande valeur à une jeune femme pour ensuite se mettre en colère lorsqu'elle voulait s'approcher de lui ? Quel genre de relation cherchait-il ? Un homme vieillissant, une jeune femme – presque encore une jeune fille, un amour platonique, des cadeaux. Père et fille, était-ce aussi simple ? Est-ce qu'il cherchait quelqu'un qui pourrait être sa fille ?

Tout à coup, je me rappelle quelque chose que Sara a dit lors d'une de nos dernières conversations. Je me mets une nouvelle fois à fouiller dans les cassettes jusqu'à ce que je trouve la bonne. Je l'enfonce dans le magnétoscope et avance de quelques minutes.

Sara a l'air inhabituellement soignée. Un haut noir est moulé autour de son torse, son jean n'a pas de trous ni de pièces. Elle n'est pas du tout maquillée et porte ses cheveux en queue-de-cheval. Ainsi, elle ne fait pas du tout vingt-cinq ans. Elle pourrait très bien être la fille adolescente de quelqu'un, me dis-je.

— Il adore quand je les déballe. Ben, il veut me voir déchirer le papier et tout ça – parce qu'il les enveloppe toujours très joliment, les enrubanne et tout. Hier, il m'a offert une veste d'hiver, vous savez, avec du cuir à l'extérieur.

— Vous ne trouvez pas ça gênant qu'il vous offre tellement de choses ?

— Pourquoi ?

— Parce qu'il pourrait vouloir exiger quelque chose en échange, par exemple, non ?

— Comme quoi ?

— Ben, qu'est-ce que vous croyez ?

— En tout cas pas...

(Sara marmonne quelque chose d'inaudible.)

— Que dites-vous ?

— En tout cas pas de sexe. Il ne me veut pas...

(Sara renifle.)

— Tenez.

(Je lui tends les mouchoirs.)

— Il ne me veut pas, et il dit que c'est parce que je lui rappelle trop quelqu'un d'autre...

— Qui d'autre, Sara ?

— Je ne sais pas, sa fille peut-être.

— Est-ce qu'il a une fille ?

— Il n'a pas envie d'en parler. Je n'ai pas le droit de poser la moindre question.

— Mais il dit que vous lui rappelez quelqu'un ? Elle ?

— Mmm...

J'appuie sur *Pause* et ferme les yeux. Donc, le copain de Sara et probablement aussi son meurtrier est un père d'âge mûr qui a une dent contre moi et connaît bien le cabinet. Et la raison pour laquelle il évite le contact physique avec Sara est qu'elle lui rappelle trop sa fille, c'est alors exactement ça qu'il voulait : se rapprocher d'elle de la manière dont les parents le font. L'aimer comme son enfant. Toutes les avances de la part de Sara l'écœurent. Qui est cet homme ? Bien évidemment une personne dérangée, mais malgré cela assez intelligent pour cacher ses intentions et vivre en apparence une vie normale. Je regarde l'heure. 22h45. Trop tard pour appeler Vijay.

Tout à coup, j'entends un grognement, et le bruit sourd d'un objet qui s'écrase par terre. Je n'ai pas vraiment peur, je suis seulement surprise, ce n'est pas un bruit causé par un être humain. Mais mes jambes ne veulent pas trop me porter lorsque je me relève pour regarder par les fenêtres noires qui donnent sur la mer.

L'obscurité est aussi impénétrable qu'un mur en béton. La pièce est plongée dans une lumière éclatante qui m'empêche de voir quoi que ce soit dehors ; je pose la main sur l'interrupteur et plisse les yeux. Je l'ai fait une centaine de fois, mais je ne m'y ferai jamais. J'appuie sur l'interrupteur et habitue mes yeux lentement au noir. Les contours de la pièce se dessinent, d'abord plutôt par mes souvenirs que par ce que je voyais réellement.

Là ! Une ombre bouge devant ma fenêtre. Je la vois clairement – la silhouette d'une personne disparaît en direction des roses fanées. Je n'ai pas besoin d'en voir plus. D'un mouvement rapide, je rallume la lampe.

Quelqu'un était dans mon jardin, devant ma maison. Un homme. Peut-être qu'il pressait sa tête contre la vitre pendant que je regardais les vidéos, assise par terre. Peut-être qu'il regardait Sara ?

Cette idée me donne envie de vomir.

Je n'hésite plus, et je vais ouvrir la porte-fenêtre et regarde dehors. Les vagues et le vent sont tout ce que j'entends, et je sens le froid dans l'air de la nuit telle une respiration humide sur mon corps. Le ciel est noir, et je ne peux distinguer ni arbres ni rochers, je devine seulement la mer scintillante devant moi.

La lumière de mon salon illumine la petite pelouse devant la maison, faisant briller quelque chose : je crois d'abord qu'il s'agit d'un bout de plastique noir, mais ensuite je me rends compte que c'est une tache foncée et mouillée. Je lâche la porte qui s'ouvre brusquement dans une rafale, et descends avec précaution les marches en bois qui mènent vers la pelouse.

Accroupie, j'approche une main de la tache, et je crois d'abord me tromper quand je sens de la chaleur remonter du sol. Mais quand je regarde de plus près, je vois une légère vapeur s'élever de cette flaque. Je la touche prudemment et regarde mes doigts.

C'est du sang.

Markus fait tout ce qu'il a toujours fait quand je l'ai appelé en plein milieu de la nuit. Il met la couverture sur mes épaules, prépare du café bien serré et passe les coups de fil nécessaires. En l'occurrence, ce sont les techniciens qui doivent venir pour analyser le sang.

Je ne dis pas grand-chose. Un froid s'est répandu en moi qu'aucune couverture ni boisson ne peut évincer. C'est comme si je me rendais seulement compte maintenant que quelqu'un s'en prend vraiment à moi. Qu'est-ce que j'ai fait pour causer tout ça ? Quelle est ma part de responsabilité et comment y remédier ? Quand est-ce que ces événements ont débuté ? Et, le plus important, comment est-ce que je peux les arrêter, car je ne doute plus qu'il y aura une suite à cette histoire, une suite que je n'ai pas envie de connaître.

L'impression d'avoir vécu une injustice. Que celui qui n'a jamais péché lui jette la première pierre. Est-ce que c'est moi ? Celle qui n'a jamais péché ? À qui la faute si la vie de Sara était tellement ratée ? Qui a causé sa mort ? Sa famille, elle-même, la société, le meurtrier – une personne méchante –, ou peut-être moi ? Est-ce que je peux être sûre de ne pas être coupable, juste parce que je n'ai jamais voulu la blesser ? Comme avec Stefan, je pense. C'est exactement comme avec Stefan. Je m'endors sur le canapé, la couverture remontée jusqu'au nez, la tasse de café toujours pleine sur la table.

— Debout, maintenant.

Markus a l'air content. Il est assis sur mon canapé, vêtu d'un pull à capuche et d'un jean.

— Quelle heure est-il ?

— Dix heures et demie, je me suis dit que vous aviez besoin de sommeil. Les techniciens sont venus, ils ont travaillé pendant trois heures, mangé dans votre cuisine et sont repartis.

— Désolée…

— Vous n'avez pas à être désolée. C'était du sang animal, d'ailleurs, pas humain.

— Quel genre d'animal ?

— Ils ne le savent pas encore, mais je crois que c'était un animal blessé que vous avez entendu crier dehors.

— Mais j'ai vu…

— Oui, je sais, mais on se trompe facilement. Vous aviez peur. Il faisait noir. C'était peut-être du gibier.

— Du gibier ?

— Oui, ou un blaireau. Il y en a des tonnes dans le coin. Peut-être un blaireau blessé dans un accident de route…

Je l'interromps, irritée :
— Mais ici, il n'y a pas de voitures qui passent.
— Peu importe, je ne me ferais pas trop de souci à cause de ça.
Markus va dans la cuisine et fouille dans le placard. J'aperçois ses cheveux blonds par la porte entrebâillée. Dehors, le soleil brille. C'est une belle journée, et les arbres aux feuilles multicolores encadrent la petite baie.
— Vous n'avez rien à manger ?
— Il y a un peu de pain dans le congélateur. Peut-être aussi du fromage, je ne suis pas sûre.
— Le congélo est complètement vide. Vous vous nourrissez de quoi, en fait ?
— Il faudrait qu'on parle.
— Bien sûr, dit Markus en continuant de fouiller dans ma cuisine.
Ça me rend complètement mal à l'aise, je veux qu'il laisse mes tiroirs et mes placards tranquilles. J'élève un peu la voix pour le lui signifier.
— Je veux dire, vraiment parler. Il y a des passages sur mes cassettes vidéo qui ont de l'importance, je pense.
Markus ressort de la cuisine. Il tient un poivron et deux pommes dans la main.
— Dites-moi tout ! dit-il en s'asseyant sur le canapé.
Et je raconte. Que le petit ami de Sara cherchait peut-être une relation père-fille ; je lui parle du passage où Sara dit qu'il a sûrement un enfant, une fille qui lui ressemble. Markus écoute avec attention. Lui et ses collègues ont visionné toutes les vidéos, mais ils n'ont pas remarqué ce détail, dit-il.

Puis je lui parle aussi de mes pensées concernant la culpabilité, je me demande si je ne porte pas une part de responsabilité, directe ou indirecte, dans ce qui est arrivé à Sara et à Marianne. Je ne mentionne pas Stefan. C'est trop difficile de parler de lui.

Je m'attendais à ce qu'il balaie mes réflexions d'un revers de la main, qu'il dise que tout ça n'était évidemment pas ma faute, mais, au lieu de ça, il hausse seulement les épaules et regarde par la fenêtre.

— On est tous logés à la même enseigne.

— Vous et moi ?

— Tout le monde. Tous les hommes, dit-il en croquant sa pomme. Tout ce qu'on fait est lié. Tous les actes qu'on commet et dont on ignore les conséquences. Tous ces rapports compliqués qui relient les hommes. On tire une ficelle d'un côté, et quelqu'un tombe de l'autre côté, mort. La faute à personne, ou à tout le monde ? Pour moi, ce qui compte, c'est la volonté, et non la cause. Car la cause est mécanique, la volonté donne une direction, elle a de la force.

Je prends l'autre pomme et en croque un morceau sans dire un mot. Son commentaire me surprend. En quelque sorte, je n'aurais jamais pensé qu'il soit capable de livrer une réponse aussi réfléchie et bien formulée. Je le prenais pour quelqu'un de moins sophistiqué.

De plus banal.

Un homme pour lequel on n'a pas besoin d'un mode d'emploi. Dont on devine les réactions longtemps à l'avance. Et qu'on maîtrise, s'il le faut.

— Peu importe, dit Markus en me fixant de ses yeux

rougis après le travail de la nuit. Je me demande un truc. Marianne est toujours dans le coma. Je devrais parler un peu plus avec vous et vos collègues à son sujet, pour me faire une meilleure idée de qui elle est et comment elle vit. Que faisait-elle de son temps libre, par exemple ?

— Je ne sais pas, en fait. C'est bizarre, non ? On voit quelqu'un tous les jours, sans le connaître vraiment.

— Ça arrive tout le temps.

— Je crois que s'il y en a un qui la connaissait bien, c'est Christer, son compagnon.

— Qu'est-ce que vous savez sur lui ?

— Pas grand-chose non plus. Marianne le décrit comme gentil et… rassurant, en quelque sorte. Il l'a beaucoup aidée dans sa carrière, si on peut appeler ça comme ça. Il l'écoutait, la comprenait et tout. Je crois qu'il travaille ou a travaillé dans le secteur financier.

— Oui, c'est ce qu'il a dit. Qu'est-ce que vous pensez de lui ?

— Aucune idée. Je ne l'ai croisé que quelquefois. Mais il semble doué… et un peu sensible peut-être. S'y connaît dans plein de choses, la musique, l'art. Assez intelligent pour ne pas paraître prétentieux, même s'il l'est un peu, enfin.

Markus ne répond pas, croque sa pomme et regarde vers la mer.

Je vais voir Sven. Markus me l'a déconseillé, il ne veut pas que je parle à ceux qui ont été interrogés par la police. Il préférerait que j'emménage chez Aina et que je prenne un peu de congé. Que je disparaisse du paysage, comme il a dit. Mais, au lieu de ça, je suis de retour au cabinet, longeant le couloir vers la pièce que nous appelons la salle jaune.

La salle de Sven.

Il est assis dos à la porte. Une veste couleur rouille pend au dossier. Le bureau est jonché de magazines, de bloc-notes et de feuilles ; je sais que ce sont des rapports qui ne devraient pas se trouver là, aux yeux de tous. Le secret professionnel me tient très à cœur. Tout autour se répandent des restes de pommes, un cendrier et des tasses de café. Sven est un psy compétent, mais un mauvais organisateur. Depuis que Marianne n'est plus là, son bureau et ses registres sont un vrai chaos.

— Sven, est-ce que je peux te parler un instant ?

Sven pivote sur sa chaise, son visage exprime de la frayeur, peut-être est-ce ma présence qui lui fait peur.

— Bien sûr, assieds-toi.

Je désigne la chaise destinée aux visiteurs, également jonchée de papiers et de classeurs. Pendant un moment, sa négligence met ma patience à bout. Marianne a peut-être accepté de ranger après lui, mais ni moi ni Aina n'allons le faire.

— Où est-ce que tu veux que je m'assoie ?

Malgré moi, ma voix prend un ton dur et railleur. Sven sursaute.

— Excuse-moi, excuse-moi…

Lorsqu'il enlève les papiers et les classeurs, je vois que ses mains tremblent. Quelques feuilles tombent par terre. Finalement, il abandonne. Il entasse tous les papiers sur le tapis, se rassied et prend une cigarette. Je me dis que je préfère les cigarettes à sa pipe. Puis je m'assieds en face de lui. Comment est-ce possible ? Sven qui d'habitude est si sûr de lui, toujours prêt à flirter, est obligé de fumer pour calmer ses nerfs.

— Il faut qu'on parle, dis-je.

— Sûrement.

— Sven, tu es l'un des rares qui ont accès à l'adresse de Charlotte, aux rapports de Sara…

Sven m'interrompt tout de suite d'une voix désespérée en faisant de grands gestes de ses mains aux doigts jaunis par la nicotine.

— Siri, tu dois me croire. Jamais je ne me suis faufilé dans ton jardin, je n'ai pas envoyé de lettre à Charlotte Mimer et… je n'ai certainement pas tué Sara Matteus. Comment est-ce que tu peux croire… Enfin, je comprends… Je comprends que théoriquement je suis suspect, mais, mon Dieu, depuis quand est-ce qu'on se connaît ? Est-ce que tu crois sérieusement que je suis mêlé… à tout ça ?

Je pousse un profond soupir et lève la tête. Ses yeux sont écarquillés par la terreur, lorsqu'il m'observe de l'autre côté de la petite table.

— Non, je ne peux pas m'imaginer que tu sois mêlé à ça. Mais, enfin, je ne sais plus trop quoi penser. Est-ce que tu peux m'expliquer une chose, Sven : que fait ton écriture sur les rapports de Sara ? qui se trouvaient en plus dans la cuisine de Marianne ?

Sven fronce les sourcils et hésite un instant.

— J'ai emprunté le dossier de Sara il y a quelques mois. Je voulais l'utiliser dans cet article que je suis en train d'écrire, tu sais, celui sur le comportement automutilateur des jeunes filles. J'ai photocopié quelques pages et, oui, j'ai pris quelques notes. Rien de bizarre. Non ? Ce que je ne comprends pas, c'est comment il a atterri chez Marianne.

— Et la photo ?

Sven secoue la tête et semble tout à coup sérieusement triste.

— Je ne l'avais jamais vue avant que la police me la montre. Cette photo est tellement triste. Tu ne trouves pas ?

Il hausse les épaules, comme pour signaler que ce n'est pas son problème.

— Il faut que tu me croies, Siri. Je ne sais pas quoi dire. Ma vie est devenue un enfer. La police nous a interrogés ma femme et moi. Ils ont appelé mes amis et leur ont demandé quel genre de personne je suis ! Je peux voir dans leurs yeux qu'ils me prennent pour un menteur. Que faire quand quelqu'un a décidé qu'on est un menteur, comment le convaincre qu'on est innocent, vers qui se tourner quand on n'a plus d'arguments ? Comment est-ce que je peux te convaincre, Siri ?

— Sois juste honnête.

— Je suis honnête.

— Où étais-tu quand Sara a été assassinée ? Au moment où Birgitta dit que tu n'étais pas à la maison ?

Sven soupire, enfonce les mains dans ses cheveux et marmonne, la tête baissée :

— J'étais à la maison. Avec Birgitta.

— Mais…

— Je ne sais pas !

Sven saute de son fauteuil et se met à faire les cent pas dans la pièce, la cigarette allumée dans la main. Il me regarde d'un air résigné, presque désespéré. Tout son corps tremble, et je vois des taches de sueur se former sous les manches de sa chemise.

— Je ne sais pas pourquoi. Je ne le comprends pas. Pourquoi elle refuse de me donner un alibi. Elle ment aux policiers. Pourquoi, Siri ? Pourquoi ? Est-ce que tu peux me donner une seule raison ?

Je pense que j'en vois bien une, mais je ne dis rien. Continue de l'observer en silence.

— Vingt-trois ans. Mon Dieu, ça fait vingt-trois ans qu'on est mariés. Et puis elle me fait un truc pareil. Je ne comprends plus rien.

— Ne crois-tu pas que Birgitta est peut-être fâchée à cause de tes… relations extraconjugales ? j'ose timidement.

Sven me fixe d'un regard noir de colère. Maintenant, il hurle presque, et je sens ses postillons sur mon visage quand il se penche vers moi.

— Écoute, Siri. C'est pas tes oignons, bordel de merde ! Quelque chose doit quand même rester privé dans cette sale histoire. Ce n'est pas tes oignons. C'est privé !

Sven se redresse et recule de quelques pas. Il a l'air de se calmer un peu. Maintenant qu'il a pu vider son sac. Et oui, il a raison, ses aventures ne sont pas mes oignons. Il écrase sa cigarette sur une peau de pomme, saisit sa veste et quitte la pièce sans un mot.

Je n'aurais pas cru que ce serait aussi lourd. Après avoir attrapé et égorgé le petit chien devant sa maison, j'ai soigneusement emballé l'homme et le chien dans les sacs en plastique noirs que j'ai toujours avec moi. Les sacs n'étaient pas assez longs pour couvrir tout le corps, même pas quand je l'ai mis en position du fœtus. Du coup, j'ai dû improviser. J'ai tiré deux sacs par-dessus la tête et les épaules de l'homme, ensuite deux autres sur ses jambes. Les sacs se rejoignaient aux hanches. J'ai installé le chien aux pieds de son maître, c'est là qu'il y avait le plus de place. Puis j'ai fermé le paquet avec du ruban adhésif brun un peu partout, aux genoux, aux hanches, à la poitrine et à la tête. Le plan était simple.

Puis je n'avais qu'à traîner le paquet le long du petit sentier sur quelques centaines de mètres, pour arriver au petit port naturel où des bateaux amarrés au ponton se balançaient sur l'eau. J'avais prévu de sortir en bateau et de jeter le corps à l'eau, une fois au large. Mais j'avais sous-estimé l'effort à fournir pour tirer un adulte sur une distance aussi longue.

Plusieurs fois, je me suis écroulé, épuisé, avec ce sentiment oppressant dans la poitrine, que j'avais souvent lorsque ma trachée se contractait et refusait de laisser passer l'air. J'ai inhalé en pensant que pour la première fois une chose était allée de travers.

J'avais commis une erreur et tout mis en péril.

NOVEMBRE

Nous sommes réunis dans mon salon, Aina, Vijay et moi. Dehors, il fait nuit, et l'une des premières véritables tempêtes s'acharne sur Stockholm. Les branches des arbres frappent contre la vitre de ma chambre à coucher. J'ai allumé le petit poêle en fonte dans un coin du salon. J'ai fini par me faire une raison, et je vais essayer de trouver un appartement provisoire jusqu'à ce que le meurtrier de Sara soit arrêté.

Mes amis se réjouissent de ma décision. Moi, en revanche, je me sens un peu comme un enfant qui vient de capituler face à l'argumentaire inépuisable des parents. Une partie de moi veut se révolter contre tout ça. Contre tous ceux qui trouvent que c'est moi qui dois changer de vie. Contre cet homme sans visage qui a réussi à me pousser jusque-là.

Nous rions, nous mangeons du pop-corn et des mezzés que j'ai achetés au centre commercial, et buvons du rouge. Étant donné que j'avais des invités, j'ai acheté quelques bouteilles d'un bon chianti. Nous sommes assis par terre, sur le tapis, et, malgré la joie apparente, il reste une note grave dans nos conversations. Nous sommes là pour parler de ce qui est arrivé, et bien évidemment nous espérons que Vijay pourra nous aider.

Aina allume une cigarette. Je vois qu'elle est pompette, à sa manière de bouger, mais aussi parce qu'elle fume.

— Dis-nous, Vijay, qu'est-ce qu'on sait de ce type ? fait-elle en tirant sur sa cigarette.

— Ce qu'on sait – il faut faire la distinction entre ce qu'on sait et ce qu'on croit savoir… Ce qu'on sait, c'est que l'assassin connaît bien votre cabinet et vos patients et qu'il sait où tu habites, Siri. Et où habite Charlotte Mimer. Ce que nous croyons savoir, c'est que c'est un homme d'âge moyen, qu'il était le petit ami de Sara, qu'il est psychiquement dérangé et qu'il veut te nuire pour une raison inconnue, Siri. Nous croyons aussi savoir qu'il avait une forme de relation père-fille avec Sara, ou qu'il voulait l'avoir, et qu'il a une propre fille qui lui rappelle peut-être Sara sous une forme ou une autre. Il est intelligent, il sait bien s'exprimer et il est ordonné. En plus… Marianne était sans doute à ses trousses, et c'est donc peut-être lui qui a fait en sorte qu'elle ne puisse pas raconter ce qu'elle savait.

— Un diable au sang-froid, c'est ce que tu m'as dit, Vijay. Tu t'en souviens ?

— Hum, nous ne sommes que des pions dans son jeu. Il a sacrifié Sara pour t'atteindre.

Vijay se tait, et nous restons un moment sans rien dire. J'entends les vagues s'écraser contre les rochers et le vent qui siffle dans les arbres. La tempête arrive, je pense. Puis je ferme les yeux pendant un instant en posant la question qui me tracasse depuis longtemps.

— Est-ce que c'est un homme méchant ?

Je jette un regard interrogateur vers Vijay.

— Je ne crois pas que ça existe. Des hommes méchants, je veux dire. Je crois qu'il y a des actes abjects, commis par des êtres détraqués. Et que je crois qu'il est détraqué, et qu'il souffre.

— Tu trouves donc que c'est pardonnable de tuer une innocente comme Sara ?

— Je n'ai pas dit ça. J'ai juste dit qu'on ne naissait pas mauvais.

— Est-ce qu'on peut ne pas devenir mauvais ?

— On peut devenir quelqu'un qui commet des actes mauvais.

— N'est-on pas mauvais si on fait ça ?

— Pas forcément. Ah, il faudra poser cette question à un prêtre ou à un philosophe. Je suis un scientifique.

Vijay sort son tabac, se met à rouler une cigarette tout en poursuivant :

— Je vais essayer d'expliquer ce que je veux dire. Prenons une personne qui vit dans des conditions vraiment défavorables. Vous connaissez la théorie sur ce qui peut causer des dégâts au lobe frontal ?

Aina et moi hochons la tête. Le lobe frontal est une région sensible, beaucoup de chercheurs le considèrent comme le centre de ce que nous appelons dans le langage courant « l'éthique et la morale ».

— Supposons qu'un tel individu soit exposé à une enfance difficile, sans moyen de tisser un lien étroit et fort avec ses parents, peut-être en combinaison avec des abus, de nature sexuelle ou autre. Le risque est grand que cette personne développe ce qu'on appelle un trouble de la personnalité antisocial. Cela se remarque souvent dès la petite enfance. Pipi au lit, tortures d'animaux et pyromanie sont des signes avant-coureurs. Cela ne veut pas dire que les enfants qui font souvent pipi au lit ou torturent des animaux sont des psychopathes, nullement. Mais quelques-uns le sont ou le deviennent. Je ne dirais pas que ces individus sont méchants. Méchants, ça implique en quelque sorte qu'ils aient fait un choix actif, non ? Qu'ils aient choisi le mal.

— Mais crois-tu que c'est un tel… individu dérangé ?

— Oui, absolument.

— Écoute, il y a un truc qui me tracasse. Est-ce que ça pourrait être une femme ?

Vijay fait tourner son verre de vin et en hume l'arôme.

— En théorie, oui. Mais en pratique, ce n'est pas très probable. Presque tous les crimes de ce genre sont commis par des hommes. Pourquoi ? Est-ce que tu pensais à quelqu'un en particulier ?

Je secoue la tête.

— Vijay, je réfléchis à ce qui est arrivé la semaine dernière. Tu sais, quand j'ai vu quelqu'un devant ma fenêtre et que j'ai trouvé cette flaque de sang. Est-ce que tu crois que c'était lui et, si oui, quel était son but ?

Vijay prend un bout de pain et le fourre dans sa bouche.

— Hum, je pense que c'était lui. C'était le sang de quel animal, d'ailleurs, est-ce qu'ils ont déjà pu l'analyser ?

— Du sang de chien. Markus croit que c'était un chien renversé par une voiture qui s'est perdu sur mon terrain. Mais… la route la plus proche est loin d'ici.

— Hum… (Vijay caresse sa moustache en regardant Aina qui s'est endormie sur le canapé.) Hum, fait-il encore une fois, je crois que c'était lui. Oui, j'en suis presque sûr.

— Pourquoi ?

— Je ne sais pas, c'est juste… trop de coïncidences. Je ne crois pas au hasard. Pas dans cette affaire. Il veut peut-être t'effrayer ?

— C'est sûrement vrai. Qu'est-ce que je peux faire ?

— Exactement ce que tu es en train de faire. Déménager. Arrêter de penser à lui et laisser la police faire son travail.

— Il faut juste que je trouve un endroit où habiter…

— Siri, je te l'ai déjà dit, et je le redis. Va habiter chez tes parents, ou chez Aina. Tu n'as pas le temps d'attendre qu'un appartement de rêve se libère. On est à Stockholm, ma chère. Tu ne devrais pas rester seule ici. Trouvons d'abord ce malade.

Le regard sombre de Vijay me cloue au tapis.

— Je suis sérieux, Siri.

Je hoche la tête en silence. Je sens ce froid terrible désormais bien familier envahir tout mon corps. Ma vie, une lutte permanente contre l'angoisse, pour maintenir une sorte de normalité.

— À la tienne ! dis-je en levant mon verre.

Plus tard, je suis agenouillée devant la lunette des toilettes dans la petite cabane et vomis quelque chose qui ressemble à des framboises ; un mélange écœurant de vin rouge et de pop-corn. Je ne sais pas si c'est l'alcool ou la peur qui me fait vomir.

Je m'essuie le front avec ma main qui tremble si fort que je maîtrise à peine mes mouvements. Je fais ce constat effrayant : ma vie ne m'appartient plus.

Date : 15 novembre
Heure : 16 h 00
Lieu : Salle verte, cabinet
Patient : Charlotte Mimer

— Oui, je vais mieux aujourd'hui. Siri, j'ai tellement honte de mon comportement l'autre fois. Je ne sais pas ce qui… ce qui m'est arrivé. Je suis devenue tellement… lunatique ces derniers temps.

Charlotte affiche un sourire crispé, pas un sourire heureux, mais une grimace rabaissée et humiliée. Même si elle semble regretter son comportement lors de la dernière séance, elle a vraiment l'air d'aller mieux aujourd'hui. Elle porte le même jogging que la dernière fois, mais c'est une femme complètement différente : ses cheveux brillent, fraîchement lavés, elle est assise le dos droit, les jambes croisées et les mains posées sur un genou.

L'ancienne Charlotte est de retour.

— N'y pensez plus. Dans cette salle, vous n'êtes pas obligée de vous contrôler. Ici, il faut que vous vous permettiez justement de lâcher prise. On pourrait dire que vous vous exposez à votre propre perte de contrôle et à tous les sentiments difficiles qui s'ensuivent. Vous voyez ce que je veux dire ? Est-ce que vous vous rappelez ce dont on a parlé l'autre fois ?

— Mmm.

Charlotte se tortille un peu dans le fauteuil, mais ne dit rien.

— Vous devriez voir les choses ainsi : il est essentiel pour vous de garder le contrôle, vous faites tout pour ça. Dans toutes les situations.

— Avec la nourriture aussi ?

— Bien sûr, la nourriture aussi, mais en première ligne, ce sont vos propres sentiments que vous cherchez à maîtriser. En ne mangeant pas, en vous entraînant très dur, en ne perdant pas la bonne humeur. Je trouve que ce que vous avez dit à votre chef était bien.

Charlotte éclate d'un rire rauque, sans joie, et fixe ses ongles finement manucurés.

— Oui, c'était effectivement très efficace. Je suis déjà passée à l'Agence pour l'emploi, avec tous les autres cas sociaux. C'était… ben, une expérience nouvelle.

— Est-ce que vous le ressentez comme ça ? Que les chômeurs sont des cas sociaux ?

Charlotte se tortille de nouveau, consciente qu'elle s'est exprimée d'une manière peu politiquement correcte. Les taches rouges bien familières se répandent sur sa gorge.

— Non, je ne sais pas. Peut-être. Quelques-uns le sont en tout cas.

— Charlotte, je ne juge pas vos paroles, j'essaie juste de comprendre pourquoi c'est tellement difficile de devenir quelqu'un qui est obligé d'aller à l'Agence pour l'emploi.

— Parce que ça signifie que je suis une ratée, en tout cas professionnellement.

— Et qu'est-ce qui arriverait si vous étiez une ratée, pourquoi est-ce que c'est tellement horrible ?

— Je ne sais pas.

— Réfléchissez-y un peu. Que penseriez-vous d'ailleurs de vos amis s'ils étaient obligés d'aller à l'Agence pour l'emploi ? Les considéreriez-vous comme des ratés ?

— Bien sûr que non ! bredouille Charlotte en me regardant dans les yeux.

— Donc, vous vous appliquez des règles plus dures à vous-même ?

— Je suppose…

J'essaie de résumer ce que Charlotte m'a dit et de formuler mon point de vue. La description de sa peur d'échouer est typique des personnes haut placées.

— Nous pourrions donc dire que vous avez développé une stratégie qui vous permet de ne pas vous sentir nulle, et cette stratégie consiste à garder le contrôle, dans toutes les situations ?

— Sans doute. Vous êtes pareille, non ? chuchote Charlotte, toute blafarde à présent.

— Comment ça ? Si je veux garder le contrôle ?

Charlotte hoche la tête et me regarde d'un air grave.

— Ben, bien sûr, un peu de contrôle est à la fois nécessaire et souhaitable, mais chez vous… c'est un moyen. Pas le but.

Charlotte ne semble plus m'écouter, son regard est rivé sur une lithographie accrochée au-dessus de ma petite table. Elle représente une femme assise sur le dos d'un papillon, selon Aina, c'est beaucoup trop psychodynamique, mais je l'aime bien et l'ai accrochée ici, malgré ses protestations. Et les enfants qui viennent en visite s'arrêtent en règle générale, complètement fascinés.

— Comment est-ce que c'est de perdre le contrôle, Siri ? Comment est-ce que c'est quand quelqu'un d'autre dirige votre vie ?

— Que voulez-vous dire ? je lance, et au même instant je comprends. Je sais exactement à quel point il est important pour moi d'avoir le contrôle de ma vie. Et comment c'est de le perdre, de le sentir glisser entre ses doigts comme un savon lisse. Charlotte croise mon regard et hoche lentement la tête.

— Exactement, répond-elle d'une voix sourde.

C'est vendredi soir, et je suis en train de faire les courses au supermarché. Autour de moi, les gens s'affairent avec leurs chariots, une vieille dame remplit le sien à ras bord, un trentenaire fonce à travers les couloirs avec sa petite fille. Dans tous les coins résonne une forme de musique de Noël jazzy, horrible. Je me sens seule et exclue de cette communauté. Je sais qu'il y a beaucoup de célibataires à Stockholm, je ne suis donc certainement pas la seule femme de trente-cinq ans qui ne retrouve pas de famille quand elle rentre. Mais cette pensée ne me réconforte pas en ce moment. J'aimerais être quelqu'un d'autre, mais surtout pas Siri Bergman. Plutôt la petite fille qui éclate de rire lorsque son papa la pousse sur la balançoire, ou alors la jeune femme au nom slave qui se tient derrière le comptoir de l'épicerie fine. N'importe qui, mais pas celle que je suis.

En tant que psychothérapeute, on travaille pour le changement et l'amélioration. C'est ça qui m'a fait choisir ce métier : l'idée d'aider les autres. J'étais tentée par l'idée de pouvoir contribuer à changer la vie de quelqu'un d'autre. Non pas pour soigner ou guérir, mais pour changer. Comme c'est ridicule maintenant. J'ai vraiment changé la vie de Sara. Elle est morte. Elle a disparu. Elle n'est plus. Et j'en suis responsable.

Mon téléphone portable sonne, et je remarque avec embarras que je suis plantée devant le rayon des produits laitiers et que j'empêche les autres de passer. Je m'écarte en m'excusant et décroche. Quand je vois sur l'écran que c'est Markus, je sens un léger picotement dans le ventre qui ne dure qu'un instant. Une sensation si futile que je crois l'avoir rêvée.

— Oui ?

— Bonjour, Siri. C'est Markus. Ben, je me disais que j'étais seul ce soir et, hum, votre frigo était tellement vide, et je suis plutôt bon cuisinier, alors je pourrais nous faire à dîner ? Vous savez, un vrai dîner. Je pourrais venir chez vous et faire à manger… enfin.

Ma première réaction est la joie. Une autre personne dans la maison. Quelqu'un qui prépare à manger. Un homme que j'aime bien dans ma cuisine. Je réponds oui, sans vraiment réfléchir. Nous convenons d'un horaire et raccrochons. Je remets les deux boîtes de sauce tomate qui se trouvent dans mon panier à leur place et me dirige vers la sortie.

Quand Markus sonne à la porte, il est sept heures et demie. J'ai provisoirement rangé et même passé l'aspirateur dans toute la maison. Pour une fois, j'ai aussi fait un effort vestimentaire. Jupe et chemise moulante au lieu de jean et pull tricoté.

Je suis nerveuse, heureuse et agitée. Markus s'arrête

sur les marches et je vois qu'il est surpris par mon look, il me détaille de haut en bas. Un sentiment d'insécurité s'empare de moi. Peut-être que j'ai mal interprété toute la situation. Mais Markus sourit et passe devant moi pour se diriger droit vers la cuisine. Il pose les ingrédients à côté de l'évier, il a même apporté deux bouteilles de vin.

— Je fais à manger. C'est une surprise. Vous pouvez mettre la table pendant ce temps. Et remplir deux verres de vin.

Markus semble de bonne humeur. J'ouvre une bouteille de rouge et remplis deux verres. C'est bizarre. Ce n'est pas un interrogatoire, pas une discussion, pas une conversation. On a un rendez-vous. Pendant que je dresse la table, on parle de Vijay et Olle. Markus veut tout savoir sur leur relation, me demande si Vijay est hindou et comment l'homosexualité est perçue dans sa culture. Ce que j'ignore totalement.

Markus m'invite à m'asseoir à la table et sert le repas. Il a préparé de la saltimbocca avec une sauce à la sauge, et toute ma cuisine sent les épices. Une fois de plus, il a su me surprendre, défier mes préjugés : je ne l'aurais jamais cru capable de cuisiner – de cuisiner un tel repas.

Nous sommes assis l'un en face de l'autre et, quand mon regard rencontre le sien, c'est comme s'il restait accroché. Nous sommes à la fois détendus et nerveux, et peut-être un peu gênés.

— Pourquoi êtes-vous devenu policier ?

Markus est surpris par la question. Comme s'il était évident de choisir ce métier.

— Je suis devenu policier parce que je voulais rouler très vite et arrêter les méchants, dit-il en rigolant.

— C'est aussi banal que ça ?

— Euh, j'étais super jeune, quand je suis entré à l'école de police. J'avais prévu d'étudier un peu de criminologie et de droit à l'université, mais… je voulais devenir policier. Je voulais bosser à la base. Et j'avais des principes et des idées sur ce qui était juste et faux. Bien et mal.

Markus prend un air fervent, comme s'il voulait à tout prix me faire comprendre pourquoi il a fait ce choix.

— Et… est-ce que vous avez gardé ces principes ? Est-ce que vous savez toujours faire la différence entre le bien et le mal ?

— Cela fait quelques années que je suis dans la police maintenant, il est clair que mes pensées et mes valeurs ont changé. Je sais que le monde n'est pas noir et blanc. Que les hommes ne sont pas soit bons, soit mauvais. Et que même les bons commettent des actes mauvais.

Il semble fatigué, et je pense de nouveau à la réalité à laquelle il doit faire face tous les jours.

— Comment est-ce que vous supportez tout ça ?

— Et vous, Siri ? Comment faites-vous pour supporter tout ça ? Vous êtes psychothérapeute, vous voyez des gens qui souffrent et qui ont vécu je ne sais quelle misère tous les jours. Mais vous le supportez, non ? C'est la même chose pour moi. J'y arrive parce que j'ai une vie en dehors de mon boulot. Parce que je sais que la vie n'est pas seulement faite de violence et de mort. Et je le supporte parce que je sais que je suis du bon côté. Je fais du bon boulot, je suis un bon policier.

Markus se tait et me regarde comme s'il cherchait une confirmation de ce qu'il vient de dire. Je hoche lentement la tête, parce que je crois que je comprends en quelque sorte ce qu'il veut dire par là.

Je l'observe, et j'imagine tout à coup que son visage blême et lisse s'approche du mien, qu'il se penche et m'embrasse avec sa jolie bouche. Qu'il presse ses lèvres douces sur les miennes. Il est beaucoup trop jeune, je le sais, mais je n'ai pas envie d'y penser.

Nos regards se croisent de nouveau, s'accrochent. Markus tend une main vers la mienne et la caresse doucement. Je sens le bout de ses doigts sur le dos de ma main, et je pense à Stefan et à quel point ça fait mal de perdre l'être qu'on aime. Et je me demande si j'oserai encore une fois aimer et ainsi prendre le risque de ressentir cette douleur.

— Pourquoi êtes-vous venu ici, Markus ? Qu'est-ce que vous voulez de moi ?

Markus a l'air gêné. Embarrassé. Mais je veux qu'il me réponde.

— Je suis venu parce que vous avez quelque chose, Siri. Quelque chose qui me touche. Qui fait que je pense plus à vous que je ne devrais. Qui fait que je veux être avec vous.

Il se tait et fixe ses mains nouées.

— Tout ça est un peu compliqué, je réponds. Nous. L'enquête. On ne devrait pas…

Les mots se pressent dans ma bouche, mais je n'arrive pas à les mettre en ordre.

— Je sais, mais… je m'en fiche.

Il a l'air infiniment grave, et je sais qu'il est sincère. La musique s'est arrêtée, et tout ce qu'on entend ce sont les branches qui frappent la vitre du salon. Je me lève de ma chaise et marche autour de la table sans lâcher sa main. Quand il me prend dans ses bras, je me demande ce qui nous a retenus aussi longtemps.

Plus tard, quand son corps en sueur se trouve sur moi, j'ai d'autres pensées dans la tête. Des pensées plus noires. Je me dis que j'ai mérité ce jeune corps, les muscles fermes de son dos et de ses fesses et cette énergie qui ne s'épuise jamais. J'ai mérité son désir, sa respiration par à-coups dans mon oreille et sa douceur. Ma vie a été tellement misérable ces dernières années, je l'ai tout aussi bien mérité qu'un travailleur appliqué mérite son salaire ou un athlète sa médaille.

Nous nous promenons autour de la baie. De gros flocons tombent en silence. La mer est calme et noire. Les arbres couverts de neige blanche. C'est joli mais éphémère. Sans doute la neige disparaîtra-t-elle dès demain. Je marche en silence, puisque je ne sais pas quoi dire. Je pense à Sara et au fait que sa mort a amené Markus dans ma vie. Est-il permis de bâtir son bonheur sur le malheur des autres ? Je sais que cette pensée est irrationnelle, mais elle s'incruste quand même. Quelque chose de bien peut-il ressortir de tous ces événements horribles ? Markus semble capter mon sentiment et me jette un regard interrogateur. Je décide de ne rien dire, et il l'accepte.

Soudain, je nous vois comme nous verrait un spectateur anonyme : un couple amoureux, main dans la main, en promenade sous la neige. Je ressens un grand malaise, comme si quelqu'un nous observait réellement, et me mets à regarder autour de moi en cherchant des signes d'une présence. Markus se rend compte de mon agitation, mais la question qu'il pose me surprend encore plus :

— Tu le sens aussi ?

Son regard scrute les silhouettes des pins.

— Oui, il y a quelqu'un là-bas.

Ma réponse est directe, mais je sens que j'ai raison. Il est impossible de savoir d'où je tiens cette certitude, mais la nature ne paraît plus intacte. Peut-être que ce sont les oiseaux noirs qui s'envolent tout à coup d'un arbre près de ma maison. Peut-être que c'est le silence qui paraît moins compact. Je me sens mal.

— On rentre ?

Je prends la main de Markus, et il me répond en la serrant à son tour. Il y a presque un kilomètre de marche jusqu'à ma maison, et la neige gelée rend le sentier glissant. Nous marchons aussi vite que possible, mais quand même assez lentement ; sans mot dire, nous nous aidons l'un l'autre à franchir des racines et des plaques de verglas.

Quand nous arrivons à la lisière du bois où se trouve la maison, nous ralentissons. Je contemple la maison, qui semble comme emmitouflée dans des habits d'hiver : un pied-à-terre d'été avec une couverture chaude sur le toit. Bien évidemment, toutes les lampes sont allumées, bien qu'il fasse encore jour dehors.

En la voyant de notre point d'observation, je remarque une petite boule sur les marches en bois devant les portes-fenêtres. Je mets quelques secondes avant de comprendre ce que je suis en train de voir.

— C'est Ziggy.

Je m'apprête à me précipiter pour accueillir mon chat disparu depuis longtemps, mais Markus me saisit par le bras et me retient violemment.

— Reste où tu es. Il y a des traces de pas autour de la maison. Il ne faut pas les endommager. Je dois appeler les techniciens.

Il a déjà sorti son téléphone.

— On s'en fout des traces de pas, mon chat est revenu.

— Siri, ne va pas…

Mais c'est trop tard. Je n'écoute plus Markus et cours vers Ziggy qui semble regarder paisiblement la mer.

C'est seulement une fois arrivée près de lui que je me rends compte que quelque chose ne va pas. Ziggy est complètement immobile, il ne réagit pas quand je l'appelle. Lorsque je tends ma main pour caresser son dos, je constate avec surprise qu'il est raide. Non, pas seulement raide, mais dur. Il tombe avec un bruit sourd, comme quand un arbre s'écrase par terre pour rester dans la même position.

Je comprends.

Il est empaillé.

Quelqu'un a empaillé mon chat.

Cette nuit et les nuits suivantes, je ne parviens pas à trouver le sommeil en pensant sans cesse à Ziggy, au destin qui lui a été réservé, et en me demandant encore et encore comment on peut faire une chose pareille à un animal innocent.

Je ne veux plus rester dans ma maison. Même moi, je ne peux plus nier la vérité : c'est trop dangereux, quelqu'un me poursuit. C'est tellement évident, et je ne comprends pas pourquoi je l'ai contesté si longtemps.

Aina a déniché un appartement pour moi. Un de ses amis part enseigner pendant six mois dans une université italienne, et son studio dans la rue Hantverkargata est libre. Vide. À ma disposition.

L'appartement est petit et spartiate, mais très fonctionnel. Ce ne sera pas mon nouveau chez-moi. C'est l'endroit où je peux habiter jusqu'à ce que le tueur soit arrêté. Si jamais il est arrêté un jour. Tout au fond de moi, dans mes pensées les plus intimes, j'ai commencé à en douter. Je ne me rappelle déjà plus ma vie d'avant. Avant la mort de Sara. Avant que mon animal de compagnie ne se fasse transformer en pièce de musée, avant que Marianne ne tombe dans le coma et que ma pelouse ne soit couverte de sang frais. C'est comme si je vivais depuis toujours sous la menace. Ce sentiment est devenu totalement familier. Je suis Siri. Je suis une proie. Menacée.

Poursuivie.

Je n'ai toujours rien dit ni à mes parents ni à mes sœurs. Il n'y a pas de loi qui oblige les enfants à informer leurs parents de tout. Peut-être que j'ai le devoir moral de leur dire ce qui s'est passé, mais je n'ai pas le courage de supporter leur inquiétude en ce moment.

Au lieu de ça, c'est Markus qui vient me chercher,

moi, mon sac et mes trois cartons, et il m'aide à m'installer dans l'appartement. Il y a une entrée meublée avec un bureau et une chaise. Les murs sont couverts d'étagères remplies de livres sur l'histoire des idées et la philosophie. Un salon avec un canapé années trente et une table basse ronde. Une télé minuscule, un coin couchage avec un lit tellement étroit que je me demande comment quelqu'un arrive à dormir dedans. Et encore des livres. Dans la cuisine, une table et deux chaises. Pour rappeler que Noël approche, quelqu'un a accroché une étoile lumineuse à la fenêtre du séjour. Je me dis une nouvelle fois que ce n'est pas chez moi. C'est un refuge. Un refuge éphémère.

Il fait sombre dehors, bien qu'il ne soit que trois heures de l'après-midi. Sonja m'a appelée pour que je vienne pour un autre interrogatoire dans les locaux de la police de Nacka. Cette fois-ci, nous ne sommes pas dans son bureau, mais dans une pièce claire aux murs verts, où il n'y a que quatre chaises et une table assez haute. Un lustre néon assez moderne pend au plafond. Dans un coin trône une caméra montée sur un support. Je suis assise, le visage tourné vers la caméra. Sonja a pris place en face de moi et, derrière elle, Markus. C'est une situation bizarre. Markus et moi avons été si intimes, et maintenant nous faisons comme si de rien n'était. Sonja ne sait pas ce qui s'est passé entre nous. Markus m'a dit qu'il devrait lui en parler, mais, s'il le fait, il sera démis de l'enquête, ce qu'il veut éviter à tout prix. Il ne veut pas en discuter avec moi, il m'a juste demandé de respecter sa décision, et il pense que notre relation n'aura pas d'impact négatif sur son travail, au contraire.

J'ai choisi de ne pas me mêler de ses affaires, même si je doute que ce soit une bonne idée qu'il continue de participer à l'enquête. Il n'est plus neutre, mais je ne dis rien.

— Bonjour, Siri. Mon bureau est occupé aujourd'hui, nous sommes donc obligés de nous rabattre sur cette pièce, même si ce n'est pas un interrogatoire.

Sonja a l'air épuisée. Une mèche grise pend sur son visage. Je me demande combien d'enquêtes elle mène en même temps.

— Vous êtes sûrement très touchée par ce qui s'est passé.

Sonja fait référence à Ziggy. Je confirme d'un hochement de tête. Je n'ai pas le courage de raconter à quel point cette découverte macabre me chamboule. Le sadisme de tuer m'étonne toujours. Qui peut m'en vouloir à ce point ? Et pourquoi ?

— Je veux que vous profitiez d'un programme de protection, c'est-à-dire une alarme et un portable spécial qui est lié directement à nous. Il vous faut une forme de protection, ce n'est plus possible autrement.

— Markus et moi en avons déjà discuté.

Je vois la grimace de Markus trop tard.

— Ah oui ?

Sonja fronce ses sourcils colorés et me toise en silence.

— Oui, c'était en rapport avec… le chat, enfin. Markus est venu chez moi. J'ai appelé…

Sonja esquisse un geste impatient, comme si elle croyait que je divaguais pour détourner l'attention.

— Nous ne pouvons pas accepter que vous restiez chez vous. Je dois vous prier de déménager temporairement.

— C'est déjà fait.

— En voilà une nouvelle. Une bonne nouvelle. Mais je pense que vous – étant donné les circonstances – avez besoin d'une protection supplémentaire.

— Je n'ai pas envie d'être surveillée par un policier.

— Nous n'avons pas ce genre de ressources.

Sonja a une moue sarcastique.

— Si jamais quelqu'un veillait sur vous, ce serait un garde du corps. Nous n'avons pas assez de policiers pour faire surveiller toutes les victimes potentielles. Peut-être que nous pourrions faire en sorte qu'une voiture de police passe régulièrement devant votre maison, mais vu que vous avez déménagé, ce n'est plus nécessaire. Je pensais donc à une ligne directe qui vous relie au commissariat. Et une alarme dans votre appartement.

Je m'interroge sur les conséquences. Ce serait un soulagement d'avoir la possibilité d'appeler rapidement la police. Même si je ne veux pas être surveillée vingt-quatre heures sur vingt-quatre, je dois avouer que j'ai peur. Peut-être que cette ligne directe me rassurerait. Je hoche la tête.

— Bien, un collègue vous aidera pour tout cela. Sûrement Stenberg.

Sonja fait un geste de la tête vers Markus qui acquiesce à son tour. Il s'assurera que je ne cours aucun danger. Mon regard tombe sur ses mains. Ah, ces mains ! Il m'observe, et je sens qu'il devine à quoi je pense : ses mains, tout ce qu'elles savent. Ce qu'elles ont fait avec moi. Avec mon corps.

Je me sens rougir et baisse la tête, incapable de

regarder Markus un instant de plus. J'essaie de trouver un sujet de conversation neutre.

— Qu'est-ce que vous faites en ce moment dans le cadre de l'enquête ?

— Nous étudions un tas de pistes différentes. Nous ne voulons pas nous fixer trop tôt, comme vous le comprenez sans doute.

— Qu'est-ce que ça signifie ? Que vous ne savez encore rien ?

Ma voix est tranchante. Je sens les émotions monter en moi.

— Nous faisons un tas de choses, Siri. Nous avons interrogé vos collègues à de nombreuses reprises, comme vous savez.

J'opine.

— Nous avons également contacté le service de profilage de la police nationale. Votre cas est prioritaire, nous pensons que vous êtes réellement menacée. La personne que nous cherchons a déjà commis un meurtre. Nous savons que c'était un acte prémédité. Ce n'est pas une enquête banale.

Sonja se tait et je devine qu'elle pense en avoir trop dit.

— Mais je vous prie encore une fois de réfléchir à quelles personnes dans votre entourage pourraient vous vouloir du mal. Peu importe si cela semble absurde.

J'étais prêt – je ne serai jamais prêt – quand je suis arrivé devant sa maison, mon sac à dos bleu à la main.

Mais.

Elle n'était plus là. Je l'avais déjà deviné quand je me suis approché de la maison en traversant la forêt dense, en voyant… enfin, c'était plutôt ce que je ne voyais pas qui me l'a fait comprendre ; pas de lumière aux fenêtres, pas de verre de vin à moitié vide sur la table de la cuisine. Pas un mouvement. Pas un bruit.

Elle s'était barrée. J'avais prévu qu'elle allait le faire, et ça ne changeait rien, en fait, puisque je savais comment la faire revenir. Tout était écrit. À présent, il fallait juste tirer les ficelles pour mettre en marche les événements, pousser le destin dans la bonne direction.

J'ai fait demi-tour en me dirigeant de nouveau vers la route. Il était temps d'aller voir un autre fou de Siri.

Nous sommes assis dans un petit restaurant végétarien dans la rue Fjällgata. Je n'aurais jamais cru que Markus aimait ce genre de nourriture, mais il engloutit gaiement les pois chiches marinés et la purée de tofu. Markus pique des bouts de carotte avec sa fourchette, mais, au lieu de la mener à la bouche, il la pose sur l'assiette, me regarde et prend ma main. Il a l'air sérieux, et je me demande ce qu'il va me raconter.

— Tu sais, la flaque de sang dans ton jardin, enfin, le sang de chien. Ben, dans la même nuit, un habitant de Värmdö et son chien ont disparu. Il voulait faire une petite promenade avant le dîner, mais il n'est jamais rentré chez sa femme et ses enfants. Personne ne l'a revu depuis. Il habitait à quelques kilomètres de chez toi. Au début, nous n'avons pas tout de suite fait le lien avec le meurtre de Sara. Ce type avait des dettes, et trompait constamment sa femme. Il y avait des raisons de croire qu'il avait volontairement pris la tangente. Mais il peut très bien y avoir un lien. Peut-être qu'il a découvert quelque chose ce soir-là. Ou quelqu'un. Il en a peut-être trop vu…

Je secoue la tête en fermant les yeux, je ne veux plus

rien entendre, mais Markus saisit impitoyablement mes deux poignets.

— Ce n'est pas tout. L'après-midi où nous avons trouvé ton chat, les techniciens ont analysé les traces de pas dans la neige, laissées par des chaussures d'homme de pointure 42. Semelles usées. Des baskets, mais impossible de dire quelle marque. Mais sûrement un homme. Apparemment, on peut calculer à peu près son poids. Ne me demande pas de t'expliquer comment. Selon les techniciens, l'homme devrait peser environ quatre-vingts kilos. Si nous ajoutons la pointure et partons du fait que l'homme a un poids moyen, cela signifie qu'il mesure entre un mètre soixante-quinze et un mètre quatre-vingt-cinq.

— C'est tout ce que vous savez ?

Je suis déçue et résignée.

— Attends un peu, m'exhorte Markus. Nous savons que l'homme s'est promené sur ton terrain et qu'il s'était installé une sorte de campement près des arbres au bord de l'eau. Apparemment, il nous a guettés de cet endroit-là.

— Il était là. Et il nous a observés ?

Avec un frisson, je me rappelle cette sensation d'une présence inconnue autour de ma maison.

Markus acquiesce.

— Il était là. Enfin, quelqu'un était là, et c'était sûrement lui. En plus, nous avons trouvé des traces de pneus. Et c'est intéressant. Puisqu'il s'agit d'un type de pneus d'hiver qu'on n'utilise que pour certaines voitures. En fait, seulement pour les modèles récents de Volvo. Et nous avons aussi un témoin.

— Vous avez quoi ?

— Une personne qui a vu une voiture noire, probablement une Volvo Cross Country, foncer en direction de la route. L'heure correspond et le témoin est crédible.

— Qui est le témoin ?

— Tu sais que je n'ai pas le droit de te donner ce genre de renseignements. Merde, je ne devrais même pas te raconter tout ça…

Markus se tait brusquement, secoue lentement la tête, l'air épuisé.

Je me reprends, comprenant que je suis allée trop loin. Markus a déjà franchi un tas de limites en m'informant de tout cela, et je ne devrais plus poser de questions. D'un signe de tête, je lui signale que je comprends.

— Sonja a raison, dit-il tout à coup en piquant quelques légumes.

— Raison sur quoi ?

Il ne répond pas tout de suite, continue de piquer dans son assiette. Il se comporte parfois ainsi, je l'ai remarqué. Il se renferme, ne réagit pas. Je me fâche sur-le-champ.

— Raison sur quoi ?

Markus pousse un soupir et passe une main dans ses cheveux.

— Elle a raison en disant que je ne suis plus… objectif.

— Comment ça ? Pourquoi elle a dit ça ? Tu ne lui as quand même pas parlé de nous ?

Je pose ma question d'un ton léger, prudent, mais

aussi un peu piqué au vif, qui peut paraître accusateur. Markus hoche la tête en me regardant droit dans les yeux.

— Si, je lui en ai parlé, dit-il.

C'est un constat innocent, mais je sais ce qu'il signifie.

— Je serai exclu de l'enquête.

Je résiste à l'envie de lui dire que je l'avais prévenu. Mais la rage grandit en moi, elle se répand dans chaque cellule. Car cela signifie aussi que notre relation, ou peu importe ce que c'est, est désormais officielle. Mais Markus ne semble pas remarquer ma réaction.

— Ce n'est pas grave. Je ne me fais pas virer. Sonja m'a chargé d'une enquête sur une affaire de maltraitance. Une bande de jeunes à Tumba qui a détroussé un garçon de treize ans après l'avoir assommé.

Je secoue la tête, incapable de mettre des mots sur ma rage.

— Je ne sais pas…

— Quoi ?

— Peut-être que ce n'est pas un problème pour toi, mais je ne suis pas sûre de trouver ça… bien.

En fait, je ne suis pas du tout d'accord. C'est comme s'il nous considérait comme un couple. Comme s'il croyait que je lui appartenais. Pour de vrai.

— Qu'est-ce que tu veux dire ?

Markus semble perplexe.

Je retire ma main.

— Je ne veux pas en parler. Est-ce qu'on peut changer de sujet, s'il te plaît ?

Je vois que Markus est blessé. Il se penche en arrière et croise les bras.

— Je ne te comprends pas, Siri, dit-il.

J'éclate de rire. C'est un rire déplacé, fort, qui résonne dans la salle.

— Ah, bienvenue au club.

Je suis assise dans le coin-cuisine du cabinet. Aina a pris le relais de Marianne en décorant la pièce de quelques bougies qui sentent les raisins de Corinthe. Tous les matins, nous arrivons en jetant un regard plein d'espoir vers la place de Marianne à la réception. Mais nous savons qu'elle n'est pas là, qu'elle est toujours dans le coma à l'hôpital de Söder. Son absence est perceptible. Dans une petite équipe, chaque personne joue un rôle important. Malgré cela, nous n'en parlons pas. Nous commençons à nous y habituer, nous avons envoyé des fleurs à l'hôpital, mais nous ne lui avons pas encore rendu visite, laissant la réception et le placard avec les dossiers des patients en l'état.

La porte d'entrée s'ouvre. Aina revient d'une exposition. Elle entre comme une diva et lance élégamment un sac en papier sur la table.

— Des petits pains à la cannelle tout frais. Prends-en un !

Je fais non de la tête, n'ayant plus faim.

— Comment ça se passe dans l'appartement ?

Elle me jette un regard curieux.

— Très bien, merci. Tu sais, je te suis vraiment reconnaissante.

— Arrête, fait-elle. Tu sais bien que j'aurais préféré que tu quittes cette maudite maison bien plus tôt. Tout de suite après la mort de Stefan. Je n'ai jamais compris pourquoi tu es restée là-bas. Et maintenant, dans cette situation, ben… c'est la moindre des choses que je puisse faire pour toi.

Elle ouvre le sac en papier et en sort un énorme pain à la cannelle dont elle prend une grande bouchée, tout en se débarrassant de son manteau. Elle se laisse tomber sur une chaise. Visiblement fatiguée. Notre relation aussi a changé ces derniers mois. Aina était là pour moi, elle m'a soutenue, écoutée. Elle m'a même trouvé un logement provisoire. Sans rien attendre en retour, mais je sais qu'elle est quand même déçue par moi. Irritée parce que je ne suis pas ses conseils.

— Comment avance l'enquête ? demande-t-elle, la bouche pleine.

— Pas très vite. Ah oui, d'ailleurs. Les techniciens de la police ont trouvé des traces de pas de celui qui a tué Ziggy. Un homme. Et puis il y avait un témoin qui a vu une Volvo noire le même jour.

— Une Volvo noire ?

Aina cesse de mâcher. Sa bouche est légèrement ouverte, et j'aperçois le petit pain mastiqué entre ses dents.

— Une Volvo Cross Country ? Comme ton père en a une ?

Je hoche la tête en me demandant comment elle peut savoir ça.

— Je sais qui a une Cross Country noire. En fait, j'en suis absolument sûre, puisque j'ai failli lui rentrer dedans au parking.

Une petite miette s'échappe de la bouche d'Aina et atterrit sur la table.

— Qui ?

Aina s'essuie la bouche du dos de la main et dit d'une voix basse, tout en se penchant vers moi, comme si elle s'apprêtait à me confier un secret.

— Peter. Peter Carlsson a une Cross Country noire.

Vijay lutte contre le vent, son manteau léger bat comme une voile derrière lui. Nous venons de sortir de son bureau à l'Institut pour nous promener un peu dans le parc. La neige a fondu en laissant quelques plaques de verglas glissantes. Je manque de tomber par terre, mais Vijay me rattrape au dernier moment.

— Fais gaffe, Siri !

Je lui ai raconté ce que je savais sur Peter Carlsson. Enfin, sans citer son nom. Je suis restée assez vague en changeant les faits et les détails pour qu'il ne soit pas reconnaissable. J'ai du mal à briser mon secret professionnel pour enfoncer un homme qui a déjà assez de problèmes comme ça. En sachant ce qu'Aina m'a dit à propos de la voiture de Peter, ma peur a explosé, elle s'est abattue sur moi telle une vague géante. M'a fait perdre mon sang-froid. C'est pour cela que je dois parler à Vijay.

— Qu'est-ce que tu en penses, Vijay ?

Il écarte les bras.

— Qu'est-ce que nous savons de la personne recherchée ?

La question de Vijay est clairement rhétorique et il poursuit aussitôt :

— Nous croyons qu'il avait une sorte de relation asexuelle avec Sara. Il a décidé pour une raison inconnue de ne pas avoir de rapports intimes avec elle. Le patient dont tu viens de parler ne correspond pas trop à cette image. Il ne semble pas avoir de lien personnel avec toi. Il est difficile de trouver un mobile qui tient la route. Certes, il est familier avec le cabinet et il connaît au moins une de tes patientes personnellement. Mais ce qui me fait douter, c'est ce que tu m'as dit concernant son problème. Un homme avec ce genre d'obsession n'est pas très crédible en tant que tueur, toujours sous la condition qu'il ne te manipule pas. J'ai l'impression qu'il s'agit juste d'obsessions. Il a peur de perdre le contrôle et de commettre des actes fous qu'il ne veut pas du tout commettre. Un peu comme des mères qui viennent d'accoucher et qui cachent tous les médicaments et objets dangereux qu'il y a dans la maison, parce qu'elles ont peur de blesser leurs enfants. Il craint de blesser celle qu'il aime. Mais tu y as certainement déjà pensé, non ?

Vijay se tourne vers moi, et je hoche la tête. Bien sûr. Je repense aux conversations que Sven et moi avons eues par rapport à Peter Carlsson à la fin du mois d'août. Ça me paraît une éternité.

— L'alternative est donc, continue Vijay, que cet homme a tout simplement fait semblant d'avoir ces symptômes. Qu'il a inventé toute cette histoire pour te faire peur. Pour s'approcher de toi. Parce que ça lui procure du plaisir de te tromper. Les personnes avec ce type de troubles de la personnalité savourent le fait de se sentir intellectuellement supérieures. Et l'homme qui a tué Sara nourrit une haine forte et exacerbée contre toi, Siri. Une haine si grande qu'il n'hésite pas à faire du mal à d'autres personnes pour s'en prendre à toi. Il a tué Sara Matteus. Il… a empaillé ton chat… il faut être vraiment fou pour faire ça. Le fait de te tromper serait un moyen de plus de t'humilier. De t'atteindre.

Je ferme les yeux et je vois le visage de Peter Carlsson. Ses yeux bleus et ses cheveux soigneusement peignés, les ongles manucurés, la cravate en soie. Je me souviens de lui comme d'un homme très malheureux. Sa souffrance paraissait sincère, ainsi que sa honte et ses larmes, mais aussi son zèle à répondre à mes questions. Vijay poursuit comme s'il pouvait lire dans mes pensées.

— On ne sait jamais, Siri. C'est impossible de savoir. J'ai vu un assassin qui a participé activement à la recherche d'enfants qu'il avait tués lui-même. Des tueurs qui trompent des policiers expérimentés. Tu ne peux jamais savoir.

— Mais qu'est-ce que je peux faire ?

— Est-ce que tu as déjà parlé à Markus de tout ça ?

— Markus n'est plus dans l'équipe chargée de l'enquête.

Je regarde droit devant moi pour ne pas croiser le regard de Vijay. J'attends son commentaire, ou une question, mais il ne dit rien. Vijay a compris que ça n'a plus de sens de poser des questions.

— Tu devrais peut-être quand même lui parler de ça.

Même s'il n'est plus chargé de cette enquête, il reste un policier. Parce que tu lui parles toujours, non ?

Je hoche la tête. Plus que jamais.

— Qu'est-ce que tu sais de Sven, en fait ? Pourquoi il a dû arrêter son travail à l'université ? dis-je à voix basse.

J'ai voulu aborder ce sujet avec lui depuis un certain temps. Il travaille à l'université, fréquente le cercle académique et devrait en savoir plus sur les bavardages internes que moi ou Aina.

— Sven ? Sven Widelius ?

Vijay paraît surpris.

— Est-ce que c'est vrai qu'il s'est fait virer de l'université ?

— Ah, cette vieille histoire. (Vijay ricane un peu et allume une cigarette.) Oui, il a été viré. Il avait une liaison avec une étudiante en psychologie. Ça n'aurait pas été un problème, s'il n'avait pas été son tuteur aussi pendant qu'elle écrivait son mémoire. En plus, certains disaient qu'elle était plutôt instable.

— Pas stable ?

— Vulnérable, sensible. Je ne sais pas, les gens jasaient beaucoup.

— Que s'est-il passé ?

— Quelqu'un en a parlé au président de l'université. Je ne sais pas qui, personne ne le sait, en fait. On a supposé que c'était une autre étudiante. Toute l'affaire a été étouffée. Sven a été licencié, a arrêté la recherche et a entrepris de monter son propre cabinet. La fille a disparu, je ne sais pas ce qu'elle est devenue.

Vijay a l'air de réfléchir.

— Mais tu devrais le savoir, Siri. Au moins en partie.

— Pourquoi ?

— Parce qu'elle allait en cours avec nous. C'était Anna Svensson.

— Anna Svensson ?

Je me rappelle cette fille timide avec qui j'étais en cours pendant deux ou trois semestres et avec laquelle j'avais essayé de parler une fois, sans vraiment aller plus loin.

— Je ne la connaissais pas, et je ne me souviens pas non plus qu'on ait jasé à son propos. Mais bon, j'étais complètement prise par mon mémoire pendant ces derniers semestres.

— Tu as raison, bien sûr, répond Vijay. À l'époque, ça ne jasait pas. Je ne l'ai su que plusieurs années après. Par des collègues et non par des étudiants. Sven l'a très mal pris en tout cas. Birgitta était sur le point de se séparer de lui, et sa carrière a volé en éclats. Son objectif était de devenir professeur en psychologie clinique. Pourquoi est-ce que tu me poses toutes ces questions ?

Je ne sais pas quoi répondre. Je ne veux pas qu'il sache que parfois j'imagine – même si je ne le crois pas, ne veux pas le croire – que Sven est impliqué dans toute cette affaire. Il me prendrait pour une paranoïaque de première.

— Il est un peu à côté de la plaque en ce moment. Je pensais qu'il était peut-être frustré, à cause de son mariage, de sa carrière ou… enfin…

— Oui, je vois. (Vijay tousse et change de sujet.) Tu

continues donc de travailler au cabinet comme d'habitude ?

— Hum, juste un peu moins qu'avant, quoi.

— Tu t'es cherché un nouveau logement en ville ?

— Oui, oui. Après cette histoire avec Ziggy… je n'avais plus la force de rester. (Ma voix est grêle et fragile comme celle d'un enfant.) Mais j'y retournerai dès que possible.

Vijay tire une dernière fois sur sa cigarette et jette le mégot. Puis il enfonce les mains dans les poches de son manteau et me regarde longuement avant d'ouvrir la bouche.

— Je crois que tu n'as pas compris à quel danger tu t'exposes. Cet homme est dangereux, Siri. Très dangereux. Je crois qu'il ne veut pas seulement te nuire ou te faire souffrir. Je crois qu'il veut te tuer.

DÉCEMBRE

C'est le soir et le cabinet est vide. Je suis toujours sur place afin de régler quelques tâches administratives qui se sont accumulées ces derniers mois. C'est du moins ce que j'ai dit à Aina et à Sven. En réalité, je veux étudier les notes que Sven a prises pendant ses entretiens avec Peter Carlsson. Je sais que c'est contraire à l'éthique. Peut-être même une violation du secret professionnel, mais il faut que je sache.

Les feuilles sont étalées devant moi sur le comptoir de la réception, telles des cartes chez une voyante. Contrairement à moi, Sven n'enregistre que rarement ses conversations. Je ne crois pas qu'il soit contre l'idée de filmer ses séances, mais je suppose que cela demande trop d'organisation pour lui. Sven est négligent et bordélique, il cherche la facilité. Cependant, c'est un formidable expert, et j'espère que ses notes m'en apprendront davantage sur Peter.

Les premières feuilles contiennent quelques lignes concernant le changement de thérapeute et les circonstances. Puis suivent les rapports de deux séances supplémentaires :

Date : 17 septembre
Heure : 15 h 00
Patient : Peter Carlsson
Contact : le patient est venu pour un entretien préliminaire.
Les autres circonstances autour du changement de thérapeute à la demande de Siri Bergman, cf. ci-dessus.

Observations générales : le patient est âgé de trente-huit ans, il cherche à se faire soigner pour des obsessions sexuelles et des tendances sadiques. Il n'a pas eu de contact de type psychologique/psychiatrique avant. Il se dit très gêné par ses obsessions et dit qu'elles influencent tout son quotidien puisqu'elles lui inspirent une forte angoisse. Le patient explique que ces pensées le hantent depuis son adolescence quand il a eu sa première relation sexuelle avec une femme. Dès le début de cette relation, il a eu le fantasme de blesser sa petite amie. Il a activement essayé de refouler ces pensées, mais il dit que ce n'était pas très efficace. Le patient a donc décidé de rompre avec cette fille par peur de lui faire du mal. Il a ensuite évité d'avoir des relations avec des femmes de peur que les obsessions ne reviennent et qu'elles le poussent à véritablement blesser quelqu'un. Au printemps, cependant, le patient a rencontré une femme. Il dit qu'il est très amoureux, mais qu'il est incapable de l'approcher sexuellement à cause de ses fantasmes. Il décrit leur relation comme tendre et douce. Sa petite amie insiste pourtant pour qu'ils aient aussi une relation sexuelle. Le patient a raconté à son amie qu'il avait des problèmes liés à sa sexualité et qu'il irait se faire aider. Mais il ne lui a pas expliqué en quoi consistait le problème. Le patient assure qu'il n'est pas agressif et qu'il n'a jamais vraiment blessé quelqu'un volontairement. Il nie que ses obsessions lui procurent du plaisir. Son but est de se faire aider pour que ces pensées obsessionnelles disparaissent.

Fond personnel : le patient a grandi à Huddinge dans le sud de Stockholm dans une famille unie, il était l'aîné de deux sœurs. Son père travaillait en tant que juriste dans une administration, la mère était femme au foyer. Dans l'adolescence du patient, sa mère a commencé à travailler en tant que secrétaire dans un cabinet médical, à mi-temps. Il dit avoir été un garçon calme et gentil, mais qu'il sentait depuis toujours une certaine nervosité en lui. Selon lui, son père a eu à lutter contre des dépressions pendant des années. Sinon il n'y a pas de problèmes psychiatriques héréditaires dans la famille.

Fond social : le patient vit seul actuellement. C'est un homme d'affaires. Selon lui, il réussit dans sa vie professionnelle. Il a de bonnes relations avec sa famille et dit qu'il est très proche de ses sœurs. Il a également plusieurs bons amis qu'il voit souvent.

Statut psychique : un bon contact formel et émotionnel. Tout à fait orienté. Légèrement dépressif. Il nie avoir pensé au suicide, mais il avoue ressentir de la résignation et un certain vide. Le patient est visiblement mal à l'aise quand il parle de ses obsessions.

Observations : un homme de trente-huit ans avec des obsessions sexuelles. Apparemment pas de jouissance dans ses pensées, donc probablement une forme assez inhabituelle de syndrome obsessionnel. D'autres entretiens préliminaires nécessaires. Le soussigné informe le patient qu'il faut d'autres entretiens avant l'établissement d'un plan de traitement. Le patient est également renseigné sur le fait qu'un traitement médicamenteux s'applique dans ce genre de problématique. Nouveau rendez-vous le 26 septembre, 15 h 00.

J'interromps ma lecture. Le texte ne m'a livré aucune nouvelle information. Si le but de Peter est de manipuler, il n'est pas étonnant qu'il raconte la même histoire à Sven qu'à moi. Et si les obsessions dont il parle existent vraiment, il les raconte évidemment une deuxième fois de la même manière. Il ne reste qu'un autre rapport.

Date : 25 septembre

Note : le patient appelle aujourd'hui pour dire qu'il a décidé d'arrêter la thérapie, puisqu'il a contacté un psychiatre pour un traitement médicamenteux, qui lui conviendra mieux, croit-il. Le soussigné propose un entretien pour en parler avec le patient, mais ce dernier décline. La thérapie se termine ainsi.

Peter a donc arrêté sa thérapie chez Sven. Je me demande ce que ça signifie. Probablement rien du tout. Il en avait peut-être juste marre de Sven. Je relis les rapports une nouvelle fois pour voir si je n'ai pas raté un détail.

Le patient a grandi à Huddinge dans le sud de Stockholm.

Une sensation glacée se répand dans mon ventre. Je pose le rapport sur le comptoir. Moi aussi, j'ai grandi à Huddinge. Mais Huddinge est grand. Ça pourrait très bien être un hasard. Je vérifie l'année de naissance de Peter : 1969. La même année que ma sœur aînée. Mon regard tombe sur mon téléphone portable. J'hésite un instant puis compose le numéro de ma sœur. Elle décroche tout de suite.

— Siri ! Comment tu vas ? Les parents m'ont dit que tu ne viendrais peut-être pas pour Noël. Pourquoi ? Ce serait tellement chouette. Tu ne peux pas venir un jour au moins ? Est-ce que tout va bien chez toi ?

Les questions de Sofia s'abattent sur moi comme des tirs de fusil à air comprimé ; pas très dangereux, mais quand ils touchent au but, ils font mal. Derrière elle, j'entends ses deux enfants se disputer pour savoir qui peut s'asseoir à droite sur le canapé, et son mari qui essaie de les calmer.

— Je n'ai pas le temps d'en parler maintenant, Sofia, écoute-moi, juste.

— Mais…

— Écoute-moi !

— D'accord, d'accord.

Elle est blessée.

— Est-ce que tu te souviens d'un certain Peter Carlsson dans ta classe ou dans une autre classe ?

— Hein ? De quoi tu parles ?

— Peter Carlsson. Un grand gars, mince, beau. Même si je ne sais pas comment il était à l'époque.

— Quand ça ?

— À l'école, à Huddinge.

Sofia ne dit rien, elle semble réfléchir. Au fond, j'entends un bruit sourd suivi d'un cri strident et des pleurs.

— Il y avait un Peter Carlsson dans ma classe au lycée. Il n'habitait pas loin de chez nous. Dans une maison près du lac Långsjön. Mais grand et beau… nan, j'sais pas. Il était un peu… spécial. Toujours en train de tripoter ses clés. Il avait peur de les perdre, du coup il les vérifiait tout le temps. Un cas pour toi, peut-être, dit-elle en gloussant avant de hurler à l'adresse des enfants : vous la fermez maintenant. Maman est au téléphone, et c'est important !

Je me creuse la tête. Je n'ai aucun souvenir de ce Peter-là, mais il a tout à fait le profil de celui que je cherche.

— Mais ses petites sœurs devaient avoir ton âge, continue Sofia. Petra et Pernilla. Comment est-ce qu'on peut appeler ses enfants Peter, Petra et Pernilla ?

— Comment est-ce qu'on peut appeler ses enfants Sofia, Susanne et Siri ? je rétorque.

Une question rhétorique. Je n'attends pas de réponse. Au lieu de ça, je réfléchis intensément. En pensée, je suis de retour dans les longs couloirs de l'école. Dans mes souvenirs se forme l'image d'une fille à béquilles qui avance avec difficulté entre les élèves. Devant chaque salle de classe, un troupeau s'est assemblé en attendant que le professeur arrive. La fille s'efforce de n'effleurer personne. Son regard est rivé sur le bout du couloir. Elle fait semblant de ne pas entendre ni voir les autres. Continue de marcher tout droit. Quand elle passe devant le troupeau dans lequel je me trouve, ma meilleure copine Caroline lui fait un croche-pied. La fille s'écroule sur le sol en pierre dur et sale. Elle réussit à amortir la chute avec ses mains, mais atterrit dans une petite flaque de salive et de snus[1]. « Oh, désolée, dit Caroline d'une voix fausse. Je ne t'ai pas vue venir. » Les autres ricanent. Je ris aux éclats. La fille se relève avec peine et continue tout droit.

Petra la Béquille.

Petra Carlsson.

1. Poudre de tabac consommée en Suède et qui se place entre la gencive et la lèvre (*N.d.T.*).

Quelques mois après l'enterrement de Stefan, j'étais seule dans notre maison, sans Aina à mes côtés, sans les regards attentifs de ma famille. C'était une journée grise, la lumière embuée et sale qui entrait par les fenêtres était impitoyable et montrait sa vraie nature : une banale cabane. Un logement provisoire. Un projet voué à l'échec, en tout cas d'un point de vue pratique.

J'avais prévu de faire le ménage dans ses affaires – jeter ce qui était superflu, trier ce que j'allais offrir et garder ce dont j'aurai peut-être besoin dans l'avenir, mais cette entreprise s'est avérée plus difficile que je ne l'avais imaginé. Dans notre armoire s'alignaient des chemises et des jeans fraîchement repassés ; je ne pouvais quand même pas jeter des vêtements en parfait état ? Et à qui les donner ? J'ai décidé de laisser les vêtements où ils étaient en attendant.

Je me suis approchée de son bureau. Je n'y avais pas touché depuis sa mort. Personne n'avait touché la surface lisse un peu usée, ni donné un coup de chiffon au tas de paperasses soigneusement empilées à droite. J'ai passé la main sur le dessus du bureau, des traces profondes se sont formées dans la poussière. D'un pas énergique, je me suis dirigée vers la cuisine pour chercher une éponge. J'ai enlevé le tas de papiers pour le poser par terre et j'ai commencé à nettoyer la surface avec des mouvements lents et circulaires.

Les tiroirs étaient remplis de liasses de feuilles. J'ai fouillé dedans sans vraiment savoir ce que je cherchais. Des lettres de notre assurance, le contrat d'achat de notre maison, des extraits de compte – toute notre vie commune documentée sur quelques papiers. Je regardais les chiffres qui montraient ce qu'on possédait sans voir ni comprendre leur signification. Super que tout soit soigneusement classé ici, cela faciliterait la tâche de mon père qui s'occupait des aspects financiers, ai-je eu le temps de penser avant que mes réflexions soient interrompues par autre chose : une vague inquiétude, une sensation de démangeaison. Comme une fausse note dans un morceau de musique mélodieux, à peine audible, mais tout de même perceptible. Tous ces papiers bien rangés cachaient quelque chose. D'habitude, les papiers de Stefan n'étaient jamais triés. Durant toutes nos années de vie commune, j'avais mis beaucoup de temps pour m'occuper des papiers et des affaires de Stefan.

J'ai ouvert le tiroir tout en bas. Il n'y avait qu'une seule feuille. Un papier fin, froissé, avec quelques taches de graisse – il ressemblait presque à du papier sulfurisé –, scrupuleusement plié au milieu et sur lequel était inscrit « *Pour Siri* ». La pièce sombre autour de moi a semblé se rétrécir, et je me suis redressée pour aller ouvrir les portes-fenêtres. L'air froid et sec a rempli mes poumons, et j'ai entendu les cris des mouettes, tranchants et agressifs.

Les doigts tremblants d'émotion, j'ai réussi à déplier la feuille. C'était un poème :

N'aie pas peur du noir, la lumière y repose.
Vois-tu des étoiles, là où il n'y a pas de noir ?
La pupille sombre est encerclée par l'iris clair,
Car c'est vers l'obscurité que la lumière aspire.
N'aie pas peur du noir, la lumière y repose.
N'aie pas peur du noir, car dans son cœur il porte la lumière.

Les voitures avancent doucement sous la neige qui tombe sur la rue Götgata. C'est l'heure de pointe, et les gens marchent d'un pas rapide et concentré en direction du métro. Le froid et l'humidité s'infiltrent sous mon bonnet de laine. Je porte des habits trop légers, mais je n'ai pas eu le courage de me rendre dans ma maison abandonnée à Värmdö pour prendre des vêtements chauds. J'ai toujours du mal à accepter d'avoir été obligée de quitter mon nid, même si je me sens plus en sécurité dans le studio de Kungsholmen.

J'ai commencé à retravailler un peu plus, pas de nouveaux patients, juste les anciens. Histoire d'assurer la continuité, dis-je pour me convaincre ; enfin, la continuité des patients. La vérité est plutôt que je ne supporte pas d'être seule toute la journée dans ce petit appartement tristounet de la rue Hantverkargata.

Au fil du temps, j'ai arrêté de faire des projets qui vont au-delà d'une semaine. C'est comme si mon temps était compté et m'emmenait irrémédiablement vers une fin ou un règlement de comptes inévitable. Je ne pourrai jamais échapper à la personne qui me veut du mal. Le fait de vivre ainsi, menacée, traquée, m'a rendue plus résignée que je n'aurais jamais cru pouvoir l'être. Il n'y a qu'en compagnie de Markus que j'entrevois une petite lueur d'espoir.

Je quitte la rue Götgata pour tourner dans la rue Blekingegata où je longe les hautes maisons jusqu'à ce que j'arrive devant le Pélican. Il fait agréablement chaud à l'intérieur du bar.

Markus est en train de feuilleter le journal du soir. Je ne peux pas résister à la tentation de le regarder de loin pendant un instant, alors qu'il ne m'a pas encore remarquée. Quelque chose dans son attitude me dit qu'il est énervé. Même s'il est occupé à lire le journal, il trahit son impatience et son agitation en étant tout le temps en mouvement.

Nous buvons chacun une bière en bavardant. En rigolant. Nous nous comportons comme des ados. Je lui ai pardonné depuis longtemps d'avoir parlé de nous à Sonja.

Markus embrasse mes mains et me lèche les doigts tout en me regardant dans les yeux en riant. Ce geste est tellement intime que je suis gênée, je retire ma main et la passe sur ma chemise comme pour balayer des miettes invisibles.

— Je dois te parler.

— Vas-y, dit Markus en saisissant de nouveau ma main mouillée.

— C'est… ça concerne un de mes patients.

Je jette un regard circulaire dans le bar pour vérifier si quelqu'un nous regarde ou affiche un intérêt particulier pour notre conversation. Je vais briser le secret professionnel. Cela suffit déjà de faire ça en face de Markus, pas la peine que tout le Pélican l'entende. Un couple quinquagénaire est assis à la table voisine. Ils portent des badges et mènent une discussion animée dans une langue qui ressemble au néerlandais. De l'autre côté se trouve une bande de jeunes bruyants qui semblent parler d'un concert où ils comptent aller. Eux non plus ne nous accordent pas la moindre attention.

— D'accord, je t'écoute.

Je me mets à parler de Peter Carlsson, de ses trois entretiens avec moi. De sa peur et de ses fantasmes sur la violence, le sexe et la mort. Je vois que l'expression de Markus alterne entre curiosité, étonnement et quelque chose qui ressemble à de la méfiance.

— Il a l'air complètement taré.

— Non, ce n'est pas forcément le cas.

Sans en être vraiment consciente, je commence à défendre Peter Carlsson, à décrire les mécanismes du syndrome obsessionnel. Que ce qui paraît fou ne l'est souvent pas. Que les personnes souffrant du syndrome obsessionnel sont souvent les dernières à blesser véritablement quelqu'un.

— Alors, pourquoi est-ce que tu me racontes tout ça ?

— À cause de la voiture, dis-je. Il conduit une Volvo Cross Country. Et parce que sa sœur était dans ma classe à l'école élémentaire.

— Sa sœur ?

— Petra. (Je baisse la tête.) Elle était malade. Ne pouvait plus très bien marcher, après une opération d'une tumeur, je crois. On… on s'est souvent moqués d'elle.

— Qui « on » ?

— Les filles de la classe. Mon amie Carolina était la pire, mais je n'étais pas forcément mieux.

Je me cache le visage entre mes mains en essayant d'effacer toutes les images qui me torturent depuis que j'ai trouvé ce qui me reliait à Peter et à sa sœur.

Markus ne dit rien. Il tente visiblement d'analyser ce que je viens de raconter. De juger la valeur potentielle de mon histoire.

— Est-ce qu'il te fait peur ?

La question de Markus est claire et concrète.

— Il me fout les jetons.

Mon aveu me surprend moi-même. Pour la première fois, j'admets à quel point j'ai peur de cet homme.

— D'accord, donne-moi ses coordonnées personnelles. Je les transmettrai à Sonja.

Je griffonne son nom et son adresse sur un bout de papier que je lui tends. Nous ne disons rien pendant un instant. C'est difficile de retrouver l'ambiance d'avant cette discussion sur Peter. Markus me caresse la joue. Puis il appelle une serveuse et commande encore deux bières.

— Qu'est-ce que tu vas faire à Noël ? dit-il en changeant complètement de sujet.

— À Noël ?

— Oui, à Noël. C'est dans cinq jours, je te rappelle. Qu'est-ce que tu vas faire ?

Je me vois avec mes parents, mes sœurs, mes beaux-frères et mes nièces dans la maison familiale de briques blanches à Huddinge. C'est impossible. Je ne veux pas. Je ne peux pas.

— Je serai chez moi.

La réponse sort vite, avant que je puisse me rappeler que je n'ai pas de chez-moi en ce moment.

— Tu ne peux pas aller chez toi, Siri.

La voix de Markus est épuisée et irritée, pendant qu'il tambourine avec sa boîte de tabac sur la table.

— Je serai à l'appart.

L'idée de passer le réveillon de Noël toute seule dans le petit studio de Kungsholmen est presque tentante. Je me fiche de Noël en fait. Je peux toujours regarder des films suédois et boire du vin rouge.

— Je vais devoir travailler. Je ne pourrai pas être avec toi.

Markus a l'air triste, et je commence à me fâcher. Je n'ai pas besoin d'une nourrice. Cela fait plus d'un an que je vis seule, j'ai déjà passé un Noël sans Stefan, et je n'ai pas besoin qu'on s'occupe de moi à ce point.

Je secoue la tête.

— C'est bon. Je me débrouillerai très bien toute seule.

Il habitait dans la rue Norvavägen, juste à côté de la boulangerie Oscar. C'était un jeu d'enfant d'entrer dans l'immeuble. Tout ce que j'avais à faire, c'était d'attendre dans l'allée jusqu'à ce qu'arrive une vieille dame avec un gros caniche qui peinait à marcher sur ses courtes pattes. Je me suis dépêché pour lui tenir la porte, et elle m'a jeté un sourire reconnaissant avant de disparaître d'un pas mal assuré le long de la rue Strandvägen.

Le challenge suivant, c'était la porte de l'appartement. J'avais emporté les outils et suis allé vite en besogne. J'ai mis moins de trois minutes à ouvrir la porte verrouillée. Et je n'ai même pas eu besoin de la forcer.

L'appartement était plongé dans la pénombre, mais j'ai quand même reconnu les silhouettes des meubles de design : Jacobsen, Aalto, Lissoni. Cet homme avait du goût. Partout des appareils électroniques chers. À part ça, l'appartement était exempt de tout effet personnel, comme dans une clinique. Si je n'avais pas su que quelqu'un vivait ici, je l'aurais cru vide.

Je me suis rendu dans le bureau, où il y avait une chaise et une étagère pleine de livres. Avec précaution, j'ai tiré la chaise vers l'étagère, puis je suis monté dessus pour l'inspecter de plus près. C'était l'endroit parfait. Facilement accessible à celui qui cherche quelque chose, mais pas tout de suite visible quand on entre dans la pièce. J'ai décidé de mettre le livre là.

Ensuite, j'ai pris place devant l'ordinateur, j'ai consulté l'historique des sites visités et je me suis mis au boulot. C'était beaucoup plus simple que je ne l'aurais cru. Beaucoup plus simple.

Date : 20 décembre
Heure : 16 h 00
Lieu : Salle verte, cabinet
Patient : Charlotte Mimer – entretien de conclusion

Voici venu le moment du dernier entretien avec Charlotte, où j'essaie toujours de faire un petit bilan, peu importe comment la thérapie s'est déroulée. C'est important, pour moi et pour les patients.

— La prévention, c'est quoi ? demande-t-elle.

— Cela fait référence aux méthodes qu'on peut employer afin de maintenir le comportement sain qu'on a acquis au cours de la thérapie et empêcher de retomber dans un mode de pensée maladif. Dans votre cas, il est important que vous continuiez à écrire votre journal alimentaire et à noter tous les sentiments qui apparaissent dans le contexte des repas. Faites particulièrement attention quand vous avez tendance à manger pour des raisons émotionnelles : pour vous consoler, pour avoir moins d'angoisse en vous forçant à vomir, etc. Enfin, vous le savez.

Charlotte hoche lentement la tête et me jette un regard oblique, comme toujours quand elle réfléchit. Je devine un sourire au coin de ses lèvres. Je ne sais pas si elle trouve que j'ai l'air drôle, si elle se réjouit de ses progrès ou du fait que la thérapie touche à sa fin.

— Est-ce que je suis guérie maintenant ?

— Malade ou guérie… il est difficile de mettre des étiquettes là-dessus. Nous sommes sûrement d'accord pour dire que votre comportement et vos sentiments concernant la nourriture n'étaient pas sains quand nous nous sommes vues pour la première fois. Aujourd'hui, vous allez bien, les repas ont pris une place normale dans votre vie, occupent une part assez réduite de votre conscience, de votre temps. Et bien que vous ayez vécu une perte totale de contrôle, lorsque vous avez démissionné, vous l'avez bien surmontée. Non ? Vous êtes tout aussi saine que n'importe qui d'autre.

J'attends une réponse, mais Charlotte semble ailleurs. Elle n'est pas maquillée aujourd'hui et, malgré ses cheveux gris, elle paraît jeune. Le collier de perles autour de son cou lui donne un air classe ou… peut-être un air conservateur, je ne connais pas les codes de son monde, ne peux pas déchiffrer ces signes.

— Regardez votre parcours, Charlotte. Trouvez-vous que la thérapie vous a apporté ce que vous cherchiez ?

Les yeux de Charlotte sont toujours fixés sur un point invisible, mais je vois qu'elle est en train de revenir. Elle se reprend doucement, et passe la main sur sa jupe noire, lentement, posément.

— C'était plus facile que je ne croyais. Enfin, mon problème avec la nourriture s'est résolu mieux que je ne le pensais, se corrige-t-elle.

— Qu'est-ce qui était plus dur ?

— C'est difficile à expliquer.

Charlotte lève la main comme pour examiner un

objet invisible devant elle, comme si ses mains pouvaient l'aider à définir ce qu'elle n'arrive pas à formuler.

— Voilà, commence-t-elle doucement. Pour être franche, et c'est ce qu'on est censé être ici…

Elle éclate de rire en faisant un geste désignant la pièce de la porte jusqu'à la boîte de Kleenex posée sur la table.

— Je suis tout simplement une personne carrée.

Je secoue la tête et m'apprête à protester, mais elle lève la main pour me faire taire.

— Si, bien sûr que je suis carrée. Et appliquée. Et sage. C'est pour ça que je crois que ce type de thérapie marche tellement bien avec moi. Un programme à suivre, des exercices à faire. C'est ce que je sais faire. C'était donc… facile. Ce qui a été difficile, c'était… perdre le contrôle. Pour la première fois de ma vie, je ne savais pas qui j'étais. Quand on est aussi malade que moi je l'étais, la maladie devient une partie de soi-même. C'est quasiment le masque à travers lequel on voit le monde.

— Une sorte de persona ?

— Une quoi ?

— Non, rien. Poursuivez.

— Ben, je veux dire, même si la maladie est cachée, on sait qu'elle est là. Et quand elle disparaît, il ne reste plus rien tout à coup. C'est… un vide, on ne sait pas qui on est. Mais il a fallu remplir ce vide, créer un nouveau moi. C'était difficile. Et je crois que c'est la raison pour laquelle j'ai commencé à me comporter si bizarrement. Est-ce que je radote ?

— Pas du tout. Vous décrivez une réaction tout à fait normale. Ça arrive très souvent, même si le phénomène s'exprime de différentes manières. Comment est-ce que vous allez maintenant ?

— Vous voulez savoir si j'ai rempli le vide ?

— Est-ce le cas ?

— Non. Mais j'ai commencé à l'accepter. Ce n'est peut-être pas un véritable vide, juste un petit trou, comme ce qui reste après une opération d'une tumeur ou d'une partie du corps malade. Un trou fantôme… Je ne pense plus que je suis en train de devenir dingue. Parfois, c'est exactement le contraire, je sens que je n'ai jamais été aussi lucide que maintenant.

Charlotte sourit. Pendant un instant, elle semble complètement calme.

— Mais pour être franche…

— … et c'est ce qu'on doit être ici…

Charlotte sourit de nouveau.

— Ce n'est pas seulement à cause de ce qui est arrivé à votre patiente que j'ai interrompu la thérapie. Je sentais que j'étais sur le point de perdre le contrôle, et ça m'a mise mal à l'aise. Pour moi, il a été facile de changer mes habitudes. Mon comportement alimentaire. Mais il est très difficile de changer l'image qu'on a de soi-même. J'ai beaucoup réfléchi au cours de l'automne…

— Et ?

— Et j'ai l'impression qu'il faut que je change peu à peu. Que je ne force pas les choses. Parfois, ça me manque, en fait.

— Vos crises de boulimie ?

— Bien évidemment, je ne regrette pas de ne plus être malade, mais il m'arrive de me sentir… perdue, parfois. Et puis il y a un autre aspect aussi : je n'ai plus d'excuse de ne pas prendre ma vie en main. Trouver un nouveau travail, vous savez. L'amour… Je suis crevée rien qu'en pensant à ce qu'il me reste encore à faire.

Je réfléchis un instant.

— Le travail et l'amour. L'amour et le travail : la thérapie ultime.

— Qu'est-ce que vous dites ?

— Freud a dit ça, il considérait le travail et l'amour comme l'ultime thérapie.

— Je ne suis pas fan de Freud.

Je la regarde en souriant.

— Ne vous fixez pas des objectifs trop hauts. Et…

— Mmm.

— Appelez-moi quand vous voulez si vous ressentez le besoin de parler.

C'est la veille de Noël.

Markus m'appelle peu avant minuit. Je suis dans mon lit en train de lire. Chaque coin de l'appartement est éclairé et, sur la table de chevet, la lampe de poche gît au milieu d'un tas de verres de vin vides.

— On vient de l'arrêter. C'est fini, Siri.

— Comment ?

C'est tout ce que j'arrive à sortir.

— Ils ont arrêté Peter Carlsson aujourd'hui. Devine ce qu'ils ont trouvé chez lui ?

— De quoi tu parles ? La police a arrêté Peter ?

Mes pensées se bousculent. J'ai du mal à comprendre ce que Markus essaie de me raconter. Peu à peu, j'arrive à assembler les mots. Formuler une phrase. La police a arrêté Peter.

— La photo. Celle de Sara Matteus. Tu te rappelles la photo qu'on a trouvée chez Marianne ? Il y avait la même chez Peter.

— Quelle photo ?

— Mais Siri, la photo de Sara sur le rocher. Tu sais, là où elle posait seins nus.

La photo de Sara. Je pense à ses yeux. Sa fragilité. Je sens la rage en moi. La rage et la tristesse face à sa mort.

— Est-ce que vous êtes sûrs que c'est lui ?

La réponse de Markus est calme et rassurante.

— Pourquoi est-ce qu'il aurait cette photo sinon ?

— Je ne sais pas, qu'est-ce qu'il en dit, lui ?

— Il dit qu'il ignore comment elle est arrivée là, qu'elle n'y était pas ce matin. Est-ce qu'il croit vraiment qu'on est dupe ? Ce n'est pas tout, d'ailleurs. Sur son étagère, ils ont trouvé un livre sur l'empaillement des animaux. Et un nombre incroyable de liens vers des sites internet sur les tueurs en série et la torture dans son ordinateur. En plus, il a un casier, pour possession de drogues, il y a cinq ans.

— Possession de drogues ? Mais qu'est-ce que ça a à voir avec cette affaire ?

— Écoute, Siri. J'ai vu ça plein de fois. Ça commence par un petit détail. Un petit mensonge, un délit commis il y a un certain temps. Ensuite, on se met à fouiller et ça n'en finit plus. En plus, il s'est écroulé sur-le-champ. Disant qu'il était une personne atroce et un tas d'autres trucs merdiques.

— Qu'est-ce qu'il a dit exactement ?

— Je ne sais pas, vu que je n'étais pas là, Siri. Tu sais bien que je ne suis plus… dans l'équipe. C'est en tout cas ce que j'ai entendu. Je me suis dit que tu voudrais le savoir. Comme ça, tu passeras un Noël plus serein.

J'ai pris une décision. Je vais fêter Noël dans ma maison. La logique est simple, Peter Carlsson est dans une cellule quelque part et personne d'autre n'exige ma présence aujourd'hui.

Mes chaussures fines et usées s'enfoncent dans la neige, et j'ai les pieds tout froids, pendant que je marche de l'arrêt de bus jusqu'à la maison. Les rayons du soleil se fraient un chemin entre les cimes des pins et des sapins, et je ne vois aucune trace de pas sur le sentier. La maison repose paisiblement entre les rochers couverts par la neige. Pas un mouvement en vue. Même pas de traces dans la neige qui trahiraient le passage d'un animal. Quand j'arrive à la porte, je suis obligée d'essayer plusieurs fois de glisser la clé dans la vieille serrure, tellement mes doigts sont gelés.

À l'intérieur, l'air est tiède et empli de poussière et d'humidité. Je vais de pièce en pièce pour allumer les radiateurs et contrôler si toutes les lampes fonctionnent. Je me rends compte que ma maison m'a manqué. Il est paradoxal que je me sente tellement en sécurité ici, alors que tout le monde pense que je suis menacée.

Peut-être que c'est à cause de Stefan, il est partout, toujours présent, que ce soit dans les lattes du parquet bien poncé ou dans les murs soigneusement peints.

Je vais chercher une bonne bouteille de vin – c'est quand même Noël –, un tire-bouchon et me sers un verre que je lève face à mon reflet dans la vitre de la fenêtre, puis bois. Une chaleur douce et agréable se répand dans mon corps comme des ronds dans l'eau.

Je suis chez moi.

Mon verre de vin toujours à la main, je sors mon téléphone portable afin de passer les appels habituels en cette circonstance. Je parle avec mes sœurs, leurs enfants et avec mes parents, leur souhaitant un joyeux Noël, et je leur explique encore une fois qu'Aina serait totalement seule à Noël si je ne le passais pas avec elle. Je n'ai pas mauvaise conscience de mentir à mes parents. Ils n'ont jamais compris mon besoin de solitude, et encore moins maintenant. Je leur fais croire ce que je veux. Comme s'ils voulaient à tout prix que tout ce que je dis soit vrai. Bien sûr qu'ils m'expliquent qu'Aina est la bienvenue chez eux à Huddinge, mais je réplique tout aussi vite qu'Aina a besoin de calme en ce moment. Noël peut être une période très difficile, quand on ne s'entend pas avec ses proches, et ma mère est d'accord, quand je dis cela. Elle nous souhaite un beau réveillon de Noël, puis nous raccrochons. J'ai bien perçu que ma mère est contente qu'Aina soit avec moi, mais je la soupçonne de penser que c'est plutôt moi qui ai besoin de calme. Je me verse un autre verre et coupe une épaisse tranche de fromage. Puis j'enfonce la cassette vidéo des entretiens avec Peter dans le magnétoscope.

Le visage de Peter apparaît devant moi sur l'écran. Nerveux et malheureux. Vêtu d'un costard gris, d'une cravate bleue rayée, rien qui se détache, de la pure élégance de la tête aux pieds. Pendant une seconde, il regarde droit dans la caméra, il ressemble à une bête sauvage. Il y a quelque chose dans ses yeux qui me fait croire qu'il a envie de fuir le cabinet, d'arracher son costard, de jeter sa cravate et de foncer dans la forêt.

— *J'ai des pensées, des images dans ma tête. Et elles me font peur.*

— *Est-ce que vous pouvez décrire ces pensées ?*

— *C'est... difficile.*

— *Racontez-moi la dernière fois que c'est arrivé.*

— *Hier soir. C'était hier soir. Nous avons... mangé et bu du vin. Elle, ma compagne, était fatiguée et est allée se coucher. Elle s'est endormie dans notre lit. Et je me suis imaginé comment je... comment je... Enfin, à quel point il serait facile de mettre mes mains autour de sa gorge... et de l'étrangler. J'ai vu comme elle était petite et vulnérable et qu'il serait facile de lui... faire du mal.*

— *Quel effet ces pensées vous ont-elles fait ?*

— *Je ne sais pas. D'abord, c'était presque... excitant. Mais ensuite j'ai eu terriblement peur. Imaginez que je la blesse pour de vrai. Je... je l'aime.*

J'appuie sur Pause, et le corps de Peter se fige immédiatement dans une position bizarre, à moitié tourné ailleurs, à moitié penché en avant, le visage caché derrière ses mains. Il est désespéré, au bout du rouleau, et se sent totalement seul et abandonné, dans cette salle verte aux tableaux impersonnels et cette petite table, où je suis assise, la bouée de sauvetage, avec ma boîte de mouchoirs, une consolation risible.

Il faut faire confiance à ses propres yeux, à son intuition et toute son expérience, disait toujours Stefan, et il était un fin analyste. Si j'osais faire confiance à mes propres sens, je dirais que Peter Carlsson n'a pas pu tuer Sara, qu'il n'a pas blessé Marianne ni monté de complot contre moi. Peter n'est pas un assassin, il est juste névrosé. L'un de ceux qui doivent rassembler leur courage pour maintenir leur vie sur les rails, pour donner une structure aux jours et aux nuits. L'un de tous ceux qui doivent vivre en supportant chaque instant, en forçant le temps à avancer, afin de pouvoir lui donner un sens, afin de pouvoir le vaincre. Quelqu'un comme moi.

Pour mon repas de Noël, je mets les petits plats dans les grands. J'allume le four, coupe le pain en fines tranches et le garnis de chèvre et de miel, puis je sors les feuilles de vigne farcies et le houmous que j'ai achetés tout prêts. Je choisis un disque et peu après les sons de Belle & Sebastian[1] résonnent dans ma maison. Dehors, il commence à faire nuit. La baie dort sous son épaisse couche de neige scintillante, les collines autour des rochers se dessinent en ombres noires contre le ciel de plus en plus obscur. Je suis contente d'être venue ici.

Je ne suis pas faite pour vivre en ville.

Lorsque les ténèbres du réveillon de Noël entourent ma maison, douces comme de la soie, j'ai déjà allumé chaque lampe, éclairci chaque coin, parsemé la table de bougies. Je suis allongée sur mon lit et regarde la vitre noire qui reflète les contours de la pièce à la manière d'un miroir. Ma main se cramponne autour

1. Groupe de rock britannique.

de la lampe de poche. Le vin me rend somnolente, je ferme donc les yeux et laisse mon corps s'évanouir.

Je rêve que je fête Noël avec Stefan. Le sol est couvert de paquets de différentes tailles et couleurs. Stefan s'affaire dans la cuisine alors que j'aligne tous les paquets par terre. Un ver impressionnant composé de présents serpente du salon jusqu'à la chambre. Agenouillée et penchée sur les cadeaux dans la chambre à coucher, je sens clairement le parfum du jambon que Stefan fait cuire au four. Quand je rouvre les yeux, le fumet du jambon qui cuit est toujours présent et je perçois un léger cliquetis en provenance de la cuisine.

Je sais immédiatement que quelque chose ne tourne pas rond, mais je ne suis traversée par aucun sentiment d'horreur. Tout ça est trop absurde. Quelqu'un est-il venu me préparer du jambon en plein milieu de la nuit ?

Je m'empare de mon portable qui se trouve sur la table basse pour voir l'heure, mais je dois constater que mon téléphone est déchargé. Je me lève sur mes jambes flageolantes, toujours un peu soûle, puis me dirige lentement vers la cuisine.

Je ne le vois toujours pas, tellement je suis obsédée par le jambon brun doré dans le four.

— Salut, Siri.

Mais le voici, appuyé contre la fenêtre d'un geste détendu, penché en arrière, qui fait paraître son corps encore plus grand qu'il ne l'est déjà. Il n'a pas changé : les cheveux marron, les traits réguliers, le corps mince. Sa bouche est large et il sourit légèrement en me toisant et en grattant sa barbe.

C'est Christer. Le Christer de Marianne.

— Assieds-toi ! Je nous ai préparé à manger.

Sa voix est neutre et gentille, mais je n'ose pas le contredire. Lentement, je m'approche de la table, mes jambes ne veulent plus me porter et je me laisse tomber sur l'une des chaises. L'horloge au mur indique une heure et demie.

— Je pensais faire des boulettes de viande aussi. Sans ça, ce n'est pas pareil. Mais, merde, je dois avouer que je ne suis pas un cordon-bleu, du coup je les ai achetées toutes prêtes.

Christer me lance un sourire avant de se diriger vers le four où il s'affaire avec des boulettes de viande, et autre chose, que je ne vois pas. Mon cœur bat la chamade – que me veut-il ? En plein milieu de la nuit ?

Le réveillon de Noël.

Une sensation désagréable grandit en moi, devient une certitude : quelque chose ne va pas avec Christer. Je devrais, non, je dois me tirer d'ici avant – oui, avant quoi en fait ?

— Combien de boulettes est-ce que tu veux ?

La question est absurdement neutre, et l'expression de son visage ne trahit rien de ses intentions.

— Ce sont de vraies boulettes de viande, pas cette merde avec de la chapelure et tout, rien que de la viande et des épices. Peut-être aussi des œufs – aucune idée, en fait. Est-ce qu'il faut des œufs pour faire des boulettes de viande ?

— Qu'est-ce que tu veux ?

Ce n'est qu'un chuchotement, mais je suis sûr qu'il l'entend. Il me jette un regard sans rien dire. Le beurre commence à grésiller dans la poêle, il y jette les boulettes.

— Là, tu peux ouvrir le vin.

Il me tend une bouteille de rouge et un tire-bouchon.

— Tu aimes le vin rouge, non ?

Mes doigts sont engourdis, quand je saisis la bouteille. Je la regarde comme si je ne comprenais pas ce que c'était et la pose sur mes genoux.

— Qu'est-ce que tu veux ? répété-je d'une voix plus ferme à présent.

— Je m'appelle Christer Andersson. Mon Dieu, est-ce que tu ne l'as toujours pas compris, Siri ?

En guise de réponse, je secoue la tête : non, je n'ai rien compris du tout.

Christer pousse un soupir et se retourne vers moi, une fourchette à la main.

— Je suis le père de Jenny. Le père de Jenny Andersson.

La bouteille de vin s'échappe de mes mains, des éclats de verre et du liquide éclaboussent mes pieds quand elle s'écrase par terre, mais je ne sens rien, je suis comme pétrifiée. C'est le père de Jenny. Ces longs cheveux roux, ces doigts qui tambourinaient sur ses cuisses au rythme de mélodies inaudibles, une peau laiteuse couverte de taches de rousseur, le corps d'une fille vêtue d'un jean et d'une chemise moulante, un collier en cuir autour de la gorge.

Jenny Andersson – une de mes patientes qui s'est suicidée. Son père l'a trouvée sous un pommier dans le jardin, les poignets entaillés. Et le voici qui fait cuire des boulettes de viande dans ma cuisine. Soudain, tout devient clair. Il venge la mort de sa fille et, à ses yeux, je suis la coupable.

— Est-ce que ça te revient maintenant ? Pour toi, elle n'était peut-être qu'une patiente parmi d'autres. Pas si facile de se rappeler, hein ?

Il ricane, mais sa voix trahit sa douleur.

— Bien sûr que je me souviens de Jenny, chuchoté-je en frottant mes mains tremblantes sous la table.

— Alors, tu comprends pourquoi je suis ici ? Par ta négligence et ton incompétence, tu as tué ma fille.

— Christer, je n'ai pas tué ta fille. Aussi peu que…

Vlan. Le coup arrive sans aucun avertissement et me frappe en plein visage. Quelque chose de chaud coule le long de ma joue, mais je ne sens pas la douleur, juste le choc et un désespoir sans fin.

— Maintenant, tu la fermes, putain de connasse. Tu l'as tuée. Comprends ça. Tu l'as tuuuééée.

La voix de Christer se mue en un hurlement. Il se tient juste devant moi, j'entends sa respiration, haletante, comme celle d'un asthmatique. Et son odeur, l'odeur de son corps. Il sent la transpiration aigre, comme une bête. Il s'écroule sur la chaise en face de moi et enfonce la tête entre ses mains.

— Tu l'as tuée, marmonne-t-il à bout de souffle.

Il se tait. Tout ce qu'on entend, c'est le bruit sifflant du jambon dans le four et le tic-tac de l'horloge. Malgré ma stupeur, je sais que je dois le faire parler, établir un contact avec lui, construire un pont vers sa conscience confuse, atteindre son moi rationnel – car il doit bien en avoir un ?

— Sara…, fais-je timidement.

Christer renifle, s'essuie le front en se redressant.

— Oui… Sara, dit-il d'une voix blanche mais très calme, et il semble réfléchir un instant, assis parmi les éclats de verre et le vin rouge. Oui, pauvre Sara. On peut dire ce qu'on veut, mais là où elle est maintenant elle est mieux. Une assez belle fille, en fait, mais, franchement, complètement tarée. Qu'en dit la psy ? Se couper les bras au rasoir ? Pourquoi est-ce qu'on fait ça ?

— Est-ce que tu l'as tuée ?

— N'importe quoi. Elle était morte bien longtemps avant que je la rencontre. Je lui ai rendu service.

Christer se penche vers moi en me regardant, non, en me scrutant, avec des yeux gris acier qui me font penser à des boutons de métal. Il tend la main pour me caresser la joue, et je vois que mon sang la colore en rouge.

— Désolé que ça finisse comme ça, Siri. Que dire, tant d'années… J'ai commencé à te suivre il y a si longtemps, j'ai presque l'impression de te connaître. J'ai presque commencé à bien t'aimer. Tu comprends ? Je sais ce que tu manges le soir, comment tu es nue, que tu bois trop et que tu couches avec cette espèce de flic pathétique et pédé. Ça te fait mouiller ? Des types plus jeunes ? C'est ton truc, hein ? Tu veux te sentir supérieure ? C'est pour ça que t'es devenue thérapeute ?

Je le regarde droit dans ses yeux métalliques, je n'ose rien répondre de peur de le provoquer davantage, mais de toute façon il s'en fiche, poursuit sa tirade.

— Tu m'as volé ma vie. Tu le sais ?

Je ne dis toujours rien. Le laisse parler. S'expliquer.

Sa voix est basse, presque un chuchotement, lorsqu'il continue.

— Ma vie était… parfaite. Je ne crois pas que tu puisses comprendre. Tout ce qu'on avait. Notre vie. Quand tu as tué Jenny, tu me l'as non seulement prise elle, mais toute ma vie. Katarina, ma femme, ne l'a pas supporté, elle s'est barrée. A rencontré un nouveau mec. Un putain de gynéco, t'imagines ? Un gynéco baise ma femme maintenant… putain de merde. Mon entreprise m'a licencié. Mes amis m'ont évité, ils trouvaient que j'étais devenu bizarre. C'était tellement humiliant. Et tout ça, c'est ta faute. Mais tu n'as jamais eu ta punition, ta vie a continué normalement. Comme si rien ne s'était passé. Ce n'est pas juste, j'imagine que tu le comprends.

Christer me jette un regard vide tout en continuant. Sa voix a retrouvé de la force, et ses mains ne tremblent plus. Il a l'air énergique.

— Et maintenant nous en sommes arrivés là, même si je ne le veux pas. Au bout du chemin, quoi.

Il s'essuie la main avec la serviette bleue rayée en affichant une moue dégoûtée. Ses mouvements sont brusques, avec une intensité maniaque il frotte sa main pour enlever chaque trace de moi sur son corps. Le désespoir grandit en moi, il faut que je l'incite à dialoguer. Avant qu'il se sente forcé d'agir, de faire quelque chose d'irréfléchi.

— Je trouve que je mérite une réponse à certaines questions. Je peux comprendre… tes sentiments, mais il faut quand même que je sache ce qui s'est passé.

Christer hausse les épaules d'un air indifférent.

— Qu'est-ce que tu veux savoir ?

— Comment est-ce que tu as rencontré Sara ?

— Je te suis depuis un bon moment, Siri, plus longtemps que tu ne le crois. Et Sara, hum, je l'ai rencontrée grâce à Marianne.

— Grâce à Marianne ?

— Je savais que Marianne bossait pour vous, c'est pour ça que je l'ai draguée dans un bar. C'en était presque pathétique, tellement c'était facile. Cela faisait longtemps que quelqu'un ne lui avait pas témoigné la moindre forme d'estime, je suppose.

Il se débarrasse de quelques miettes sur sa chemise et se gratte les cheveux.

— Je n'avais rien prévu de spécial avec elle. Enfin, à l'époque. Je voulais surtout en apprendre plus sur toi, savoir si tu continuais toujours à bousiller la vie des autres. Et puis… le temps a passé. Toi aussi, je t'ai connue par le biais de Marianne. Et elle adorait parler de son travail. Parfois, je te suivais en ville – j'étais à quelques mètres derrière toi au supermarché, je t'effleurais en passant devant toi sur l'escalator, je t'ai ouvert la porte quand tu allais au parking – mais tu ne m'as jamais remarqué. Une fois, j'ai carrément ramassé ta veste quand tu l'avais fait tomber devant cet endroit horrible dans la rue Götgata – comment ça s'appelle encore – le Chasseur vert – voilà. Mais toi, tu ne m'as jamais vu. C'était comme si j'étais totalement invisible à tes yeux. Parfois, j'étais assis sur les rochers là-bas, pour te tenir compagnie pendant que tu descendais les verres de vin comme une alcoolo. Et puis ton truc avec les lumières… Franchement, ta peur du noir, c'est pathétique. Toi qui travailles sur les angoisses des gens. C'est en tout cas ce que Marianne disait toujours.

Il me toise, comme s'il s'intéressait pour la première fois à moi depuis le début de notre conversation.

— Et ensuite…, demandé-je en chuchotant.

— Le reste a été un jeu d'enfant, vu que Marianne avait accès aux dossiers et aux adresses des patients. Parfois, elle rapportait vos notes chez elle pour les taper à la machine. J'ai lu chaque ligne sur Sara. En plus, Marianne parlait très souvent d'elle. Je crois qu'elle avait pitié d'elle, mais, bon Dieu, elle avait pitié de tout ! Des lévriers afghans, des enfants en Afrique, des baleines et Dieu sait quoi. Elle avait pitié du monde entier.

— Pourquoi Sara ?

Christer hausse les épaules.

— Pourquoi pas ? Marianne disait tout le temps que tu t'étais prise d'affection pour elle. Que tu faisais tout pour qu'elle s'en sorte, du coup, ça a attisé ma curiosité. Ce n'était pas prévu… dès le début, ça émergeait en quelque sorte. Ça a pris vie tout seul. Jusqu'à ce que je décide de diriger les événements dans le sens où je voulais qu'ils aillent.

Il a l'air triomphant, comme un petit garnement. Un petit garnement aux yeux morts et gris comme des boutons en métal. Je pense aux mots de Vijay, sa description d'un homme mûr, bien intégré dans la société. Pourquoi est-ce que Vijay ne m'a pas dit comment il fallait lui parler, comment on pouvait l'arrêter ?

— Sara m'a tout raconté sur votre thérapie, et ce qu'elle ne racontait pas était écrit dans les rapports que

Marianne rapportait chez elle. C'était donc facile… très facile d'écrire la lettre d'adieu, et tout aussi facile de trouver l'adresse de Charlotte Mimer. Bien sûr que c'est moi qui ai placé la photo et le livre sur les animaux empaillés chez Peter Carlsson. Je voulais passer un appel anonyme aux flics plus tard, mais ils m'ont devancé…

— Et le sang sur ma pelouse ? Le chien ?

— C'était un accident. J'étais obligé de les faire taire.

— Comment ça, « les faire taire » ?

Christer serre la mâchoire et ne répond pas.

— Ce que je ne comprends pas… Tu vois quand même que tu as détruit la vie d'un tas de personnes innocentes, non ?

— Tu crois que ça m'a fait plaisir ? (Christer hurle d'une voix rauque.) J'étais obligé de le faire ! Pour elle… Obligé de rendre justice. C'est la seule manière, la seule manière de… d'avoir un semblant de paix.

Il baisse la voix, chuchote :

— Ce n'était pas par plaisir. D'accord, peut-être la conduite en état d'ivresse. Une belle blague, tu ne trouves pas ?

— Mais Marianne ? Est-ce que c'était toi ? Est-ce que tu as quelque chose à voir avec son accident ?

Christer soupire et cache brièvement son visage entre ses mains.

— Elle se croyait super maligne, pensait avoir tout démasqué. Elle a trouvé toutes mes notes concernant Sara et voulait te voir pour… te parler de moi. Je ne pouvais pas la laisser faire…

Christer fait une pause.

— Je ne voulais pas lui faire de mal, c'est une femme bien. Elle s'est vraiment occupée de moi.

Il se tait pendant un instant, triste tout à coup.

— Mais tu vois bien comment cette histoire doit finir, non ? Il n'y a qu'une seule justice, et c'est celle qu'on rend soi-même.

Il avance ses mains toujours tachées de mon sang comme pour montrer que ce sont elles qui vont rendre justice. Dans mon ventre, le nœud se transforme en une balle brûlante. Il va me tuer, c'est évident, c'est cela la justice pour lui. Ma mort est sa justice.

Et je suis à court de questions. Quelles sont les chances pour que quelqu'un vienne ici à cette heure-ci ? Markus travaille. Aina réveillonne avec sa mère. Tout le monde croit que je dors tranquillement dans l'appartement de Kungsholmen, la lumière allumée. Que l'assassin de Sara est enfermé dans une cellule de la prison de Kronoberg. Le choix des issues pour s'enfuir est limité. De la cuisine, je pourrais atteindre le petit salon, et ensuite ma chambre. La chambre a une porte, mais on ne peut pas la fermer à clé. Peut-être que je pourrais la bloquer d'une autre manière.

— Il est cuit maintenant, dis-je en faisant un signe de tête en direction du four.

Une croûte noire de chapelure et de moutarde est en train de se former sur le jambon. Christer semble perplexe, mais il se lève, se tourne vers le four et s'empare d'un torchon pour sortir le jambon.

C'est ma chance. La meilleure que j'aurai. Lorsque Christer ouvre le four et saisit le plat chaud, je bondis, lui donne un gros coup dans le dos et cours. Ce n'est pas un plan très élaboré. Je fonce en direction de ma chambre. J'entends Christer qui hurle quelque chose, mais c'est comme si mon cerveau ne percevait plus de mots.

Je referme la porte de la chambre si brusquement qu'une bougie tombe de l'étagère au-dessus du lit. Je me presse contre la porte de tout mon poids tout en balayant la chambre du regard à la recherche d'un meuble qui pourrait me servir à coincer la porte. Il n'y a que le lit. Je me penche et pousse le lit vers la porte tout en la bloquant avec mon corps.

BANG !

Christer se jette contre la porte et je n'arrive pas à faire contrepoids. La porte s'ouvre de quelques centimètres, et il arrive à placer son pied dans la fente avant que je ne reprenne mon élan et pousse à mon tour.

— Putain de connasse de psy ! Ouvre !

Les hurlements de Christer dans mon oreille. Il est très près maintenant, si près que je sens son haleine et que j'entends les râles qui émanent de sa trachée.

— Ouvre, sinon je te tue !

Mais je sais que c'est exactement le contraire. S'il entre, il va me tuer. Ce serait facile, aussi facile que pour un chien de briser un osselet. Je suis si petite, si frêle. Je ne peux pas lui faire concurrence sur le plan physique, ce qu'il sait bien évidemment, et je ne sais pas non plus comment le duper. Alors, je fais la seule chose possible : je pousse de toutes mes forces, pour que son pied se coince entre la porte et le seuil.

Christer hurle de douleur, et pendant un instant la pression cesse de l'autre côté de la porte.

Mes doigts transpirent, j'ai du mal à trouver une bonne position de défense. Au lieu de ça, je glisse sur la surface lisse. Je prends le risque d'essuyer une paume contre mon pantalon. Là, BOUM ! Christer force la porte avec une énergie incroyable, il a dû prendre de l'élan depuis le salon. Je suis projetée en arrière, atterrissant sur le dos comme une tortue, sans moyen de me défendre ou de m'enfuir, les bras tendus comme un enfant qui attend d'être soulevé. Christer se dirige lentement vers moi. Je vois qu'il fait une grimace en se massant une épaule.

Puis il est au-dessus de moi.

Il s'assied sur moi, immobilisant mes bras avec ses genoux. Il respire péniblement. Et son odeur, cette puanteur aigre et désagréable qui m'entoure tout à coup. J'ai envie de vomir. Peut-être est-ce à cause de ce poids sur mon ventre, peut-être la puanteur, mais je tourne la tête sur le côté et vomis sur un coussin bleu.

— Putain, dit Christer en regardant ailleurs, dégoûté.

Une idée me traverse l'esprit : il ne supporte pas les liquides corporels ! Le sang, le sperme, le vomi. Il descend le long de mon corps mince, jusqu'à ce qu'il soit assis sur mes cuisses, à une distance sûre de mon vomi.

— Putain, répète-t-il en fixant ses mains comme s'il voulait vérifier si je l'avais sali.

C'est le moment ou jamais. Ma dernière chance.

Je m'extirpe de sous son poids et quitte le salon en courant malgré mes jambes ankylosées. Il ne me reste plus qu'une seule solution – sortir dans le noir. Les mains tremblantes, je tarde à ouvrir la porte d'entrée. Derrière moi, j'entends les rugissements de Christer. Enfin, la porte s'ouvre d'un clic et l'air noir, froid, dense m'enveloppe. Bien qu'un tueur fou soit à mes trousses, j'hésite une fraction de seconde avant de me lancer dans l'obscurité. Je cours en direction du ponton, en chaussettes. Mes pieds cherchent vainement un appui sur le sol. Le froid me mord le visage, et je trébuche encore et encore avant d'arriver à la petite cabane.

C'est là qu'il me rattrape.

Sa main saisit mon bras et, avec un hurlement, il me jette contre le mur de la cabane, lance tout mon corps contre la surface en brique rouge. Je m'écroule et sens que quelque chose dans ma mâchoire se brise, que ma bouche se remplit de sang et de cailloux. Il presse un genou entre mes épaules et s'empare de mes cheveux pour frapper à plusieurs reprises ma tête contre le mur. Du sang coule de ma bouche. Et ce que je prenais pour des cailloux, ce sont en fait des dents.

Mes dents.

Christer n'arrête pas de hurler, d'émettre une sorte de cri animal que je n'ai encore jamais entendu. Tout à coup, il s'arrête. Je les entends de nouveau, ces miaulements, ces sifflements. Il tombe à genoux et s'accroupit dans la neige, alors que sa tranchée émet des sifflements. Il roule sur le côté, vers le tas de bois qui aurait dû être coupé avant l'arrivée de la neige.

Et puis je la tiens tout à coup entre mes mains, la hache qu'Aina a laissé traîner ici depuis l'automne, n'ayant pas eu le courage de la remettre près des autres outils dans la cabane. Elle est gelée par terre, et couverte de neige. Avec une force dont je ne me serais pas crue capable, j'ai réussi à l'arracher du sol. Et bien que tout se déroule en l'espace de quelques secondes, j'ai le temps de penser, la hache à la main : suis-je devenue une personne mauvaise ? Ou seulement une personne qui commet des actes mauvais ? Je pourrais le frapper à la jambe, le blesser suffisamment pour qu'il ne puisse plus me faire de mal. Mais je ne veux pas.

Je veux tuer ce démon.

Un sentiment d'ivresse m'emplit, malgré mes blessures, ou peut-être à cause d'elles. Je soulève la hache par-dessus ma tête et, avec un rugissement, je l'abats sur son crâne.

Au bout de quelques secondes, sa respiration sifflante s'arrête brutalement.

Me voilà de retour dans la maison. Ma jolie maison blanche. Une lueur tamisée filtre à travers les vitres teintées aux bordures en plomb de la chambre. Elle tombe sur moi qui suis allongé sur notre large lit.

Elle, l'enfant, dort à côté de moi. Jenny. Allongée sur le ventre, ses jambes dodues repliées sous son torse, son petit derrière en couche pointe vers le haut. Ses cheveux roux mouillent le coussin de sueur et sa poitrine se soulève dans un rythme calme.

Avec précaution, tout doucement, je glisse vers elle, aussi proche que possible sans risquer de la réveiller.

Maintenant. Je respire son parfum, l'odeur de bébé. C'est chaud, rond et un peu amer, comme du lait caillé.

Je suis heureux. Tellement heureux.

Silence. Le froid mordant ne m'atteint plus. L'homme qui autrefois était le père d'une fillette, qui a tué Sara et qui préparait des boulettes de viande dans ma cuisine, gît dans la neige, immobile, la tête reposant dans une mare de sang coagulé. Je crache du sang – ou est-ce du vin rouge – contre le mur de la remise et tombe à genoux. Peu à peu, j'avance en rampant vers le ponton. Chaque mouvement me demande un grand effort, et je vois que je laisse derrière moi une trace de sang dans la neige.

Je suis si faible que je n'ose pas remonter vers la maison. En rampant, j'avance de quelques mètres sur la glace. J'enfonce les doigts dans la neige en tentant vainement de me pousser à l'aide des mains et de mes ongles. Mon corps semble comme paralysé, ma mâchoire ne fait plus mal. Pour la première fois de la nuit, j'ai l'impression de pouvoir réfléchir calmement, c'est juste mon corps qui refuse tout service.

Je m'allonge sur le dos et regarde le ciel. Tout à coup, c'est le plus beau ciel étoilé que j'aie jamais vu. Des millions d'étoiles étincellent de toutes les couleurs de l'arc-en-ciel sur le fond noir, et la neige ne paraît plus froide ni dure, mais douce et accueillante. Je pense à ce poème que Stefan a écrit sur un bout de papier sulfurisé froissé, il y a environ cent ans, au fait qu'il faut du noir pour qu'on puisse voir les étoiles, et tout à coup je me rends compte que l'obscurité ne me fait plus peur, au lieu de ça, elle m'embrasse tendrement, en silence et avec une douceur infinie.

Ça aurait pu être le paradis.

De mon doux lit sur la glace, j'aperçois ma maison, elle aussi couchée dans une végétation couverte de neige. Toutes les fenêtres sont éclairées, accueillantes, et malgré l'obscurité totale je peux deviner un mince filet de fumée qui s'échappe de la cheminée pour monter vers le ciel étoilé du réveillon de Noël. Plus de traces du combat féroce qui vient de se dérouler devant la maison, plus de bruit, sauf les légers craquements de la glace sous mon corps raide, qui ne semble plus être le mien.

Beaucoup plus tard, il commence à neiger. De gros flocons dansent dans l'air et se posent sur mon visage. Le sommeil s'empare doucement de moi et c'est là, quand la neige arrive, qu'il vient s'allonger à côté de moi. Stefan pose son menton dans le creux de mon cou et m'entoure de son bras. Nous ne disons rien, mais regardons en silence les étoiles et la neige qui tombe.

Ça sent le miel.

Je sens la chaleur d'un corps à côté du mien et, même si je n'ai pas encore ouvert les yeux, je sais qui c'est. J'inspire profondément, remplissant mes poumons du parfum de miel, et ouvre les yeux. La chambre est blanche, le lit en métal, et je suis sous une couverture en laine couleur jaune d'œuf, comme il n'y en a qu'à l'hôpital régional. Les cheveux d'Aina me chatouillent le nez. Elle a dû se rendre compte que je venais de me réveiller, puisqu'elle se retourne pour passer une main sur mon menton. J'essaie de parler, mais une espèce d'appareil ou du plâtre autour de ma mâchoire m'en empêche.

— Chut. Il ne faut pas parler. Je t'ai retrouvée, le visage dans la glace, complètement frigorifiée, ma princesse. Tu étais censée m'appeler à dix heures pour me remercier pour le cadeau. Quand j'ai vu que tu n'appelais pas, je me suis inquiétée. Finalement, je suis allée à l'appart et, quand j'ai constaté que tu n'y étais pas, j'ai tout de suite su où tu étais passée.

Aina a l'air malheureuse.

— J'aurais dû me douter de ce que tu voulais faire. On ne peut jamais te faire confiance, ma petite, tu es un cas désespéré. Mais c'est fini maintenant. Il est mort de chez mort. Markus et tes parents sont en route. Les médecins et moi, nous avons réussi à renvoyer les autres policiers.

Puis elle voit mon regard se poser sur le bouquet de roses rouges serrées dans le vase beaucoup trop petit sur la table de chevet branlante, elle hoche la tête en silence et me caresse les cheveux.

— C'est un cadeau de Markus. Il m'a dit de te les offrir.

Quand elle s'allonge de nouveau, tout près de moi sur le lit confortable, en mettant sa tête contre la mienne, je sens sa respiration humide contre mon cou. Et je n'ai nullement envie de parler, juste de rester là, le nez plongé dans les cheveux de miel d'Aina.

ÉPILOGUE

— Je sais que nous n'avons pas toujours été très proches l'une de l'autre.

Je me lance, puis hésite un instant, massant ma mâchoire qui fait toujours mal en se coinçant de temps en temps.

Je cherche les bons mots et, quand je crois les avoir trouvés, je poursuis :

— Peut-être sommes-nous trop différentes pour devenir de vraies amies, tu sais, nos buts dans la vie, nos expériences et notre façon d'approcher les autres sont très différents. Je sais que je n'ai pas toujours fait preuve envers toi de l'estime que tu méritais, parfois je me suis énervée sans raison et il m'est même arrivé de m'en prendre à toi de temps à autre. Mon Dieu, c'était vraiment bête et naïf de ma part. Mais sache que s'il y a une chose que j'ai toujours éprouvée envers toi, c'est du respect. Pour le travail que tu as fait, toujours consciencieux, efficace et irréprochable. Pour ta sensibilité et ta bonté. Du respect pour la vie que tu as menée, avec tout ce que ça incluait, l'éducation des enfants, les séparations et ton aspiration à te débrouiller toute seule.

Je réfléchis encore un moment en promenant mon regard dans la salle, équipée seulement d'un lavabo et d'une chaise en acier.

— Oui, j'avoue avoir parfois pensé que tu favorisais Sven. Tu sais, ses rapports étaient toujours écrits en premier, s'il fallait passer des appels, c'étaient les siens les plus importants, et tu nettoyais sa salle tous les jours, même si cela ne faisait guère partie de tes tâches. Mais tout ça, c'est du passé. Après de tels événements, on change sa vision de la vie, n'est-ce pas ? Se concentrer sur l'essentiel, oublier les vieilles disputes et… comment dire… essayer de voir les autres comme un enrichissement. On a envie de les remercier d'être là. En tout cas, ça vaut pour moi. Et c'est sans doute pour ça que je suis venue ici. Pour te remercier de ton soutien et… pour m'excuser de ne pas toujours t'avoir fait sentir à quel point tu m'étais chère.

Je me lève sans détourner le regard de Marianne qui est allongée sur son lit d'hôpital, inconsciente, la bouche entrouverte, le menton reposant sur sa poitrine, sans force. Si je ne savais pas que c'était Marianne, je ne l'aurais pas reconnue, tellement elle a changé. Ses cheveux blonds et bouclés se sont transformés en une longue masse sombre, sa peau a l'air fragile et blanche comme du papier, un mince tuyau sort de sa narine, à l'index elle porte une sorte d'appareil de surveillance qui ressemble à une pince à linge, diffusant une lueur rouge autour de son doigt.

Je me lève lentement et quitte la chambre sans me retourner.

Date : 15 mai
Heure : 15 h 00
Lieu : Cabinet de psychologie du Karlaplan
Thérapeute traitant : Maryvonne von Arndtstadt
Patient : Siri Bergman – entretien préliminaire

— Bonjour, Siri, je sais, bien évidemment, que tu es psychologue, je suppose donc que tu connais parfaitement le déroulement d'un entretien préliminaire. C'est pourquoi je propose de sauter les questions formelles et de commencer tout de suite par la raison pour laquelle tu es venue me voir.

— Je suis ici parce que je souffre d'un traumatisme dont il me ferait sans doute du bien de parler.

— Il s'agit d'une histoire passée, tu veux dire ?

— Mon mari s'est suicidé il y a quelques années, enfin, je crois qu'il s'est suicidé, même si j'ai toujours préféré le voir comme un accident. Et en soi, on n'a jamais trouvé de preuve qui aurait indiqué qu'il s'agissait d'un suicide.

— Ce n'est pas tout à fait inhabituel, quand on a affaire à un suicide.

— Je sais. Mais ces derniers temps, j'ai vécu des choses que je n'ai pas pu contrôler, et elles m'ont forcée à jeter un autre regard sur ce qui s'est passé, à comprendre que c'était sans doute un suicide.

— Raconte.

REMERCIEMENTS

Åsa : Écrire un livre, c'est comme si l'on partait en excursion afin d'explorer un nouveau continent.

Camilla : Non, là, tu es un peu pédante, c'est plutôt comme manger un éléphant, il faut le faire par petites bouchées et avec l'aide de beaucoup de personnes.

Åsa : Tout à fait, et elles doivent avoir très faim… et, si possible, le même goût que nous.

Camilla : Ceux qui nous ont aidées à manger l'éléphant sont surtout notre adorable éditrice Annika, notre infatigable lectrice qui sait toujours trouver la bonne tournure et, bien évidemment, Joakim Hansson, notre merveilleux agent.

Åsa : Sinon, un tas de personnes très douées aux éditions W&W nous ont gratifiées de leurs bons conseils.

Camilla : J'aimerais aussi remercier mon mari et mes enfants pour la patience témoignée envers moi, quand j'étais parfois entièrement absorbée par mon texte. Et bien sûr tous les amis qui l'ont lu, qui m'ont encouragée et m'ont donné leurs points de vue très précieux.

Åsa : J'aimerais remercier mes amis, mes collègues de Inside Team qui supportent le fait que je suis parfois plus absente que ce ne devrait être le cas, mes enfants Max et Gustav, et finalement mon mari Andreas. Sans ton soutien et tes conseils, ç'aurait été beaucoup plus difficile d'écrire ce livre. Merci !

Camilla : Et j'aimerais également remercier John Ajvide Lindqvist pour toute l'inspiration que tu m'as donnée, tu es le meilleur !

Åsa : Mais il y a une personne de plus que j'aimerais remercier.

Camilla : Mais qui donc ?

Åsa : Toi, grande sœur ! Sans toi, ce livre n'aurait jamais vu le jour !

Camilla : De même, petite sœur !

CAMILLA
GREBE
& ÅSA
# TRÄFF
SONT AU LIVRE DE POCHE

PAPIER CERTIFIÉ

Le Livre de Poche s'engage pour l'environnement en réduisant l'empreinte carbone de ses livres. Celle de cet exemplaire est de :
400 g éq. CO_2
Rendez-vous sur
www.livredepoche-durable.fr

Composition réalisée par Soft Office

Achevé d'imprimer en septembre 2024 en Espagne par
Liberdúplex - 08791 Sant Llorenç d'Hortons
Dépôt légal 1re publication : octobre 2024
LIBRAIRIE GÉNÉRALE FRANÇAISE
21, rue du Montparnasse – 75298 Paris Cedex 06

33/6714/2